अथश्री
प्रयाग कथा

अथश्री प्रयाग कथा

ललित मोहन रयाल

प्रभात पेपरबैक्स
www.prabhatbooks.com

प्रकाशक

प्रभात पेपरबैक्स

4/19 आसफ अली रोड, नई दिल्ली-110002

फोन : 23289777 • हेल्पलाइन नं. : 7827007777

इ-मेल : prabhatbooks@gmail.com ❖ वेब ठिकाना : www.prabhatbooks.com

संस्करण

प्रथम, 2019

मूल्य

दो सौ रुपए

अ.मा.पु.स. 978-93-5322-316-8

मुद्रक

आर-टेक ऑफसेट प्रिंटर्स, दिल्ली

———————— ★ ————————

ATHASHRI PRAYAG KATHA
by Shri Lalit Mohan Rayal

Published by **PRABHAT PAPERBACKS**
4/19 Asaf Ali Road, New Delhi-110002

ISBN 978-93-5322-316-8

₹200.00

प्रयाग के उन समस्त,
नाम–अनाम मित्रों को, जिन्होंने इस तरह के जीवन को
अंशतः या पूर्णतः जिया
अथवा जी रहे हैं···

भूमिका

हर शहर का अपना एक रंग और मिजाज होता है। शहर के आस्वादन के तरीके भी अलग-अलग होते हैं। प्रयाग (इलाहाबाद नहीं! लेखक ने इसे सायास प्रयाग कहा है) अपनी तमाम ऐतिहासिकता के साथ-साथ प्रतियोगी परीक्षाओं की तैयारी करते नौजवानों के रहवास लिए एक ख्यातिप्राप्त शहर है। लेखक ने मुख्यत: शहर के इस चरित्र को ही किताब का प्रतिपाद्य बनाया है।

यहाँ नौजवान प्रतियोगियों की एक भरी-पूरी दुनिया है, जिसमें अध्ययन, किताबें, नोट्स के अतिरिक्त जीवन की वह तमाम जद्दोजहद है, जो इस शहर की अंदरूनी लय में एकमएक हो जाती है। चूँकि यहाँ आनेवाले प्रतियोगियों में से अधिकांश हिंदी पट्टी के ग्रामीण क्षेत्रों से ताल्लुक रखते हैं, अत: नितांत मूलभूत कार्य-व्यवहार में उनके अनुभव दिलचस्प हो जाते हैं। यह वह दुनिया है, जिसमें सफलता-असफलता के बराबर उदाहरण मौजूद मिलते हैं। यह वह दुनिया है, जिसमें पूर्व से निवासरत कथित सीनियर अपने ज्ञान और अनुभव से आतंकित करता है, जहाँ प्रेम भी आता है तो नितांत एकतरफा, जहाँ अंधकार में भटकता युवा ज्योतिष-सामुद्रिक-हस्तरेखा ज्ञान में भी समाधान ढूँढ़ता है, जहाँ भटकन भी है, भोलापन भी और चालाकी भी।

लेखक स्वयं उस पीढ़ी से हैं, जो आजादी के चार-पाँच दशक बाद जवान हुई है। यह पीढ़ी अपने अनुभव में आजाद समृद्ध भारत की परिकल्पना की टूट-फूट के साथ-साथ नई तकनीक और वैश्विक व्यवस्थाओं के साथ समरस होने की संभावना की तलाश भी रखती है। पुस्तक में प्रयाग की प्रतियोगी परीक्षाओं के विवरण की अंदरूनी परतों में देश के पिछले तीन-चार दशकों के आर्थिक-राजनीतिक-सामाजिक बदलावों की चिंताएँ भी हैं।

रयाल निस्संदेह तैयार लेखक हैं। संस्मरणात्मक शैली में उन्होंने घटनाओं से चरित्र, व्यक्तित्व से विचार, मनोविज्ञान से दर्शन, सामाजिक व्यवहार से संस्कृति,

इतिहास से मिथक जैसे बहुत से आयामों में कुशलतापूर्वक आवाजाही की है। यह उनके लेखन की खूबसूरती ही कही जाएगी कि वे पाठक के सामने बहुत बड़ा कैनवास बनाते हैं, मानो जिसमें बहुत से रंगों के धब्बे या आकार अलग-अलग बिखरे पड़े हों। अकसर ऐसा लगता है कि एक आकृति से गुजरते हुए कोई दूसरी अलहदा सी आकृति अध्यारोपित हो रही हो। एक बिंब के पूरा होने से पहले ही कोई दूसरा बिंब बनने लगता हो, लेकिन जैसे-जैसे पाठक दृष्टांत या किताब की समाप्ति की ओर बढ़ता है, एक बड़ी और मुकम्मल तसवीर बनती चली जाती है।

भाषा परिष्कृत है। व्यंग्य और हास्य के लहजे को साधने में भाषा की शुद्धता अवश्य एक चुनौती रही होगी। पुस्तक का शीर्षक ही इसका डिस्क्लेमर भी है। इस विषय पर एक सुविचारित, विस्तृत एवं आद्यांत रोचक पुस्तक का स्वागत होना चाहिए।

—अमित श्रीवास्तव

प्राक्कथन

वे जानते हैं कि कोशिश बहुत करनी पड़ेगी, लेकिन उन्हें पूरा यकीन रहता है कि वे कर ले जाएँगे। कॅरियर को लेकर, रस्साकशी निरंतर जारी रहती है। वे कई-कई बार चूकते हैं, लेकिन डरते नहीं। घबराते नहीं, कतराते नहीं। आस्था और परंपरा से निरंतर जूझते रहते हैं।

तनाव के इस वातावरण में, तापमान निरंतर बदलता रहता है। इस तरह के निरंतर अभ्यास से, अनिर्णय की स्थिति में, स्पष्टता और निर्णायकता, खुद-ब-खुद विकसित होती चली जाती हैं। निराशा से क्रमशः उम्मीदें और आशाएँ जन्म लेने लगती हैं।

स्टीवेंसन ने किसी अवसर पर कहा था, "चलते चले जाना, मंजिल पाने से ज्यादा मोहक होता है।" कालांतर में किसी चलताऊ बंबइया फिल्म में महानायक (खल?) गुलशन ग्रोवर ने भी, इसी तरह के उद्गार व्यक्त किए, "जिंदगी का मजा तो खट्टे में है।" इसलिए···

अथश्री प्रयाग कथा

1

प्रयाग! यह नगरी, तीर्थस्थान होने के साथ-साथ स्वप्नदर्शी युवाओं की मायानगरी भी रही है, विशेषकर प्रतिष्ठित सेवा-स्पर्धाओं से जूझनेवाले नौजवानों की। ऐसी मान्यता है कि बड़ी-से-बड़ी जिम्मेदारी सँभाल रहे अथवा सँभाल चुके चरितनायकों ने किसी-न-किसी रूप में, अपने क्षणभंगुर जीवन का एक हिस्सा, यहाँ जरूर बिताया है।

इस नगर की प्रसिद्धि के विषय में कई शास्त्रोक्त उदाहरण मिलते हैं। चूँकि भवभूति कह गए थे, "प्रयाग एक अनुपम स्थल है। यहाँ तत्काल मोक्ष की प्राप्ति होती है।" इस सूक्त वाक्य के आकर्षण में कई-कई लोग फँस जाया करते थे। हालाँकि उन्हें यह ऐतिहासिक तथ्य भी मालूम रहता था कि वन-गमन को जाते हुए भगवान् राम भारद्वाज मुनि के दर्शन को प्रयाग पधारे थे। यह बात अलग है कि महाकवि गालिब और धर्मवीर भारती की इस शहर के बारे में दीगर राय रही। महाकवि अकबर को तो इस शहर की मात्र दो ही चीजें पसंद थीं—'रखा क्या है इस शहर में, अमरूद और अकबर के सिवा।' संभवत: निजी अनुभवों के आधार पर, इन महानुभावों की ऐसी धारणाएँ बनी हों।

इतिहास-दर्शन का एक 'फ्रेज' है कि 'इतिहास अपने आपको दोहराता है।' सो, कुछेक जातकों को तो इस मोक्षदायिनी नगरी ने, तत्काल मोक्ष भी दिलाया। हालाँकि ऐसे मामले, विरलतम श्रेणी में गिने जाने योग्य ही रहे। अत: 'वन-गमन का फलागम' थोक के भाव महसूस किया जाता रहा। प्रसन्नता का विषय यह था कि अवधि पूर्ण होते ही, छोटा-मोटा राजतिलक तो लगभग सबका ही हो जाया करता था।

बहरहाल पठन-पाठन के लिहाज से, आदर्श शहर। इकोनॉमिक भी। एक रुपए

की चाय और आठ आने का समोसा, ठेले पर मैगजीन। देश के दीगर इलाकों में, यह दृश्य दुर्लभ ही कहाएगा। वैसे, इकोनॉमी क्लास को, यह शहर अधिक भाता था। छोटी-छोटी रिहाइशों में, लॉजेज में, डेलीगेसी में असंख्य छात्र।

दस-बाई-दस के कमरों में, छह बाई तीन के तख्त पर जूझते छात्र। पटखाट अथवा फोल्डिंग पलंग पर आसन जमाए, हठयोगी की तरह, किस्मत को चुनौती देते छात्र। इस शहर में, इस पॉश्चर में, सहस्रो मिल जाते हैं। यह मुद्रा इस शहर में, अभ्यस्त मुद्रा हुआ करती थी। सहस्र अज्ञात-अल्पज्ञात नायकों की सहज मुद्रा। काया-क्लेश और ज्ञानार्जन साथ-साथ। तीसरी मंजिल पर भी कक्ष। वस्तुत: वे कक्ष थे ही नहीं। स्टोर अथवा टूटी-फूटी सामग्री को फेंकने का स्थान रहा होगा, जिसे झाड़-पोंछकर कक्ष का स्वरूप दे दिया गया हो।

ढाई सौ रुपए भाड़े पर, 'अढाई दिन का झोंपड़ा' ही तो नसीब होगा। ऐसे स्थानों के रहवासी, अभ्यर्थी कम, दुर्ग-रक्षक ज्यादा लगते थे। 'वॉच टावर' से जमाने पर सतर्क दृष्टि जमाए हुए। बलबन-खिलजी ने मंगोलों से निपटने के लिए क्या किया था। यही न कि सीमांत चौकियाँ बनवाई थीं। सतर्कता-की-सतर्कता और बोनस में ग्रीन-हाउस का लुत्फ। लू और 'गलन' का भरपूर मजा। हालाँकि इन्हें सिंहासन नहीं चाहिए था। हद-से-हद, एक अदद कुरसी भर की कामना रहती थी।

साढ़े सात सौ रुपए भाड़े के कमरे, लग्जरी की श्रेणी में गिने जाते थे। उन कमरों को अफोर्ड करना सबके बूते की बात नहीं। अत: वहनकर्ता लड़कों के प्रति, एक भिन्न नजरिया अपनाया जाता था। वही नजरिया, जो हम विदेशी प्रतिनिधिमंडलों के प्रति रखते हैं।

त्रिवेणी 'तीन' नदियों के संगम का शहर है। यहाँ पर स्थित प्रयाग-प्रशस्ति नामक स्तंभलेख में, 'तीन' शासकों का कीर्ति-लेख मिलता है। अशोक के इस स्तंभ को, समुद्रगुप्त कौशांबी से लाए थे। मजे की बात है कि समुद्रगुप्त के अश्वमेध यज्ञ का उल्लेख, इस प्रशस्ति में नहीं मिलता है। यह अनुमान लगाया जाता है कि उस उपलब्धि को हासिल करने से पूर्व ही, हरिषेण ने इस रचना को प्रकाशित कर दिया था। इसमें यह उल्लेख जरूर मिलता है कि उसे युद्ध और विजय में अखंड आनंद मिलता था। कालांतर में, मुगल बादशाह जहाँगीर के राज्यारोहण का उल्लेख भी इसमें उत्कीर्ण कराया गया था।

इन मिले-जुले कारणों से छात्र यहाँ रहते हुए, कम-से-कम तीन मकान तो बदल ही डालते थे। संभवत: ऐसा करने से संचित कर्म कट जाते हों। 'हरिषेण' रखने

की कामना तो सभी रखते थे, जो वक्त-जरूरत उनकी गौरव-गाथा गाएँ। हालाँकि 'हरिषेण' तो इस युग में भी मिल जाते थे, किंतु इसके लिए समुद्रगुप्त जैसी कुव्वत चाहिए। लगभग उस लेवल का पुरुषार्थ, जो उत्तरापथ, दक्षिणापथ सहित, आटविक प्रदेशों को एक साथ घोंटकर, लुग्दी बनाकर रख दे। राज्यारोहण की कामना तो हर प्रवासी की रहती थी। यही उनका प्रयोजन रहता था, यही अभीष्ट भी।

फी मोहल्ले, छात्र-ही-छात्र। सायंकाल सब्जी खरीदते छात्रों का हुजूम। चाय की दुकानों पर छात्र-ही-छात्र। यह एक ऐसा अद्‌भुत शहर है, जिसमें महत्त्वपूर्ण चौराहों के नाम, हलवाइयों को अर्पित किए गए हैं—हलवाई चौराहा, नेतराम चौराहा, जगराम, लोकनाथ जैसे दर्जनों चौराहे।

दिनचर्या का एक सेट प्रारूप। दोपहर के भोजन के पश्चात्, अनिवार्य निद्रा। चादर तानकर सोना, एक तरह से पॉप्युलर फैशन में शामिल था। नींद में खलल, नाकाबिले-बरदाश्त माना जाता था। मेन्यू की 'टॉप डिश'—दाल-भात-चोखा, संक्षेप में डी.बी.सी.। जब कभी, कुछ दिनों के लिए इंटरव्यू वगैरह के कारण, बाहर जाना पड़ता, तो उस शहर में डी.बी.सी. के बिना दिन काटना मुश्किल हो जाता था।

चूँकि उपलब्ध व्यंजनों से भूख तो मिट सकती थी, किंतु वह तृप्ति नहीं मिल सकती थी। रह-रहकर, डी.बी.सी. की याद सताती रहती। लौटने पर सबसे पहले, उस कोटा को पूरा करते थे, साथ-साथ उस शहर को कोसते जाते, लगे हाथ अपने 'प्रिय व्यंजन' को भी भकोसते जाते थे। इस प्रकार, डी.बी.सी. को राष्ट्रीय व्यंजन के स्तर की गरिमा प्राप्त थी।

सप्ताहांत पर मटर-पनीर अथवा लिट्टी-चोखा पार्टी, जिसके आयोजक और स्वयंसेवक, पहले से हीं तय रहते थे। यादौ, कंडे की आँच में लिट्टी पकाने के एक्सपर्ट थे। राजेश्वर चोखा-विशेषज्ञ। अकसर वे नीलवर्णी बाल्टी में चोखा तैयार करते हुए दिखाई पड़ते थे।

इस तरह के आयोजनों में, कोई विस्मय की बात नहीं कि अतिथि भारी संख्या में जुट जाते थे। प्राय: अनुमान से अधिक। सचमुच के अतिथि भी शामिल हो जाते थे, जो बिन बुलाए, बिना तिथि के निस्संकोच शामिल होने को, अपना कर्तव्य समझते थे। यह एक किस्म का बड़ा सा जलसा हुआ करता था, जिसे वे 'दिव्य और भव्य' कहते हुए, नहीं अघाते थे। हालाँकि इन आयोजनों में रंक का तो सर्वस्व लुट जाता था। उन दिनों, एक नवीन दर्शन ईजाद हुआ था—बदतरीन को बेहतरीन महसूस करो, कोई आपका कुछ नहीं बिगाड़ सकता। चाहे तंगहाली चरम पर हो, आपके शौक में

कोई बाधा, अवरोधक नहीं बन सकती।

गाँव-गिराँव से लेकर, कस्बाई शहरों तक के हिंदी पट्टी के विभिन्न प्रांतों के नौजवानों का संगम। कुछ संयुक्त परिवार की आशाओं को पूरा करने आए थे, तो कुछ माता-पिता की आकांक्षाओं को साकार करने। कुछ परिवार को दारिद्रय से उबारने का सपना सँजोए हुए। कुछ 'इलाकाई मेधावी' थे, जो झंडा गाड़ने के इरादे से आए थे, तो कुछ यशोलिप्सा की नीयत से। कुछ कुल-उद्धारक, तो कुछ कुलदीपक। संक्षेप में तमाम तरह की हसरतें पाले हुए।

मामूली तथ्यों पर भी शास्त्रार्थ जोरों पर चलता रहता था। चूँकि कई विषयों के 'आद्याचार्य', यहाँ प्रचुर मात्रा में उपलब्ध मिलते थे, जो सदा एक-दूसरे को मात देने की चेष्टा में सक्रिय रहते थे। 'चंचु-प्रवेश' स्तर के अथवा 'पहलौठी' स्तर के प्रतिभागी, मुँह बाए, इस वाग्विलास को सुनते रहते थे।

देवासुर संग्राम से लेकर, आज तक का डाटा, सब जुबानी याद। नाप-तोलकर ही, इन आँकड़ों को खर्च करते। अमित मितव्ययी। ज्ञानीजनों की भौंहें, अकसर मत्थे से चढ़ी रहती थीं। उस पर सौंदर्य यह था कि वे सवालात-जिज्ञासाएँ पूरे मनोयोग से सुनते थे, हालाँकि हल किसी का भी नहीं सुझाते थे।

चिकित्सा जगत् में हिप्पोक्रेट्स की शपथ लेकर, नुस्खा लिखने का आम चलन रहता है। ये नुस्खा लिखने के स्थान पर नुस्खा सुझाते थे अर्थात् तर्जनी उठाकर, टेक्स्ट बुक नोट कराते थे—विंसेंट स्मिथ, ए.एल. बैशम, पर्सी ब्राउन, विंटरनित्ज, भंडारकर, नीलकंठ शास्त्री, थपलियाल, सरदेसाई, जे.एन. सरकार, कनिंघम, कर्नल टॉड, हबीब्स, फरिश्ता, इब्नबतूता, बरनी, बदायूँनी, मजूमदार, सरकार, सतीश चंद्र, विपिन चंद्र, रामलखन शुक्ला, रामचंद्र गुहा, इग्नू के नोट्स और न जाने क्या-क्या।

वे अपनी अमूल्य राय, यों ही जाया नहीं करते थे। जब एक पोजीशन में बैठे-बैठे व्याख्यान देते-देते अकड़ जाते, तो पीठ को धनुषाकार मोड़ते थे। तत्पश्चात् विधिवत् अँगड़ाई लेते, जो सभा-विसर्जन का संकेत हुआ करती थी। यह उनके भाव-प्रदर्शन की, लोकप्रिय मुद्रा समझी जाती थी। ऑडिशन देनेवाले, मन-ही-मन दाद देते थे, चमत्कृत होते रहते थे।

मुरीद, इन सभाओं से उलटे पैरों निकलते थे। देव-विग्रह की ओर पीठ फेरना शास्त्रों में निषिद्ध बताया जाता है। फिर भी अपवाद तो हर जगह पाए जाते हैं। अत: कुछेक विद्रोही शिष्य भी पाए जाते थे, जो पटरी पर इंजन को चुनौती देने के वास्ते, सीना ठोंककर खड़े मिलते थे।

ये 'गुरुद्रोही' शिष्य, पीठ पीछे गुरु को वर्नाक्यूलर गालियाँ देते थे। वे भूतपूर्व गुरु की टिप्पणी को, हर कदम पर खारिज करते रहते थे। उनके वक्तव्यों को गलत और गुमराह करनेवाला बताते थे, जिसके जवाब में गुरु, उनकी आंतरिक चर्चाओं को लीक करनेवालों की कटु आलोचना करते थे, साथ ही सफाई देते जाते थे कि उनकी टीकाओं को विकृत कर, व्यापक रूप से गुमराह करनेवाली खबरें फैलाई जा रही हैं।

बहरहाल, उस वातावरण के असर से बचना, अच्छे-अच्छों के लिए मुश्किल रहता था। यह एक मनोवैज्ञानिक तथ्य है, 'प्रतियोगी परीक्षा का नशा बड़ी जल्दी चढ़ता है और उतरता बड़ी मुश्किल से है।' साथ ही इस शहर का नशा, अगर एक बार चढ़ जाए तो ताउम्र हैंगओवर बना रहता है।

2

तंबू-कनात तन गया है। देहातों से भारी संख्या में वापसी हो रही है। पैसेंजर-एक्सप्रेस ट्रेनों पर लड़के लगभग हमलावर हो गए हैं, टिड्डीदल की तरह टूट पड़े हैं। सभी ट्रेनें लदी-फँदी आ रही हैं। जिम्मेदार यात्रियों ने अपनी यात्राएँ स्थगित कर ली हैं। आरक्षित सीट पर छोकरे कब्जा जमाए मिलेंगे। इनके मुँह कौन लगे। छोकरे, माने जी का जंजाल।

लड़के, सुषुप्त आसन से हिल-डुल रहे हैं। शवासन से डाइरेक्ट भुजंगासन में कूदी मार लिये हैं। धीमा-आवेगहीन जीवन, सहसा चैतन्य हो चला है। अकस्मात् माहौल बदला हुआ सा दिख रहा है। संपूर्ण वातावरण उत्तेजना से परिपूर्ण हो चला है। पी.टी. की डेट जो आई है।

हमारे लॉज में कई छात्र रहते थे। कुछ पुरातन थे, तो कुछ नए-नवेले। भूतल पर, एक विकट परिश्रमी छात्र रहते थे। उन्होंने पढ़ने की विचित्र शैली विकसित की हुई थी। वे सदैव 'हौंककर', 'चाँपकर' अथवा 'दचककर' अध्ययन करते हुए पाए जाते थे। बकौल पंडितजी, वे 'झमाझम' पढ़ने के शौकीन थे। वे दुर्लभ तथ्य रटने के शौकीन थे। 'नेपच्यून-यूरेनस' तक के द्रव्यमान-घनत्व उन्हें कंठस्थ रहते थे।

वे धुरंधर खैनीबाज थे। इस दिशा में उनकी प्रतिभा इतनी प्रखर थी कि वे रजनीकांत शैली में खैनी फेंकते थे और हवा में ही, जिह्वा से लपक लेते थे। जिस तरह से दादुर, कीट-पतंगों को लपकते हैं। यह क्षमता उनमें, काफी विकसित अवस्था में दिखाई पड़ती थी। संभवत: सरीसृप-जगत् के अनुकरण से अर्जित की गई थी।

वे तंबाकू गाँव से लाते थे, पत्ते-बूटे सहित। तनासहित पादप का भरपूर स्टॉक उनके यहाँ, हर क्षण उपलब्ध मिलता था। जब कभी सुहृद गुणीजन, उनसे मिलने जाते थे, तो वे एकाध पौधा, स्मृतिचिह्न के रूप में भेंट करना न भूलते थे, रिटर्न गिफ्ट के रूप में।

पंडितजी से उनके सब्जेक्ट्स मेल खाते थे। उनकी परिश्रमशीलता देखकर, पंडितजी प्राय: भयाक्रांत रहते थे। कई बार उनके भगीरथ प्रयत्न को देखकर, इन्हें लगने लगा था कि इन्होंने अपना आज तक का जीवन, निरर्थक ही गँवा दिया। हालाँकि परिणाम की निष्ठुर न्याय-तुला पर 'भगीरथ', अकसर चूक जाया करते थे।

उनके मुताबिक, पाश्चात्य चिंतक लास्की और एम.एन. राय अकसर उनकी सफलता के आड़े आ जाते थे। हेराल्ड लास्की सिद्धांत से समाजवादी थे। व्यक्तिगत स्वातंत्र्य में उनकी गहरी आस्था थी। लेबर पार्टी की सरकार गिरने पर, उनमें वैचारिक परिवर्तन आ चुका था। अब वे 'थोड़ी क्रांति जरूरी है' के पक्षधर बन चुके थे। "लास्किया प्रगतिशील और निर्भीक विचारक हुआ करें। सरऊ, हमको तो फँसा ही गए।" कहकर वे अपना गुबार निकालते रहते थे। पानी पी-पीकर कोसते थे।

एम.एन. राय का चिंतन, उनकी लंबी वैचारिक यात्रा का परिणाम था। वे किसी विचारधारा से कभी बँधे नहीं रहे। यह 'लंबी वैचारिक यात्रा' और 'किसी विचारधारा से न बँधा रहना' लोकल भगीरथ को, कभी रास नहीं आता था। इस वाक्यांश के प्रभाव में उनका 'क्वैश्चनवा' अकसर गलत हो जाया करता था। संक्षेप में परिवर्तनशील विचारकों से उनकी राशि कभी मेल नहीं खाई।

कॉन्स्टीट्यूशन के सवालों में भी अकसर उनका नजदीकी मामला बन जाता था। अनु. 363क देशी राज्यों को दी गई मान्यता की समाप्ति और निजी थैलियों के अंत से संबंधित प्रोविजन था। 'कमीशनवा' गज्जबै अनुवाद करता था, 'निजी थैली' माने 'प्रिवीपर्स'। प्रिवीपर्स, पर्सनल प्रिविलेज का संक्षिप्तीकरण था।

अनु. 263 केंद्र-राज्य संबंधों में विवादों के समाधान व परस्पर सहयोग के विकास को लेकर, अंतरराज्यीय परिषदों के गठन से संबंधित है। जिन वर्षों में 263 पूछा गया हो, वे 363 का उत्तर लिख आते थे। जब 363 पूछा गया हो तो वाइस-वर्सा कर आते थे। कभी दुरुस्त नहीं लिख पाए।

उनके कठोर परिश्रम को देखकर, अच्छे-अच्छे हिल जाते थे। रूम पार्टनर से लेकर, साइड पार्टनर तक। पड़ोस के कमरे में रिहाइश करनेवाले को, 'साइड पार्टनर का दर्जा' हासिल रहता था। बकौल पंडितजी, "एतना मेहनत में तो, कौनो

अगवान-भगवान् मिल जइहैं।" उस दौर में इस सिद्धांत का व्यापक रूप से बोलबाला था, "एतना मेहनत करौ कि सामनेवाला हिल जाए।"

हालाँकि 'सूखा' केवल इनके लिए ही नहीं पड़ा था। कई दिग्गज धराशायी हुए थे। 'सीटिया' सौ के अंदर-अंदर आ रही थीं। कइयों का 'पीटिया' गड़बड़ाया। बड़े-बड़े शूरमा, रण में खेत रहे। उतने ही क्वेश्चन का अंतर रहा, जितनों में अंतिम पाँच मिनट में उनका मन 'डोल' गया था।

भगीरथ ने मात्र 'दस गोला,' 'चेंज' किया था, रबड़ से मिटाकर। कभी-कभी "वक्त और हालात के मुताबिक सोच और फैसले बदलने पड़ते हैं। रणनीति में परिवर्तन करना पड़ता है। ग्राउंड रियलिटी के हिसाब से फैसले लेने पड़ते हैं। दुनिया बदल रही है, राय भी तो बदली जा सकती है।" परीक्षा हॉल में अंतिम समय में यह सूक्त, उनके मस्तिष्क में लगातार गूँजने लगा।

हालाँकि पंडितजी ने खूब चेताया था। लाख समझाया था, "ऐन मौके पर शैतान उकसाएगा। चौकस रहना। 'एडम-हव्वा' को उकसाया। ससुर हमरी-तुमरी का बिसात। असंयमित होने का दंड, उन्हें भी भुगतना पड़ा। डाइरेक्ट स्वर्ग से निष्कासन हुआ।" परीक्षा वाली सुबह, उन्होंने गुरुमंत्र भी दिया था, "टाइट पैंट पहनकर जाओ। रबड़ को पिछली पॉकेट में, पर्सवा के नीचे खोंसे रखना। ऐसे फँसाए रहो कि लास्ट दस मिनट में मन करे, तो लाख कोशिश के बाद भी रबड़वा बाहर न निकले। शैतनवा कोशिश करेगा। उसका तो काम ही है, बुद्धि भ्रष्ट करबै करेगा।"

पिछलका महीना में 'आण्टिया' ने भी 'सरापा' था, "तुम! राम सिंह की तरह सड़ोगे।" शाप सुनकर, इन्हें लगभग मूर्च्छा छा गई। सन्निपात हो गया था। "अनिष्ट की कामना, वह भी राम सिंह सर की तरह। इससे अच्छा तो, मौत दे देतीं।"

राम सिंह सर, 'वेटरन ऐस्पिरेंट' रह चुके थे। उन्होंने कंपीटिशन देना तब शुरू किया था, जब पी.टी. नहीं हुआ करता था। तब डायरेक्ट मेंस का जमाना था। सस्ते का जमाना, नब्बे के दशक का शुरुआती वर्ष रहा होगा। एम.पी. ने शुरुआत की थी, फिर यू.पी. ने। अब उनका लास्ट अटैंप्ट हो चुका था। उन्होंने पड़ोसी राज्यों तक की खाक छान डाली। नतीजा सिफर ही रहा। इस धरती से कभी कोई खाली हाथ नहीं गया, लेकिन राम सिंह सर को, स्टेशन मास्टरी तो क्या, मास्टरी तक नसीब नहीं हुई। वस्तुत: शाप भयानक था। श्रोताओं तक का कलेजा मुँह को आने लगा।

आंटी का मत किंचित् भिन्न था। बकौल आंटी, "छोटा सा ही काम तो कहा था। 'चिरकुट' को गंगाजी तक फेंकने को कहा था। कहाँ कहना माना।" चिरकुट से

उनका आशय, 'अंकल' से रहता था। अंकल, अवकाशप्राप्त अफसर थे। आंटी से उनका गृहयुद्ध दशकों से जारी था। यह एक ऐसा युद्ध था, जिसमें कभी युद्धविराम नहीं देखा गया। किराएदार लड़के, अकसर युद्धकालीन संवाददाता बने रहते थे।

आंटी, अंकल से घनघोर वितृष्णा रखती थीं। वे किसी भी कीमत पर उनका 'विसर्जन' चाहती थीं। अत: वे लड़कों को बार-बार प्रलोभन देती रहती थीं। क्रमश: उन्हें उकसाती और ललकारती, "बीस रुपए की मिठाई खिलाऊँगी तुमको। हट्टे-कट्टे हो। चार जन मिलकर हाथ-पैर पकड़कर, इस चिरकुट को फेंक क्यों नहीं आते।" लड़कों को इस 'पुनीत कर्तव्य' से कोई खास एतराज नहीं रहता था। इस 'विसर्जन-प्रस्ताव' में बस एक अड़चन पड़ती थी। वह यह थी कि ऐसा करने से डायरेक्ट 'इंडियन पीनल कोड' आकर्षित होता था।

फेल होने के लिए, 'अभिशाप' के अलावा, अन्यान्य कारण भी उत्तरदाई ठहराए गए—पर्चा 'बहुतै टाइट' आया था। 'इब्राहिम लोदी की अम्मा ने किसे जहर दिया था।' "हमको का मालूम भैया! बाबर हुमायूँ के पलंग के तीन चक्कर खाके, बीमारी से निकरे थे। कुछ भी कहो, एतना घुसिके 'फैक्टवा' नहीं पूछना चाहिए। 'कांसेप्टवा' तक बात रहे, तो ठीकै रहता है।"

"'निर्वाण-नारायण' का विरुद कौन धारण किए थे।" राजा भोज, वाक्पति मुंज, तैलप द्वितीय और नरवर्मन चार ठो आप्शन रहा। तीन ठो को जानत रहे। नरवर्मन माने नरो वा कुंजरो। 'केसिया', झा-श्रीमाली, राधाकुमुद मुखर्जी, ए.एल. बाशम, थापर की ऐंसिएंटवा झोरके पढ़े रहे। नरवर्मन का तो, नमवे नहीं सुने थे। परमार राजा भोज, पदवी धारण करने के बहुतै शौकीन रहे। फिलासफर-कवि टाइप के राजा रहै। कृत्यकल्पतरु, राजमार्तंड, समरांगण सूत्रधार, चंपूरामायण, श्रृंगारविजय जैसी सात दर्जन कितबिया लिख मारे।'

"वाक्पति मुंज, योद्धा तो जोरदार रहे। छह बार तैलप को हराए। सतवीं बार, खुदै निपट गए। मुंज के टाइटल, श्रीबल्लभ, पृथ्वीबल्लभ टाइप के जियादा रहे। तैलप, साउथ इंडियनै रहा। निर्वाण जइसा टाइटल, भला काहे रखेगा। ढेर टाइटलवाले रहे, राजा भोज।"

निस्संदेह, इनमें से राजा भोज के विरुद, सबसे अधिक हुआ करते थे। उस समय अकस्मात् सन्नाटा छा गया, जब उन्हें मालूम चला कि यह विरुद 'नरवर्मन' ने धारण किया था। समस्त चराचर सकते में थे। हवा ने बहना बंद कर दिया। पक्षियों का कलरव शांत हो चुका था। यह क्या, सभी 'सनाका' खींच गए। बड़े-बड़े तीसमारखाँ

साँस खींचे हुए थे। यह सवाल सबका गलत हुआ था, सिवाय 'मिसेज ओपी' के।

एकत्र समुदाय 'ओपी' का मुँह ताकने में व्यस्त हो चला था। ईर्ष्या-मिश्रित भाव से देखे जाने पर 'ओपी' असहज हो उठे। इस ज्वलनशील ताप को उन्होंने साक्षात् अनुभव किया। ईर्ष्या-डाह चरम पर। 'ओपी' को सफाई देनी पड़ी, "ऐसे मत घूरो हमका। हमहूँ भोज परमार, मारके आए हैं।" इस बयान के बाद भी शंकालु दृष्टि यथावत् बनी रही। अतः उन्होंने रहस्य से परदा उठाने में, क्षण भर का विलंब नहीं किया, "एक्कै सवाल सही है, मैडम का। बकिया एक सौ उन्नीस गलत हैं। अब जियादा खून न उबारो। हम उनकी बुकलेटिया, खुदै चेक किए हैं।"

यही नहीं, स्थिति को अधिक स्पष्ट करने के लिए, उन्हें मैडम का विस्तृत ब्योरा पेश करना पड़ा। बकौल 'ओपी', "मैडम! पी-एच.डा. कर रही थीं।" वे सात साल से शोधछात्रा थीं। अभी तक थीसिस जमा नहीं कर पाई थीं। निकट भविष्य में भी संभावना कम ही बन रही थी। यदि वे 'पाँच साल में पूरा कर जातीं, तब वे पी-एच.डी.कहते।'

यह एक सामान्य सा नियम है कि किसी भी किस्म की कोई संज्ञा, आकार बढ़ने पर, आकारांत या पुल्लिंग हो जाती है। शास्त्रीय दृष्टि से ओपी का पी-एच. डी. को पी-एच.डा. बोलना, लड़कों को, उचित जान पड़ा। इस प्रतिभा-परिचय से, दग्ध हृदयों पर चंदन की सी शीतलता छा चुकी थी।

रामध्यान-रामाधार रूममेट थे। दोनों जने पी.टी. देकर साथ ही लौटे। उस दौर में, बुकलेटिया की सामूहिक जाँच-प्रथा का आम चलन था। सिद्ध पुरुषों की बाकायदा जूरी बैठती थी। अपराधी मुश्कें बाँधकर, जूरी के सामने हाजिर किए जाते थे। 'जूरी' की जाँच के अवसर पर, रामध्यान उपस्थित नहीं थे। वे पनीर लेने गए हुए थे। रात्रि के 'दिव्य और भव्य' आयोजन के लिए। 'रामाधार' के छियत्तर सवाल, सही पाए गए। हालाँकि उनके साथ थोड़ी सी हमदर्दी बरती गई। संभवतः रामाधार को संदेह का लाभ दिया गया था। चूँकि वे जूरिस्ट्स के प्रति अनुपम सेवाभाव धारण करते थे। एक तरह से वे भाग्यशाली ही रहे कि गुड्डू सर मौके पर मौजूद न थे। वे वीडियो कैसेट लाने गए हुए थे।

वे होते तो, गजब हो जाता। वे भयंकर ठंड में भी 'चेतक' पर सवार होकर आते थे। बजाज चेतक पर। डिक्की में आलू-प्याज के साथ बुकलेटिया रखे रहते थे। बुकलेटिया तीन रंगों से रँगी रहती थी। विभिन्न रंगों के काट-पीट के निशान, सहजता से यह प्रभाव पैदा कर जाते थे कि उन्होंने तीन स्तरों पर मिलान कर लिया है।

त्रिस्तरीय व्यवस्था, हर लिहाज से आदर्श व्यवस्था कहलाती है, श्री स्टेज चेकिंग। वे होते तो, 'पर्चवा', निर्ममतापूर्वक चेक करते। अपनी खास 'ललकी कलमिया' से ही चेक करते थे। गलत जवाब पर बहुत बड़ा काटे का निशान लगाते थे, मरजीना की तरह। जीरो भी बहुत बड़ा धरते थे। वे बड़े निष्ठुर थे। बर्बर हमलावर की तरह, भयंकर मार-काट मचाते थे। जो सवाल उनको नहीं बुझाता था, उसके शाश्वत् गलत होने की घोषणा कर डालते थे। 'डाउटफुल' को भी बट्टे खाते में डाल देते थे। प्रश्न-पत्र जाँचने में अभी तक, उनकी अभूतपूर्व प्रतिष्ठा बनी हुई थी।

गली के मुहाने से उनके स्कूटर की खड़खड़ाहट सुनाई पड़ती थी। लड़का लोग भयग्रस्त होकर, कामकाज छोड़कर, अपनी-अपनी बुकलेट छिपाने में व्यस्त हो जाते थे। रक्तपात से बचने का और कोई उपाय भी नहीं रहता था, न ही रक्तचाप से बचने का। 'फेल किए बिना सर का खाना हजम नहीं होता।' उनकी जाँच का दायरा बेहद सख्त और कसा हुआ पाया जाता था। उस घेरे से विरले ही निकल पाते थे। एक सार्वभौमिक किस्म का नारा चल निकला था, "गुड्डू सर की मार्किंग में पास कैंडिडेट को, यू.एन.ओ. भी फेल नहीं कर सकता।"

रामाधार का परचा गजबै हुआ था। उनके पूरे छियत्तर सवाल सही पाए गए। सभी उनको सराह रहे थे। जूनियरवे तो दाँतों तले अँगुली दबाए हुए थे। उनसे ऐसी उम्मीद न थी। अभी तक 'लाजवा' में उनकी छवि विद्यादमन और ज्ञानरिपु जैसी बनी हुई थी। 'एकदम से उछाल मारी है पठ्ठे ने। इसे कहते हैं छुपा रुस्तम।'

रामध्यान, सौदा-सुल्फ लेकर लौट आए। जूरी, फिर से उनके विचारण के लिए बैठी। पहले पेज में एक्को सवाल सही नहीं था। दुसरका-तिसरका पेज, निल बटे सन्नाटा। वे लाख चिल्लाए कि "विद्या कसम! हमने अइसा टिक नहीं मारा था। हम तो वो मारे थे।" उनकी अपील नक्कारखाने में तूती की आवाज साबित हुई। इस समय तो केवल-और-केवल जूरी की तूती बोल रही थी। जूरी ने उन्हें जमकर लताड़ लगाई कि इस तरह का व्यवहार उन्हें शोभा नहीं देता! अभी तक उनकी 'सिंसियर इमेज' चली आ रही थी।

आज वे सबकी नजरों से उतर चुके थे। गिर चुके थे। उन्हें फौरन लेक्चर पिलाया गया। रामाधार से सीख लेने को कहा गया। यह भी कहा गया कि अभ्यास से सबकुछ संभव है। यह साबित कर दिखाया है रामाधार ने। इन दीन वचनों को सुनकर, रामध्यान एकदम्मे फ्रस्टिया गए। वे एक साथ, अवसाद-विषाद में घुस चुके थे और अब क्रमशः कोमा की ओर बढ़ रहे थे।

खाना बनाने में दोनों जुटे हुए थे। खाना बनाने में उनकी जोड़ी हिट थी, लक्ष्मी-प्यारे या शंकर-जयकिशन की तरह। रामध्यान ने बहाना बनाकर, रामाधार से बुकलेटिया माँगी, जिसे फौरन नजरअंदाज कर दिया गया। फिर उसने कातर पुकार के स्वर में माँगी। इस प्रार्थना को टाल दिया गया। 'बुकलेटिया पलटने में खाना बनाने में लेट हो जाएगा और पार्टिया में विलंब हो जाएगा' को आधार बनाया गया था।

बारंबार माँगने पर उसने कई बहाने बनाए। वे आज की 'दिव्य-भव्य' पार्टी के मुख्य संचालक थे। वैसे वे हमेशा, इन पार्टियों के संचालक हुआ करते थे। अपनी पाककला पर वे आत्ममुग्धता की सीमा तक मुग्ध रहा करते थे। कहते थे, "ससुर, ऐसन गोलकी रोटिया बनाइब कि लँगड़ा परकरवा फेल होइ जाई।"

इस बीच 'संजइया' रामाधार की अलमारी से पर्चवा निकाल लाए, चुप्पैचाप और उसे रामध्यान को थमा गए। वे रामध्यान से सहानुभूति रखते थे। रामध्यान ने एकांत में, बुकलेट का एक-एक पन्ना देखा। अकस्मात् वे उत्तेजना भरे स्वर में चिल्लाए, "ये टिकवा तो हम मारे हैं, देखो-देखो। बायाँ टिक हमहि मारते हैं। इस लाज में बाएँ हाथ से, हमारे सिवा और कौन लिखता है।"

बाएँ हाथ से लिखनेवालों का सही का निशान, प्राय: उलटकर रखी गई हॉकी जैसा दिखाई पड़ता है। अत: उसे इस बात में कोई संदेह न रहा कि वह उसकी निजी बुकलेट थी। उपधा परीक्षा के रूप में रामाधार को, टिक मारकर प्रमाण सिद्ध करने की चुनौती दी गई, जिसे उन्होंने स्वीकार नहीं किया। वे मौन खींचे रहे। चुप्पी साधे रहे। वे अपना सत्य जानते थे कि लाख कोशिश करने पर भी वे खब्बूवाला टिक नहीं मार सकते।

दरअसल, दोनों का एक ही सेंटर था। एक ही साइकिल पर सवार होकर, दोनों वापस लौटे। रामध्यान, डंडे पर आगे बैठे थे। दोनों की बुकलेटिया उन्होंने थामी हुई थी। थोड़ी देर बाद उन्हें रोल करके, उन्होंने हैंडल पर फँसा लिया अर्थात् किस्मत की अदला-बदली, उनके निजी हाथों से ही संपन्न हुई थी, थोड़ी देर के लिए ही सही।

परस्पर बुकलेटिया एक्सचेंज होने का रहस्योद्घाटन, इस तरह से इस सरल विधि से संपन्न हुआ था। गरमागरम रोटी सेंकते हुए रामध्यान पहले खूब गरम हुए, फिर उन्होंने रामाधार को खूब मार मारी। भारी-भरकम शब्दों से मारी। इस प्रकार 'पर्चवा चेक' करने के दौरान, कई बार अटूट-से-अटूट मैत्री खतरे में पड़ जाती थी। कभी-कभी तो टूट भी जाया करती थी।

3

लॉज के अहाते में, एक साइकिल खड़ी मिलती थी, जो पुरातात्त्विक महत्त्व की सी दिखती थी। देखनेवाले दावा करते थे कि यह साइकिल निश्चित रूप से मैकमिलन के आविष्कार से पूर्व की होगी। न कॅरियर, न मडगार्ड। न चेनकवर, न रबड़-पैडल। पैडल के नाम पर, नुकीले अवशेष भर शेष थे।

साइकिल क्या थी, जीर्ण-शीर्ण, जर्जर स्वरूपा थी। उसे हाड़-तोड़ (बोनशेकर) कहना अधिक उचित जान पड़ता था—साक्षात् द्विचक्रवाहिनी। किसकी यातायात व्यवस्था का हिस्सा थी, यह कभी निश्चित नहीं हो सका। सवार को अभी तक, किसी के भी द्वारा नहीं देखा जा सका था। हो सकता है, रात को बैठता हो। एकांती यातायात का शौकीन हो।

आंटी, हर शाम, उस भग्नावशेष संरचना को घर से बाहर फेंक आती थीं। एक तो वे सुरुचि संपन्न थीं ही। मकान मालकिन होने के नाते, उन्हें यह विशेषाधिकार वैसे ही प्राप्त था। आश्चर्यजनक रूप से, वह संरचना, सुबह अपने पूर्व स्थान पर पूर्ववत् दिखाई पड़ती थी। वे उसे फेंकते-फेंकते तंग आ चुकी थीं। एक दिन, निराशा भरे स्वर में कह रही थीं, "हम देखना चाहती हैं, इस टुटही साइकिल का टुटहा सवार, आखिर है कौन।"

रात के तीन बजना चाहते थे। गेट की घंटी लगातार बजती चली जा रही थी। श्रीवास्तव, सोने की तैयारी में थे। उनका आज का असाइनमेंट, लगभग कंप्लीट होने जा रहा था। श्रीवास्तव लंबी पारी खेलते थे। निस्तब्ध रात्रि में, कर्कश घंटी की आवाज ने उनकी एकाग्रता भंग कर दी। अत: उन्हें गेट की तरफ जाना पड़ा।

मेन गेट पर अंकल दिखाई दिए। मकान मालिक सुरुचिपूर्ण वेशभूषा में थे। सूट-टाई पहने घंटी बजाने में व्यस्त। किराएदार ने मकान मालिक से कहा कि अब आप घंटी बजाना मुल्तवी कर दीजिए। हम तुरंत आंटी से चाबी लेकर आते हैं। वे दौड़कर आंटी के कमरे की तरफ गए। अंदर से खटर-पटर की आवाजें आ रही थीं। इसका मतलब था कि आंटी अभी भी जाग रही हैं। उन्हें जगाना नहीं पड़ेगा। तीन-चार आवाजें दीं। कोई रेस्पॉन्स नहीं आया।

वे शायद पूजा-पाठ में व्यस्त थीं। ध्यान से सुना तो पता चला कि वे महाभारत का पाठ कर रही थीं। चाबी की पुकार को सुनकर भी अनसुना कर रही थीं। श्रीवास्तव समझ चुके थे कि वे ऐसा बरताव जानबूझकर कर रही हैं। अकसर ऐसा करती हैं। अत: समय व्यर्थ न कर वे तेजी से निकल लिये। दोनों हाथों में दो लकड़ी की कुरसी

टाँगे हुए, वे गेट की तरफ दौड़े। एक कुरसी गेट के बाहर स्थापित की, दूसरी अंदर की ओर। एक किस्म का टेंपरेरी सेतु बन चुका था।

अंकल इस उम्र में भी सुदर्शन थे। हालाँकि इस समय वे क्रोध में थे और सुदर्शन चक्र धारण करने की हसरत जता रहे थे। सहसा उन्हें यह स्मरण हो आया कि उनकी हैसियत, मकान मालिक की हैसियत थी। इतनी रात में उन्हें, घुसपैठिए की हैसियत से, अपने ही घर में प्रवेश करने की जहमत उठानी पड़ रही थी।

डगमगाते हुए कदमों से, उन्होंने सेतु पार किया। नौजवान के कंधे का सहारा लेकर वे भूमि पर अवतरित हुए। रक्तचाप बढ़ाकर वे आंटी से मुखातिब हुए, "चबिया काहे नहीं दीं।" आंटी अभी भी महाभारत-पाठ में व्यस्त थीं। महाभारत का माहौल उन्हें अतिशय प्रिय था।

वे अंकल से अकसर युद्ध छेड़े रखती थीं। इस प्रश्न को गैर-जरूरी मानकर उन्होंने नजरअंदाज कर दिया। हाथ नचाकर बोलीं, "इतनी रात को इतना सज-धजकर, आखिर आ कहाँ से रहे हो।" इस सूक्त वाक्य ने वार्ताक्रम में उबाल लाने में भरपूर भूमिका अदा की। दावाग्नि भड़क उठी। सूर्योदय तक महाभारत चलती रही। आंटी अपने उद्देश्य में एक बार फिर से सफल रहीं। वृद्ध युगल, दशकों से इस परंपरा को निभाता चला आ रहा था। यह उनके प्रेम-प्रदर्शन की सहज भंगिमा बताई जाती थी।

अंकल इन परिस्थितियों को बखूबी समझते थे। युद्ध टालने की वे भरसक कोशिश करते। फिर भी होनी को कौन टाल सकता है। उधर आंटी, युद्ध के हालात पैदा करने में निपुण थीं। अपने चिरशत्रु को, वे रह-रहकर झटका दिया करती थीं। नियमित तौर पर, कुछ-न-कुछ नुकसान पहुँचाकर। अंकल, उनसे सतर्क से रहते थे। अब वे बड़े पैमाने पर चौकन्ने से रहने लगे। अपना जूता-मोजा, थाली-प्लेट, कपड़े-लत्ते, माल-असबाब, हमेशा सँभालकर रखते थे। 'यात्री अपने सामान की सुरक्षा स्वयं करें। हमारी कोई जिम्मेदारी नहीं होगी।'

चूँकि आंटी बहुत ही धर्मपरायण महिला थीं, अतः वे नियमित रूप से पूजा-पाठ किया करती थीं। अन्य धर्मग्रंथों के साथ-साथ नियमित रूप से महाभारत का पारायण। नित्य प्रति तीन बार, गंगा स्नान। यह उनका रोज का क्रम था। संयोगवश, अंकल की कोई वस्तु हाथ लगी नहीं कि तत्काल गंगा-प्रवाह··· अभी पिछले हफ्ते की ही तो बात है। अंकल भूतल से चीख रहे थे, "अरे पंडितजी! सुनो। अरे भई, हमारा कुरता-पैजामा देखे कहीं। सुबह सुखाने डाला था।"

पंडितजी बोले, "अंकल! देखे तो नहीं, पर अनुमान है कि अब तक निश्चित तौर पर बनारस पहुँच चुका होगा। शाम को आंटी को जाते हुए देखा था, आँचल में कुछ समेटकर ले जाते।"

'घोषित शत्रु' की किसी भी स्तर की हानि पर, वे परम प्रसन्न रहती थीं। लगभग मुदित। मानो कोई दुर्जेय दुर्ग जीत लिया हो।

भरी सभा में बैठे अंकल को देखकर, आंटी की मानो, मुँह-माँगी मुराद पूरी हो जाती थी। उनकी बाँछें खिल जातीं और वे अतिरिक्त उत्साह से भर जाती थीं, जो उनकी भाव-भंगिमाओं से साफ-साफ झलकता था। मसलन टेलीविजन पर क्रिकेट मैच चल रहा हो। अंकल, टेस्ट क्रिकेट के परम शौकीन थे। लड़के भी मैच देख लेते थे।

सहसा कमरे में आंटी का प्रवेश होता। वे योजनाबद्ध तरीके से सीन में एंट्री करती थीं, अकस्मात् किसी को संबोधित किए बिना, शाश्वत शैली में संवाद बोलती थीं, "देख रहे हो चिरकुट को। गावतकिए पर पसरा बैठा है। नवाबी ठाठ तो देखो जरा। कमेंट्री सुन रहा है, इंग्लिश में। आती भी है अंग्रेजी, चिरकुट को। फोन की स्पेलिंग एफ.ओ.एन.ई. लिखता है। बड़ा आया, इंग्लिश कमेंट्री सुननेवाला।"

अंकल चुप रहते थे। मर्यादा बनाए रखते थे। स्वगत में संक्षिप्त सी प्रतिक्रिया देते, "पग्गल।"

सहसा संवाद अतीत के गौरव-गान से ओत-प्रोत होने लगता था, "जब हम ब्याही गई थी, इस घर में कथरी तक नहीं थी। कलछुल भी हम मायके से लाई थीं। आज देखो नवाब बने बैठे हैं, नवाबगंज के।"

अंकल टोकने की निष्फल सी चेष्टा करते, "तुम चुप रहो जी!"

"देखो! हमको घुड़की दे रहा है। हमारा भाई है आर.पी. सिंह। नासा में इंजीनियर है। उसके सामने तो यह चिरकुट, च्यूँटी बन जाता है।"

उस दिन भी आंटी ने कोहराम मचाया हुआ था। लॉज के लड़के हड़बड़ाए से बाहर निकल आए। फिर वे कमरों की दहलीजों पर खड़े हो गए। कुछ समझने की असफल सी चेष्टा करते हुए। आंटी भूतल पर थीं। वे चीख-चीखकर मुनादी पीट रही थीं। उनके ज्यादा ऊँचा बोलने से अच्छी-खासी उत्तेजना पैदा हो रही थी। इस उत्तेजना में, उनकी साँस चढ़ी हुई थी।

उन्होंने तर्जनी और मध्यमा से विक्ट्री जैसा संकेत बनाया हुआ था। उन्होंने कुछ बोलने की चेष्टा की। वे इतना बोल चुकी थीं कि अब उनकी हँफनी छूट रही थी।

लड़कों ने एकाग्रचित्त होकर सुना। तब जाकर समझ में आया कि वे किसी अनहोनी की बात कर रही थीं। "अभी-अभी दो काले-काले लड़के···मेरी लॉज में घुसे हैं। मैंने अपनी आँखों से देखा है। जहाँ भी हैं, निकालो उन्हें बाहर।"

यह अप्रत्याशित सूचना पाकर, लड़के एक-दूसरे का मुँह देखने लगे। मामले को समझने में, कुछ देर जरूर लगी थी। मौन की भाषा में कानाफूसी होने लगी। फिर मौन की ही भाषा में वार्त्तालाप। 'मौनं सम्मति लक्षणम्।' कसूर मान लिया गया था। अब वे रहस्य जान चुके थे। सीढ़ी के नीचेवाले कमरे में दो मेहमान पधारे थे, जो अभी भी चौकी के नीचे छिपे हुए थे। इस अकस्मात् हमले से वे अभी भी काँप रहे थे।

थोड़ा समय बीतने के पश्चात् मामला शांत हो चुका था। फिर भी वे चौकी के नीचे छुपे रहे। अभय संकेत पाकर भी वे बाहर आने से स्पष्ट इनकार करने लगे। हाथ हिला-हिलाकर मना करने लगे। बेचारे विजड़ित हो चुके थे। मेहमान, उस कोठरी के रहवासी के गाँव से आए थे, मेल-मुलाकात करने। कुशल-क्षेम लेने। इस अप्रत्याशित आक्रमण के प्रभाव में, वे जो संदेशा देने आए थे, उसे बताना भूल गए। उन्हें जान के लाले पड़े हुए थे। बेचारे! आर्य-द्रविड़-सभ्यता-संघर्ष का शिकार होते-होते बचे। हमला आकस्मिक था। बिना किसी नोटिस का गुरिल्ला-आक्रमण की संहिता में यही विधि सिखाई जाती है।

आगंतुक जानते भी कैसे कि अनजाने में ही सही, उन्होंने अलंघ्य विधान तोड़ा है। अगम्यागमन क्षेत्र में अनधिकृत प्रवेश। अपराध तो हो ही चुका है, अनजाने में ही सही। छुप-छुपकर उन्हें ढाढ़स बँधाया गया। दोनों स्वेदसिक्त थे। पसीने से तर-बतर।

लॉज-प्रवेश का एक अलिखित सा विधान था, जो निस्संदेह आंटी द्वारा ही प्रतिपादित किया गया था—

1. किराएदार अथवा आगंतुकों में से कोई भी किरदार श्यामवर्ण न हो। हो तो गौरवर्ण-उजला-उन्नत नासिकावाला हो।
2. शिखा-चोटी-चुरकीधारक न हो।
3. धोती-कुरता-पायजामा न पहनता हो। देहाती-ग्रामीण-कस्बाई कतई न हो।

हालाँकि किसी दौर में, ये तीनों लक्षण, ग्राम्य-कुलीनता के लक्षण गिनाए जाते थे। मेघवर्ण-कृष्णवर्ण नायक भारतीय सौंदर्य शास्त्र में एकमत से मान्य है। लावण्यमयी भंगिमा से तो इंडियन क्लैसिक्स अटे पड़े हैं। भगवान् राम-कृष्ण-विष्णु का नायकत्व। कैलेंडर में किसी को नीलवर्ण दिखाते हैं, तो किसी को मेघवर्ण। ये

सब श्यामवर्ण की ही कलात्मक अभिव्यक्ति के तरीके भर हैं।

शहराती जीवन में ग्रामीण अभिजात्य के ये लक्षण, पिछड़ेपन के लक्षणों में कैसे और कब तब्दील हुए, इसका जवाब किसी के पास नहीं था। शायद आंटी के पास रहा हो, लेकिन उनसे पूछने का साहस कोई नहीं जुटा पाया।

आंटी ने उस दिन हरिओम को कसकर डाँट लगाई। बेचारे का कसूर इतना सा था कि उसकी पैंट में सलवट पड़ी हुई थी। आंटी ने उसे गेट से अंदर ही नहीं आने दिया। बोली, "रुको हरिओम! कैसे इनसान हो तुम। तुमसे अच्छी क्रीज तो मेरे ड्राइवर की पतलून में रहती है।" हरिओम रुआँसा हो चला था। डायरेक्ट हरिद्वार की ट्रेन पकड़ने की बात करने लगा। लड़कों ने किसी तरह समझा-बुझाकर उसे शांत किया।

पंडितजी उस दिन पानी भरने जा रहे थे। उनका कमरा ऊपर था। आज भी पानी ऊपर नहीं चढ़ रहा था। अकसर नहीं चढ़ता था। वैकल्पिक उपाय के रूप में, गेट के पास एक इंडिया मार्का हैंडपंप था। मुहल्ले के गरीब-गुरबा उसी पर आश्रित रहते थे। उसके इर्द-गिर्द नहाते थे, कपड़े भी धो लेते थे। पंडितजी बाल्टी हाथ में लटकाए, झूमते हुए चले जा रहे थे। आंटी द्वार पर आसन बिछाए, कुरसी पर विराजमान दिखीं। पंडितजी, उन्हें नजरअंदाज करते हुए बेधड़क आगे निकल लिये।

हालाँकि उन्होंने अपनी पीठ पर एक बेधक दृष्टि लगातार अनुभव की। वे कुरता-पायजामा धारण किए हुए थे। पक्के कृष्णवर्णी थे। हालाँकि वे स्वयं को मेघवर्ण कहलाना अधिक पसंद करते थे। सिर पर मोटी सी गोपदशिखा, जिसका उन्हें एक साथ गौरव और अभिमान रहा करता था। इस अवसर पर उनकी पीठ पर इतनी तीक्ष्ण दृष्टि पड़ी कि उनकी पीठ जलने लगी।

नेपथ्य से एक यक्षिणी-प्रश्न गूँजा। जातक की उत्पत्ति पर सवाल दागा गया था, "सुनो! क्या तुम देहात के हो।" पंडितजी चतुर इनसान थे। बिना पीछे मुड़े ही उन्होंने, चलते-चलते, एक चलताऊ सा जवाब दिया, "नहीं आंटी! हम तो खास शहर से हैं।"

यह कथन असत्य था। 'न ब्रूयात सत्यम् अप्रियम्' अप्रिय सत्य नहीं बोलना चाहिए। यह सनातन धर्म की दी हुई व्यवस्था है, फिर इसे कैसे टाला जा सकता था। इस प्रकार, शास्त्रों की ओट लेकर, सहज ही प्राणरक्षा की जा सकती है। उस अवसर पर वार्त्तालाप को विराम देने का एक यही उपाय शेष था। एक ही सवाल उठा था, जिसका जवाब दे दिया गया था।

शिखा, वर्ण और वस्त्र-विन्यास जैसे मुद्दों पर जाना, संभवत: आंटी ने मुनासिब

न समझा। चूँकि 'शिखाधारी' सरकारी नौकर थे। उनकी दुम पर 'अफसर' भी लगा हुआ था। यह एक ऐसा गुण है, जो कई दुर्गुणों को ढाँप लेता है।

जब वे भरी बाल्टी के साथ वापस लौटे, तो आंटी रास्ता रोके खड़ी मिलीं। बोलीं, "अच्छा भइया! तुम तो सरकारी नौकर हो। जरा यह तो बताते जाओ कि इस चिरकुट के मरने से, हमें क्या-क्या फायदा हो सकता है।"

सवाल उन्हें, पहले ही झटके में समझ में आ गया था। उन्होंने संक्षिप्त-सारगर्भित उत्तर दिया, "फेमिली पेंशन और सक्सेशन।"

"सक्सेशन मतलब।"

"जी! उत्तराधिकार। मतलब प्रॉपर्टी में हिस्सा।"

इस उत्तर से यक्षिणी एकदम प्रसन्न हो चुकी थी, लगभग आह्लादित। भविष्य के संभावित लाभ से आंटी उत्साहित थीं। प्रफुल्लित थीं। चहककर बोलीं, "भइया! एक छोटा सा काम और करते जाओ। तुम्हारा कहना तो ये सब लड़के मानते हैं। चार लड़कों को बोलकर, इसे गंगाजी काहे नहीं फिंकवा देते। बस मेरा इतना सा काम और करते जाओ।"

रेस्पॉण्डेण्ट ने इस दुर्लभ वार्त्तालाप के उत्तर पद का, कोई खास नोटिस नहीं लिया। हालाँकि उन्होंने इस प्रस्ताव को नकारा भी नहीं, न ही स्वीकार किया था। चूँकि उन्हें इस प्रकार के कामों का, किसी किस्म का कोई तजुर्बा नहीं था। न ही साहस। वैसे भी, वे पेशे से सरकारी नौकर थे। पेशेवर अपराधी नहीं। प्रस्ताव लंबे अरसे तक लंबित पड़ा रहा। संभवत: अभी भी कहीं धूल-धूसरित पड़ा हुआ हो।

4

मई-जून की भीषण गरमी। आग उगलते सूर्य देव। गमछे से पसीना पोंछती युवा- पीढ़ी। ऊपरी मंजिल का कमरा, तो साक्षात् भट्टी-ब्वॉयलर का मजा दे जाता था। बेल्ट का 'बक्कल' तपा-तपाया। कमीज के मैटलिक बटन-गरमागरम। पी.टी. सिर पर। बकौल जीजाजी, "एतना, हिस्ट्री एक महीना में, समूचा हिंदोस्तान में, कहीं न पढ़ल जात होई।" निचले कमरे में शरणार्थी बनकर, कॉमन टॉपिक पढ़े जाते थे। कॉस्टीट्यूशन, ज्योग्राफी, जनसंख्या-नगरीकरण के आँकड़े, सेंसस डाटा। दर्जन भर लड़के, कुरसी पर, मेज पर, चटाई पर, चौकी पर, टेबल लैंप पर अपने लिए जगह 'छेकाए' मिलते थे। धोती-लुंगी को भी इस प्रारूप में, आसन के रूप में, इस्तेमाल

में लाने का चलन था। 'सिद्ध पुरुष' प्रथम वाचन करते थे, शेष आरोही-अवरोही क्रम में पारायण।

परीक्षा से पहले तीर्थ-यात्रा करना जरूरी है। धार्मिक ज्वार उमड़ा था। रातोंरात, तीर्थ-दर्शन की योजना बनी। वयोवृद्ध सर ने नेतृत्व सँभाला। 'यादौ' वहाँ तैनात था। लइनिया पे नहीं लगना पड़ेगा, डायरेक्ट दरसन कराता है। खास चेला है उनका। सर चोटी के आदमी हैं, शायद इसीलिए गोपदशिखा रखते हैं। ब्रह्मरंध्र के पास, गाय के खुर के आकार की मोटी सी चोटी।

कोई सहयात्री हैं, सपरिवार। किसी नौसिखिए की भंगिमाओं से वे असहज हो उठे। कुछ देर बाद असहाय लगने लगे। बातचीत से शिक्षा-जगत् के लगते हैं, क्योंकि वे नैतिक बहस पर उतर आए। "तीर्थयात्रा में उठाया हुआ कष्ट, फलगामी होता है। आप तो कष्ट देने पर उतारू हैं।" आवेश में शाप जैसा कुछ दे बैठे, "आपको तीर्थ का सुफल नहीं मिलेगा।"

"टिकट लिये हो कि नहीं।"

"नहीं, हममें से कोई कभी नहीं लिया।"

"आपकी जगह कोई गैरतमंद होता तो अभी उतर गया होता।"

सपरिवार उतरने की आशंका से नौजवान ने कुछ आहत सा महसूस किया। सहयात्रियों के नेह-बंधन में पड़ना उसकी फितरत है।

लंबा सा पॉज लिया। फिर कुछ सोचते हुए सफाई दी, "जो हम उतर जाई, तो का फरक पड़ी। तेलवा तो उतना ही लगी। चाहे हम चढ़ीं, चाहे उतरीं।"

पूर्व में किसी यात्रा में वे अकेले थे, बेटिकट। टी.टी. ने टोका था। करुणा भरा जवाब दिया, "जब हमरी नौकरी लगेगी, दु-दु टिकट एक्कैसाथ लेकर चलेंगे। रेलभै की समूची भरपाई कर देंगे। आप चिंता न करें।" अभी तक उस स्वस्तिवचन को अभयदान मानकर यात्रा किया करते हैं। दावा करते हैं, "अगर न्यूयॉर्क तक डाइरेक्ट लाइन जाती तो, हम अमेरिका पी.एस.सी. में भी शामिल हो आते।"

एग्जाम हॉल में स्वेदसिक्त काया। बड़ी सतर्कता बरती जाती थी। दाहिने हाथ को, रुमाल से पोंछ-पोंछकर, शुष्क और सुरक्षित रखने की सक्रिय चेष्टा। ओ.एम. आर. शीट पर लगा 'गोलवा' नहीं गड़बड़ाना चाहिए।

उमस भरे मौसम में उग्र यंत्रणा रहती थी। बचाव के लिए उपाय, बड़ा आसान सा था—केश कुंचित करवा लेते थे अर्थात् सिर घुटवाना लोकप्रिय फैशन था। उमस, गरमी-उरमी से बचने के लिए, कुछ 'छिलवाते' भी थे। कइयों ने 'माथा

छिलवाया' हुआ था। इससे बहुउद्देश्यीय प्रयोजन सधता था। मूँड़ मुँड़ाए तीन नफा सीसा-कंघी, तेल बचा। गरदन मोटी, सिर सफा। केश सँवारने से मुक्ति, तेल-कंघी का टाइम-स्पेयर। नहाने में सहूलियत। सिर पे पानी डालते ही सटाक से सारा बदन भीग जाए, झमाझम। हज्जाम ने सकुचाते हुए टोका था, "सर! बारों से कौनो रार है का! नीक लागत हैं। काहे मुँड़वावत हैं।" मकसद स्पष्ट रहता है—गरमी से निजात और झमाझम पढ़ाई शुरू।

परीक्षा निपट जाने के बाद, जोड़-तोड़ का दौर जारी है। मेरिट की अटकलों से बाजार गरम है। किसी वरिष्ठ आद्याचार्य ने सार्वजनिक वक्तव्य दे डाला अर्थात् ऐलान किया, "अस्सिया जाई मेरिट।" यह कहकर वे पासा फेंक चुके थे। मार्केट में बने रहने के लिए यह सब करना पड़ता है। उनके विरोधी भी उनकी इस मुखरता का सम्मान करते थे। वैसे वे विद्वत्ता के लिए कम, बहादुरी और ताकत के लिए ज्यादा जाने जाते थे। उनके व्यक्तित्व का यह पहलू, उनकी प्रसिद्धि का एकमात्र कारण था। हालाँकि वे इन गुणों से लाख इनकार करते रहे, लेकिन उनके प्रशंसक कभी माने नहीं।

तो इस बार उन्होंने नारा दिया, "मामला, अस्सी पे फँस जाएगा।" लोक को रिझाने के लिए, यह शिगूफा छोड़ा गया था। ऑडिएंस असलियत जानती है। वह बखूबी समझ रही है कि सर इस बार, फिर से अस्सी के फेर में फँस गए हैं। नहीं 'डाग पइहैं' दुर्भेद्य दीवार। किसी एकांतिक वार्त्तालाप में, किसी अजीज से उन्होंने अपने मन की बात साझा की। सर ने भावुक क्षणों में, अत्यंत भावपूर्ण स्वर में कहा, "मेरिटिया, हमसे होकर जाएगी। देख लीजिएगा।"

इसके उलट किसी 'न्यू कमर' ने एक सौ पंद्रह मारने का दावा किया। इस पर समझदार लोगों ने उसे बड़े प्रेम से समझाया, "एक सौ पंद्रह मार आए हो, बड़ी अच्छी बात है, लेकिन यह बात बताने की नहीं, महसूस करने की है। अगर सचमुच भी मार आए हो तो ये पोशीदा रखने लायक बातें हैं। यह खबर लीक करने लायक नहीं है। इसे यों आउट मत करो। तुम्हारे प्रचार से कइयों को माइनर अटैक आ गया है।" इस समझाइश के बाद भी वह नहीं माना। वह लगातार मुनादी करता रहा। घूम-घूमकर डुगडुगी पीटता रहा। सो सयानों ने समाधान दिया। निष्कर्षत: कहा, "मारा होगा, एक सौ पंद्रह। सब सही नहीं मारा होगा।"

कुछ नौजवानों ने उसे मनाने की कोशिश की। उसे कैफियत दी गई कि "ऑब्जेक्टिव कितबिया पढ़कर, सौ डागना असंभव है। लगभग आकाशकुसुम तोड़ने जैसा है। कुंजी से इतने सवाल कहाँ फँसते हैं। जी! इंपॉसिबल।" फिर भी वह

नहीं माना। ऐलान करता रहा, तो उन्होंने उससे एक खुफिया बात साझा की 'एक सौ दस' से ऊपर तो कंप्यूटरवा भी चेक नहीं करता। एकदम हाथ खड़े कर देता है। इन्फीरियरिटी कॉम्प्लेक्स हो जाता है, कंप्यूटरवा को।"

जबरदस्त वृद्धि दर्ज करने के बावजूद, उसके साथ वही हुआ, जिसका अंदेशा जताया जा रहा था। उसका परिणाम निराशाजनक रहा। उससे एक त्रुटि हुई—'ब्लंडर मिस्टेक'। वह पहुँचने की क्षमता से ज्यादा ऊपर पहुँच चुका था। अगर उसका अनुमान सच साबित हो जाता, तो सीनियरवे मुँह दिखाने लायक न बचते। उसे बड़ा गहरा धक्का लगा। सुहृदों ने उसे ढाढ़स बँधाया। उसे मूल्यांकन की ही नहीं, अपितु पठन-पाठन की शैली में भी बड़े बदलाव की जरूरत बताई गई। बाकायदा नोट कराई गई। इस अनुभव ने उसके जीवन को एक नई दिशा दी। अपने मुताबिक, सर्वोच्च स्तर पाकर भी क्वालीफाई न कर पाने से, पहले तो कुछ दिन वह निराशा में रहा। मजबूर होकर उसे खुद को यहीं के रंग में ढालना पड़ा।

सबकी नजरें नतीजों पर टिकी हुई थीं। क्या वे अपना गढ़ बचाने में कामयाब होंगे, क्या वे अपना प्रदर्शन दोहरा पाएँगे? उधेड़बुन जारी है। सीनियरवे अनुभव के आधार पर, 'इग्जाम' निकालते थे। उधर वह 'न्यू कमर' वृक्ष के नीचे तप किए बगैर, डायरेक्ट ज्ञान पाए हुए था। अति उत्साह के वशीभूत होकर, बेचारा योजना बनाकर, बिना किसी योजना के ही दक्षता प्राप्त कर लेना चाहता था। सीनियरवे कई चुनौतियों से एक साथ जूझते रहते थे। आपसी विचार और खयाल साझा किया करते थे। गंभीर मुद्दे उजागर किए रहते थे। सो कभी-कभी उनका सचमुच निकल भी जाता था। उन वर्षों में वे मूँछ ताने घूमते थे। भाव-प्रदर्शन और खुमारी से उबरने में, मामूली तौर पर पखवाड़ा-महीना बीत जाता था।

समीकरण बिठाने में काफी समय बीत चला था। शेष समय में, कम सिलेबसवाले विषय को डिसाइड करना था। बचा-खुचा समय इसमें बीत जाना था। चिंतन की गजब महिमा है। गंभीर चिंतन तो कभी-कभार, बड़ा काम दे जाता है। नए विषय के जरिए, कई संभावनाओं को तलाशा जा रहा था। मंथन जारी है। क्या वे सफल होंगे, क्या नए विषय के जरिए कोई कमाल दिखा पाएँगे। ठोंक-बजाकर मंत्रणा चलती रही।

तत्पश्चात् हर अच्छे काम को टालने की प्रथा, सनातन काल से चली आ रही है। मुहूर्त-विचार बनता है। यह ऐसा-वैसा नहीं, जीवन का प्रश्न है। मनोदशा अनुकूल होनी चाहिए, ताकि शुभारंभ किया जा सके। उपयुक्त अवसर की बाट जोह रहे हैं।

फिलासफी की तरफ जाने की सोची। नंबरवा जम के लुट रहे हैं, फिलासफिया में।

परिस्थितियों को सामने रखकर टटोला गया। स्टडी मैटीरियल पर सरसरी निगाह डाली गई। यहाँ भी वे ही मिले—'यूलर', गॉस, ग्रिगॉरी, पास्कल, रैनी देकार्ते, लाइवनित्ज। अनायास ही उनका पुराना चिंतन उभर आया। इस दौरान उनका ध्यान इस तथ्य की ओर गया कि मैथ्स में भी ये ही तो थे, जिनमें उनका मन कभी नहीं रमा। इनकी वजह से उन्हें अपना प्रिय विषय शुष्क, नीरस, उबाऊ लगने लगा था। ये जनें मिलकर, वहाँ भी खूब सताए। जिनसे पीछा छुड़ाकर भागे हैं, उनसे फिर से क्यों नाता जोड़ें।

दुबे सर का हाल तो देखे हैं। फिलसफिया निचोड़ डाली है उनको। सर, दर्शनवाले हैं। दर्शन उन्होंने मात्र पढ़ा ही नहीं है, जिया भी है। पढ़ते-पढ़ते दार्शनिकों सी बातें करने लगे हैं। अब तो दिखने भी लगे हैं, बात में, व्यवहार में। शिष्यों ने पीठ पीछे उन्हें 'राधाकृष्णन सर' कहना चालू कर दिया है।

पुराने विषय पर जद्दोजहद जारी है। रहा भी न जाए, सहा भी न जाए। फिर आवेग में आकर वे किसी ठोस निष्कर्ष पर जा पहुँचे। आखिर अपना भी कोई स्वाभिमान है, कोई प्रतिष्ठा है। संबंध विच्छेद, तो विच्छेद। वे सबकुछ कर सकते हैं। एक काम नहीं कर सकते, सिद्धांतों से समझौता।

इन विद्वत्जनों के प्रयासों से वे सफलता के पास जाकर भी चूक गए थे। पिछले साल फर्स्ट पेपरवा में, दो सौ एक पाए थे, सेकेंड में एक सौ एक। उससे पहले साल सेकेंड में दो सौ एक दिया था और फर्स्ट मैं एक सौ एक। दुन्नो बरस उनका 'तीन सौ दो' हो गया था। इसे हत्याकांड न कहें तो क्या कहें।

इन विद्वत्जनों से उन्हें वितृष्णा हो गई है, घोर वितृष्णा। दार्शनिक स्तर की नफरत। स्वयं तो चेहरा लटकाए रहते हैं, स्टूडेंट का भी लटकवा देते हैं। उदास चेहरा, उनकी पर्सनैलिटी का स्थायी भाव बनकर रह गया है। यह आखिरी अटैंम्प्ट है। इस बार नहीं हुआ तो, स्मृति शेष हो जाएँगे। इनके भरोसे, 'डैशिंग पर्सनैलिटी' होम हो गई।

इस विषय से, इतने वर्षों का सान्निध्य रहा है। छोड़ते हुए हलका सा मोह जागता है। फिर देखा, तो कनपटी के पास, सफेद बालों की झाँकी दिखाई देने लगी है, बल्कि क्रमश: रजतपट होता जा रहा है। अब यह सब्जेक्ट उनमें एक साथ भय और जुगुप्सा पैदा कर जाता है। वही, उनका प्रिय सब्जेक्ट। विचारधारा यकायक पब्लिक एडमिनिस्ट्रेशन पर स्थिर हो चुकी थी। पिछले दो वर्षों से प्रतिभा से अधिक अंक लुट रहा है। विरासत के इस प्रतिमान को, वे शिद्दत से सँभालना चाहते हैं।

सिलेबस देखा, थोड़ा ही है। सेकेंड पेपर तो टोटली एप्लिकेशन है। पाठ्य-सामग्री संक्षिप्त ही है। सिलेक्शन, सहज संभव है। हाँ-हाँ, सिमट जाएगा।

इस निर्णय से उनकी शिष्य टोली हैरान-परेशान थी। पट्ट शिष्य, चिरौरी-विनती किए, "इतना सहा है, थोड़ा और सह लीजिए सर! क्रेडिट देकर जाएगा।" जोर देकर, उन्हें विषय-परिवर्तन के 'सत्कर्म' से रोकने का प्रबल आग्रह किया गया। अनुनय-विनय की। 'मेंसवा' सिर पर है। वे नहीं माने, तो इस निर्णय का विरोध किया, प्रतिरोध किया। "सर आप समझदार हैं। संवेदनशील हैं। समय कम है। इस समय इस किस्म का आत्मघाती कदम मत उठाइए। 'पुरनका सब्जेक्ट' आपके 'टेस्ट से मैच' करता है।" वे ठान चुके थे। सारी सलाहें, सब परामर्श दरकिनार कर चुके थे। इस तरह से सभी के प्रयास व्यर्थ रहे।

उनके अनुसार, इस विषय के कुछ हिस्सों ने, उनकी प्रतिभा को सचमुच कुंद कर दिया। समकक्षों ने बिन माँगी सलाह दी, "शास्त्रों में कहा जाता है—विषयों में नहीं रमना चाहिए। वह जो विषय है, वह इंद्रिय-निग्रह का 'विषय' है। उसका सादृश्य, 'सब्जेक्टवा' से काहे बिठा रहे होजी।" लेकिन उनका हृदय, मस्तिष्क को कुंद कर बैठा था। थामना नामुमकिन सा हो गया। कनिष्ठों के तर्क उन्हें बालसुलभ लग रहे थे। समकक्ष तो कंपीटीटर हैं, भली सलाह क्यों देंगे भला?

सब्जेक्ट से माया-मोह। माया-मोह के त्याग ने सदैव उन्नति का मार्ग प्रशस्त किया है। धारावाहिक चिंतन चालू है। पिछले रिजल्ट में 'पब्लिक ऐडवे' के नंबर मार्केट में सबको चकित-विभोर कर गए थे। मार्केट में नया है, कितनौ सुने होंगे। पढ़े भी कम ही होंगे। अच्छे से तो बहुतै कम पढ़े होंगे। मैटरवा लिमिटेडै होगा। भगीरथ प्रयत्न करके जुटाना होगा। कुछ 'चेलवे' जुटा लेंगे। कटिंग्स, किसी औढरदानी से जुटा लेंगे। सब्जेक्ट थीम, जिससे उपजा है, वहाँ से फोटोकापिया। ऐप्लिकेशनो तो है मूल सब्जेक्ट का।

संवेदनशील और समझदार तो वे हैं ही। मुख-भंगिमा से यह भी जताते रहते थे कि वे विद्वान् भी हैं। 'तथाकथित' तो शत्रुओं ने नत्थी किया है, ईर्ष्यावश। अब स्वर्णिम पृष्ठ पर नाम नहीं चाहिए। इतने में संतुष्टि नहीं मिलनेवाली। नाम, डायरेक्ट 'प्लैटिनम' पृष्ठ पर चाहिए। प्रतिभा-संपन्न तो थे ही। त्वरित प्रयत्न की दरकार बाकी थी। पूरी शक्ति, क्षमता और पराक्रम एक साथ झोंक देंगे। अभी भूतपूर्व नहीं हुए हैं, इसलिए अभूतपूर्व होने का चांस बना हुआ है। प्रतिभा का जबरदस्त इस्तेमाल करेंगे, चाहे जबरदस्ती करना पड़े। पीछे नहीं हटेंगे। दूरदृष्टि और पक्का इरादा-मैदनवा

साफै है, ध्वजा फहराने की देर भर रह गई है।

हौसला, उनका बढ़ा-चढ़ा हुआ है। सातवें आसमान पर है। उन्हें पूर्ण विश्वास है कि अंतिम विजय होकर रहेगी। फतह हासिल होगी और कामयाबी चरण चूमेगी। परिवर्तन तो प्रकृति का नियम है। प्रकृति संतुलन कैसे साधती है, परिवर्तन से। इस तरह वे पाला बदलते रहे। जिस विषय की बहार आई, उस साइड होने में कोई बुराई नहीं। 'दम सब्जेक्ट में नहीं, कैंडिडेट में होना चाहिए' कौन समझाए। बिल्ली के गले में घंटी कौन बाँधे?

वे अपने दावों को सही जताते हैं। पिछले महीने तक, सात बजे जागते थे, अलार्म लगाकर। अब बिना अलार्म के भी, पौने चार बजे जगने लगे हैं। 'बॉडी क्लॉक' 'एक्टिव' कर लिये हैं। पहले चैन की नींद सोते थे, अब रातभर जग रहे हैं। निर्णायक संघर्ष करना होगा। ढोल-ताशे के साथ। फिलहाल फौरी संघर्ष से जूझ रहे हैं। 'इस्कीम' बनाने में पूरा समय लगाए दे रहे हैं। जज्बा इतना है कि कुछ भी न पढ़ पाने के बावजूद पढ़ने की कल्पना में डूबे हुए हैं। वे अकस्मात् 'एक्स्ट्रा प्लेयर से वीरेंद्र सहवाग हो चुके हैं।' उत्तिष्ठ होकर जाग्रत् हो चुके हैं। अब 'वरान्निबोध' प्राप्त करके ही दम लेंगे।

अध्ययन सामग्री का जुगाड़ करते-करते, परीक्षा सिर पर। हालात सँभालने हैं। लगातार दबाव झेल रहे हैं। सो, 'नैका सब्जेक्ट' को पढ़ने के पुनीत कर्तव्य को मुल्तवी कर दिया गया है। कंपल्सरी के बाद पढ़ लेंगे। दुए दिन काफी है, गैप का।

'सर' के एक पड़ोसी थे। उनसे कोई खास वास्ता नहीं रहता था। नए आए थे, शायद। पश्चिम के लगते थे। हो सकता है, न भी रहे हों। कुछ समझ नहीं आता था उनके बारे में। पढ़ने की विचित्र शैली रखते थे। निर्गुण-निराकार शैली। कब पढ़ते थे, किसी को पता नहीं। कब सोते थे, खग-विहग की तरह। किसी की जानकारी में नहीं। मछली, पानी कब पीती है, पड़ोसी मछली तक को कानोंकान खबर नहीं हो पाती।

'सीनियरवे' उनसे भेंट करने जाते थे, गोपन भेंट। रतिया के इग्यारह बजे। हालाँकि कल सुबह तक 'आबालवृद्ध' दबी जुबान से इस भेंट के निष्कर्ष पर विमर्श करते हुए मिलते थे, चाय की दुकान पर। चाय की दुकान, लैंडमार्क हुआ करती थी। सामने पुलिस चौकी भी थी। रूम का एड्रेस बताना है अथवा कॉमन मीटिंग प्वॉइंट तय करना है, तो पुलिस चौकी बताने की प्रथा नहीं थी। चाय की दुकान बताई जाती थी। नेचुरल सी बात है, जिससे सरोकार हो, वही एड्रेस तो बताया जाएगा।

खैर, 'लीजेंडरी छवि' से बाहर जाकर, 'सीनियरवे' ऐसा क्यों करते थे। छद्म

रूप से 'किसी से' इस तरह मिलने क्यों जाते थे। बँधे-बँधाए फ्रेम से बाहर जाने का 'रिस्क' क्यों उठाते थे? चूँकि भविष्य को लेकर, वे काफी विकल हो चुके थे। चिंतातुर, किंचित् मजबूर भी। पी.टी. वाली शाम को जूरी निपटाके, वे वर्तमान में जीना छोड़ दिए थे। जूरी मेंबर्स में से एकाध ही पी.टी. 'डाग पाता' था, विशेषतया जबसे 'सीटिया' घटकर आ रही थीं। हालाँकि 'शागिर्द' दनादन पार होते जा रहे थे, गुरु यथावत्।

'नैके पड़ोसी' हर परीक्षा में खुद को साबित करते आ रहे थे। खुद को खूब चमकाते-माँजते रहते थे, चुप्पैचाप। दिग्गजों की भीड़ को धकियाते हुए हर बार दहलीज पर मिलते थे। इस विधा में वे पारंगत बताए जाते थे। जिस वजह से वे सदैव, मुख्यधारा में बने रहे। इसके पीछे उनका साहस और सरलता के साथ चलने का गुण बताया जाता था।

जिन अवसरों पर बड़े-बड़े लुढ़के, भूमिसात हुए, वे बने रहे। उनके विषय में कई दंतकथाएँ प्रचलित थीं। वे महत्त्वपूर्ण विवरण छोड़कर, कुछ भी नहीं पढ़ते थे। संक्षिप्त विवरण में से भी मात्र गोपनीय तथ्य पढ़ते थे। इस वजह से, वे सत्यान्वेषी नहीं, अपितु तथ्यान्वेषी कहे जाते थे। इस दिशा में उनके दिव्य दृष्टि संपन्न होने की अटकलें लगाई जाने लगीं। पुस्तकों का संक्षिप्त सा संग्रह रखते थे, बल्कि यूँ भी कहा जाता था कि वे पुस्तकें रखते ही नहीं थे। 'टीच योरसेल्फ हिस्ट्री' की कुंजीनुमा किताबें रखते थे।

उनके मात्र कुंजी पढ़ने के गुण को लेकर, पीठ पीछे वे, 'कुंजबिहारी' कहे जाने लगे। यही उनकी धरोहर बताई जाती थी। तख्त के सिरहाने सदैव, चौपतिया, चुटका, कट्टा रखे रहते थे। ये सभी कुंजियों के प्रचलित स्वरूप हुआ करते थे। परीक्षाकाल निकट आने पर ये अस्त्र-शस्त्र, सर्वाधिक उपयोगी माने जाते थे। 'कट्टा' नजदीक से फायर करने में कारगर बताया जाता था। शत-प्रतिशत मारक क्षमता के साथ। अचूक निशाना। अवसरानुकूल काम करनेवाला। शॉर्ट रेंज में सर्वाधिक सफल। बायोनट फाइटिंग व अचूक वार करने में आजमाया हुआ। मोटे ग्रंथ, मौके पर भोथरे साबित होते जा रहे थे। ऐन संघर्ष के मौके पर मिस फायर। अन्य लोग, डिस्प्ले में बड़े-बड़े संदर्भ ग्रंथ रखे रहते थे। चोरों की तरह छुपकर, निगाह बचाकर चौपतिया पढ़ते थे।

कुंजबिहारी सर, 'चौपतिया' बड़े चाव से पढ़ते थे। खुल्लमखुल्ला पढ़ते थे, आदतन पढ़ते थे, इरादतन नहीं। चौपतिया पढ़ने की लत थी उन्हें। चौपतिया दिखी नहीं कि तुरंत खरीद लेते। दिमाग पर जोर डाले बगैर खरीद लेते। संयम नहीं रख

पाते थे। ठेले पर नहीं आई हो, तो प्रेस का रास्ता पकड़ लेते थे। प्रकाशक ने कहा कि दो-तीन घंटे लगेंगे। "कोई बात नहीं। तीन घंटे में हम 'शो' देख आते हैं, लक्ष्मी टाकीज में। शो से लौटकर, वे चौपतिया खरीदे बिना नहीं मानते थे। इस दिशा में उनका आग्रह इतना प्रबल रहता था कि वे पब्लिशर से 'एक ही प्रति छाप दो' की विनती की सीमा तक पहुँच जाते थे।

5

सर बहुतै बड़े 'पिक्चरबाज' रहे। परमवाले। हर शुक्रवार, तीसरा शो। संझा को, उठे के बाद। दुसरका शो के बखत स्टुडेंट कम्युनिटी सुत्तत रही। इस नगर की रुटीन दिनचर्या में खलल पड़ना असंभव है। टोटल पंक्चुअलिटी। 'अवतार' टाकीज, घरै का टाकीज रहा। घूमते-टहलते कभी भी पहुँच गए। मूड फ्रेश करे खातिर। टाकीज में, एकदम घरेलू फीलिंग। सिने प्रेमी, कुरता-पाजामा-हवाई चप्पल में पूरी धज के साथ स्थापित रहते हैं, बालकनी में।

हवाई चप्पल को गजब-गरिमा प्राप्त थी। 'स्लिपर' पहने लड़के सिविल लाइन के सबसे चकाचौंधवाले रेस्तराँ में, टोटल कान्फिडेंस के साथ। हीन-भावना की ऐसी-की-तैसी। जिनगी झंड बा, फिर भी घमंड बा···को तो सूक्त वाक्य की गरिमा प्राप्त थी।

बहरहाल, बालकनी की दरें सात रुपए। 'पहुँचे हुए' फैंस, लुंगी-कमीज में। बालकनी में पद्मासन में विराजमान, सिनेमा की बारीकियों को बूझते हुए, आत्मलीन। किसी दिन एक परम ज्ञानी ने बड़ा ही मौलिक किस्म का प्रश्न उठाया, "धर्मेंदर घूँसा मारता है, तो घूँसा प्राप्तकर्ता जमीन में गड़ जाता है। मिथुनवा मारे तो पेड़ पर या छत पर टँग जाता है। अइसा क्यों होता है?" उनके सीनियर सर ने दार्शनिक शैली में जवाब दिया, "बकैती बंद करो। ई सब बंबइया बकैती है।" इस उत्तर से शंका-समाधान हो चुका था। प्रश्नकर्ता काफी संतुष्ट नजर आ रहे थे।

हॉल में पसंदीदा डायलॉग की पुनरावृत्ति की जाती थी। 'सीन' पसंद आ जाए, तो 'मैनेजरवा' को कसकर डाँट देते। उस दृश्य को तत्काल 'रिवाइंड' करने का निर्देश जारी किया जाता था। सीन, आसानी से रिवाइंड हो भी जाता था, यदि 'संख्याबल' ठीक रहा तो। यह क्रम तब तक दोहराया जाता था, जब तक फैंस के कलेजे को ठंडक न पहुँचे।

कभी-कभार, मैनेजर विनती कर बैठता, "सर! अइसे में अगले शो का टाइमिंग गड़बड़ा जाएगा।" फैंस उदार हृदय थे। बेचारे को अभयदान दे बैठते थे, "अगवा काट लिहै मरदै, जौन फर्जी सीन दिखै, बिनपूछे काट ल्यौ।" एकदम्मे होमली फीलिंग। ऐसा न था कि यह व्यवहार यहीं तक सीमित रहा हो, चंद्रलोक, विश्वंभर तक, विशुद्ध यही रवैया अपनाया जाता था।

लक्ष्मी टाकीज कुछ खास था। कुछ खास किस्म के सिने-प्रेमी थे। जो बिना टिकट के सिनेमा देखने का हुनर रखते थे। लास्ट शो के बाद, वहीं विश्राम-शयन। प्रात:काल टाकीज से निकलते थे। अर्घ्य-सूर्य नमस्कार के बाद। पूजार्चन वहीं संपन्न हो जाता था। यूनिवर्सिटी हॉस्टल 'नियरे' रहा। शीतकाल में रजाई-कंबल ओढ़े सिने-प्रेमी। जानकारों का तो यह भी दावा था कि इस दरजे के सिने-प्रेमी मुल्क में तो क्या, दुनिया में भी ढूँढ़े न मिलेंगे।

कुछ वक्त के पाबंद फैंस भी रहे। समय की किफायत बरतनेवाले। वे कालगणना से जानते थे कि पिक्चरवा में किस समय माधुरी दीक्षित का 'बहुत प्यार करते हैं तुमको सनम…', 'दीदी तेरा देवर दीवाना…', 'अँखियाँ मिलाऊँ, कभी अँखियाँ चुराऊँ…' गीत चलेगा। चूँकि वे समय का मूल्य समझते थे, अत: उसकी किफायत से बचत करते थे। मात्र उतनी सी अवधि के लिए टाकीज में 'गेस्ट अप्पीयरेंस' दे जाते थे, जब पसंदीदा गीत बज रहा हो। यह प्रैक्टिस तब तक अपनाई जाती थी, जब तक पिक्चरवा न उतरे, हर रोज, हर शो में।

डब्बू मिसिर टिकट लिये रहते थे। वे अकसर 'सीटिया छेकाए' हुए मिलते थे। उन्हें इस काम में महारत हासिल थी। सर, सदैव विलंब से पहुँचते थे। अँधेरा सिनेमा हॉल। टाकीज के मुहाने तक पहुँचकर, वे गला फाड़कर गुहार लगाते हुए प्रवेश करते, "मिसिर! मिसिर!" किसी भी दिशा के किसी भी कोने से प्रतिध्वनि गूँजना संभव रहता था। जो थोड़ी देर बाद ही सही, गूँजती अवश्य थी, "हाँ भइया! इहाँ हैं। आवा।"

मिसिर, भइया के प्रति अगाध श्रद्धा रखते थे। सर के हर कदम को, वे ग्लैमराइज करते रहते थे। उनके लिए हरिषेण-रामविलास जइसे थे मिसिर। दोनों में बेहतरीन जुगलबंदी थी। शो फ्लॉप हो या हिट। फिल्म का प्रिंट चीप हो या झक्कास। इन बातों से कोई सरोकार नहीं। हर शुक्रवार हाजिर। अविरल क्रम।

मिसिर 'बच्चनवे' के लड़के से गहरी सहानुभूति रखते थे। उसे भरसक सहयोग करना चाहते थे। कहते थे, "भइया! हम एकरा शो देख-देखके, हिट कराके मानेंगे।" अति उत्तम विचार था। भइया को इस प्रस्ताव से कोई एतराज हो भी नहीं सकता था।

'लाजवा' में एक 'रंगरूट' पहला शो देखकर आया था। 'व्रतभंग' किया था, उसने तीसरा शो देखने का। वह देखे गए शो से मुदित था। फलस्वरूप, अपनी खुशी को जज्ब नहीं कर पा रहा था। दिल तो पागल है...के डांस स्टेप्स कर रहा था, लॉज की सीढ़ियों पर। घुमड़-घुमड़कर, भंगिमा प्रदर्शन।

इसका प्रत्यक्ष प्रभाव पड़ा। अत: सारे सीनियरवै संझा को, टाकीज में हाजिर हो लिये। पूरे दस्ते के साथ, दस्तक दे आए। भंसालिया की, 'देवदास' देख आया है 'फ्रैशर'। 'चंद्रमुखी' के सीढ़ियों से उतरने के दृश्य को लॉज की सीढ़ियों पर लगभग लुढ़ककर, दोहरा रहा था। उसी भंगिमा में उस ध्वनि-संवाद का पुनरुत्पादन कर रहा था।

उसने पारो-चंद्रमुखी की जुगलबंदी-स्पर्धा, दोनों एक साथ लक्षित की थीं। एक किस्म से वह 'गण्यमान्यों' को प्रलोभन दे रहा था। 'पायल और घुँघरू' का जिक्र करके। वह कमजोर पिन दबाना जानता है। एक 'वयोवृद्ध सीनियरवे' ने मुँह बिचकाया। फिर उसकी तरफ, तिरस्कार भाव से देखा, साथ ही विमल राय की देवदास पर सारगर्भित टिप्पणी भी की।

'मोतीलाल जैसन चुन्नीलाल'। हुँह! वैसन अदाकार...अब दोबारा न हो सकिहैं।' '...वैजयंतीमाला के दोहरा सकत है।'...असंभव।...सात जन्म में भी नहीं। हालाँकि नाइट शो में वयोवृद्ध सर भी हाजिर थे। 'नैका आर्टिस्ट्सवन के भी मौका मिलै के चाही।...' 'ठीकैठाक निभाए हैं।'...

खैर, चौपतिया मार्केट से गायब हो चुकी थी। 'एतना जल्दी बिक गवा।...स्पेशल आया था, वार्षिकी अंक।...गेस पेपरवा भी रहा, अतिरिक्तांक के संगे।'...जनता-जनार्दन सन्नाटा। मंथर गति का यही हश्र होता है। निष्क्रिय, निर्विकार और जड़भरत बने रहने के अपने-अपने नफा-नुकसान हैं।

गाँव से कल ही लौटे थे। 'पीटिया' के खातिर। मार्केटवा में न 'पैनोरमा' बची है, न घटनासार। परीक्षा से 'सीजनल अनुराग' जतानेवालों के साथ बड़ी जटिल समस्या है। अब एक ही उपाय बचा है—'फोटो कापिया', लेकिन लइटिया तो कटी हुई है। अकसर भगी रहती है। न्यूज पेपर, द्विअर्थी हैडलाइन लगाए था—'रात को आई थी, भोर से पहले चली गई।'

कुछ खास किस्म के लड़के थे। उन्हें गरमी असहनीय लगती थी। 'कपार' तपने लगता था तो अझेल हो जाता। एक ओर पढ़ाई का जोर, ऊपर से सूर्य भगवान् की तपिश। डबल टेंशन। इससे निजात पाने के लिए उन्होंने 'अस्थायी समाधान'

खोजा हुआ था। उनका एक दोस्त रेलवे में टी.सी. बहाल हुआ था। अपने पिताजी की जगह। दोस्त, दोस्ती का फर्ज निभाना जानता था।

लड़कों के रूम से स्टेशन नजदीक ही था। रात में वे ट्रेन में सवार हो जाते थे, ए.सी. कूपे में। अगली दोपहर तक वापस। दैनिक यात्रा जारी थी, पटना, भोपाल, रतलाम, रायपुर तक। पढ़ने में मन ज्यादा रम गया तो हावड़ा, अमृतसर, वर्ली तक का यात्रा-विस्तार। यह समाधान पखवाड़े से ज्यादा नहीं चल पाता था। दोस्त की ड्यूटी ऑफ हो जाती थी।

कंपनी बाग, खुसरो बाग भी बेहतर विकल्प थे। झुंड-के-झुंड लड़के, घोंट-घोंटकर 'फैक्ट' निगलते रहते थे। आवाजाही करते लोग, टहलकर 'फैट' गलाने की चेष्टा करते हुए मिलते थे। यदि इस आवाजाही से किसी नौजवान की एकाग्रता भंग हुई, तो फौरन टोकाटोकी शुरू, "कॅरियर का सवाल है हमारा। यहाँ पर मत बतियाइएजी! प्लीज।" तपिश भरे मौसम में मौलसिरी, गुलमोहर, पारिजात के झुरमुटों अथवा घनी अमराइयों की ओट में तपस्यारत लड़के।

चंद्रशेखर आजाद देश की खातिर जूझे थे। औपनिवेशिक सत्ता से लोहा लिये थे। इसी बाग में शहादत पाए थे। नौजवान स्वयं के लिए जूझ रहे हैं, स्वयं से जूझ रहे हैं। पूरे 'जुझार सिंह' बने हुए हैं। 'पगला बैताल' की तरह 'यूनीक' गाइड पर सवार हैं।

शहजादा खुसरो का मकबरा, खुसरो बाग में है। आम-अमरूद का सघन बाग है, खुसरो बाग। इस बाग में खुसरो की माँ मानबाई का मकबरा भी है। शहजादे ने दिल्ली के तख्त के लिए कंपीटिशन किया था। सीनियरिटी का मामला रहा। शहीद होकर यहाँ दफन हो गए। माँ, पुत्र वियोग का अवसाद-विषाद न सह सकीं। उसी मनोदशा में अफीम की 'ओवरडोज' ले ली थीं। खैर, लड़कों को सिंहासन नहीं चाहिए। फकत एक अदद कुरसी की दरकार भर रहती है। अजब संयोग है।

बहरहाल, उस बरस कुछ अजबै सवाल पूछे गए थे। एक सवाल में एक स्कैच सा बना हुआ था, 'झोंपड़िया पे हाथ टिकाए मानव आकृति।' पूछा गया था, 'यह किस युग का मानव है।' सब 'सनाका' खींच गए, सिवाय 'नैका' सर के। वे कहाँ से लहाए थे। गहन खोजबीन से पता चला कि वे रणविजय के नोट्सवा से झाँके थे। चलते-चलते। उस बरस सिलेबस बढ़ाया गया था। प्राक् इतिहास, पशुचारक समुदाय के कुछ चैप्टर, सिलेबस में ऐड किए गए थे।

रणविजय सर के पास, 'इग्नू' और ओपन यूनिवर्सिटी के नोट्स रहे। इग्नू के नोट्स से पूरे पाँच सवाल फँसे थे। नोट्स मालिक, खुद एक्को सवाल सही नहीं

कर पाए। सर, पाँचौ फँसा लिये थे। वे राहचलंतुए खींच लेते थे। वाह री किस्मत। वे फँसाने के अनुरागी जीव थे। हालाँकि सूत्रों के अनुसार, उनके पास तीस हजार दुर्लभ प्रश्नों का संग्रह भी था, तीन खंडों में। हर साल उनकी लॉटरी लग जाती थी।

यजुर्वेद की कौनो संहिता भी पूछी गई थी। बाहर आते हुए, वे पाँचों गिनवा गए थे—के.के.एम.टी.वी.-काठक, कपिष्ठल, मैत्रेयी, तैत्तिरीय, वाजसनेयी संहिता। सुने सभी थे, लेकिन पाँचौ याद रखे का उनका तरीका गजबै रहा।

अकबर का कौन शहजादा, विषैली शराब के प्रभाव से मरा था। 'मुराद' बंदूक की नली में भरी शराब पीकर मरे थे। सभी जानते थे। 'डिस्कवरी ऑफ इंडिया' टी.वी. सीरियल में भी दिखाए थे। शहजादा 'दानियाल' भी इसी 'ऐक्सन' को रिपीट किए थे, केहू नहीं जानत रहा। सर, जानत रहे। इहै सवाल पूछा गया था। वे 'जीयसौ' में खेलकर जाते थे। उनका गजबै तुक्का चलता था। हमेशा मेरिटिया चढ़ाए रहे। रकीबों के अनुसार, वे मेरिट पर लगभग डाका डालते थे। औरों की किस्मत रह-रहकर मुकरती जा रही थी। बड़के-बड़के शूरमा मैदान सूँघ रहे थे।

रणविजय सर, चिंतनशील प्राणी हैं। ढेर सारे नोट्स। नोट्स का अंबार लगा है। इसके बावजूद, "हमका ई चाही। हमका ऊ चाही। हमका हउ भी चाही।" समेट नहीं पाते हैं। 'ऑप्शनलवा' समेत, अभी सबकुछ समेटना बाकी है। अभी 'सेकेंड रीडिंग' बाकी है। कुछ की, अर्थात् अधिकांश की तो 'फस्टौ रीडिंग' नहीं हो पाई है।

अभी एक दिन बचा है। समय कीमती है। किफायत बरतना जरूरी हो गया है, इसलिए प्लान चेंज कर लिये हैं। हज्जाम, रूमवे पे आके दाढ़ी छील गया है। नाश्ता, रूमवे पर पहुँच चुका है, दही-जलेबी। गले में रुद्राक्ष-कंठी-माला सबकुछ धारण कर लिये हैं। युद्ध भूमि में जाने से पूर्व, शिरस्त्राण-कवच धारण करना जरूरी है। पूजार्चन पिछले दो हफ्ते से नियमित चल रहा है। शिवस्तोत्र-रुद्राष्टक।

आज न जाने क्यों, वे ठगा सा महसूस करने लगे। संभवतः अफरातफरी के शिकार हो चुके थे। प्रायः ऐसे अवसरों पर अच्छे-अच्छे हो जाते हैं। विक्षुब्ध-बदहवास हैं। सिगरेट पीकर चिंतन किए। सिगरेट को ब्लेड से काटकर, दो समान भागों में विभाजित करते हैं। वे घोर मितव्ययी हैं। धूम्रपान के साधनों पर,ज्यादा अपव्यय, अनुचित मानते हैं। हालाँकि एक के बाद एक, दोनों अर्ध-भागों को धकाधक धौंकनी की तरह धौंक जाते हैं। तनाव उफान पर है। मिल की चिमनी सा गाढ़ा धुआँ। कुछ हद तक, गुबार बाहर फेंक लिये हैं।

'इग्जाम सेंटर' तक पहुँचकर अभी आधा कोर्स समेट पाए थे। समेटना, संप्रति

चालू था। 'पोथन्नवे' हाथ में लिये बाहर खड़े थे। सिंहावलोकन कर रहे थे। शेर की मानिंद, सरसरी निगाह मार रहे थे। जइसे-तइसे पूरा समेट रहे थे। अकस्मात् हथवा का बैलेंस बिगड़ा। अध्ययन-सामग्री छूटकर बिखर चुकी थी।

बिखरी सामग्री समेट रहे थे। चिंतन चालू था। परीक्षा से ऐन पहले, हाथ से कुछ छूटे। इसका क्या अभिप्राय है? शुभ लक्षण हैं, पास होने का साक्षात् शगुन। संकेत अच्छे मिल रहे हैं। घंटी बज चुकी है। 'वार्निंग बेल' पहले ही बज चुकी थी। उन्होंने रणभूमि के लिए कूच कर लिया था। मन में नगाड़ा-तुरही और रणभेरी, एक साथ बजने लगी।

मित्र बहुतै भाग्यशाली हैं। प्रारब्ध लिखवाकर लाए हैं। प्राक् इतिहास के पाँचौ सवाल फँसा लिये, उनके नोट्स से। वे स्वयं करीब जाकर भी चूक गए थे। 'जीयसौ' में क्राइसिल रेटिंग, निफ्टी, सर्वे का डाटा, उनके नोट्सवे से झाँके थे। कुंजबिहारी सर किस्मत बुलंद पाए हैं। उधर रणविजय खफा थे। 'सामान्य अध्ययन' को लेकर।

कह रहे थे, "इस परचे का नाम तो असामान्य अध्ययन होना चाहिए। ई जनरल है तो फिर स्पेसिफिक क्या होता है जी। पूछे हैं कि क्या गिरगिटान, एक ही समय में दो दिशाओं में देख सकता है। ई हमका जानीं। ई तो गिरगिटवा ही बता सकता है। मानव नेत्र का कैमरा, कितने मेगापिक्सल का होता है। सामान्य अध्ययन में अइसा सवाल पूछा जाता है का?"

हालाँकि हमदर्दों की राय इनके बारे में कुछ भिन्न थी। "सर में एनर्जी, कुछ ज्यादा है। सरप्लस। जोश-खरोश एतना भरा है कि नए मैटरवा के लिए, जगह हइए नहीं। जो भी नया पढ़ते हैं, 'अँट' नहीं पाता। दाँव-पेंच के स्थान पर ताकत ज्यादा लगाते हैं। सर।" वे स्थापित मान्यताओं का कड़ा प्रतिवाद करते हैं, बल्कि आकुल-व्याकुल रहते हैं, खंडन-मंडन के लिए।

पिछले हफ्ते, मिसिरजी गलती से चले गए थे। पल्लव आर्किटेक्चर पूछे के खातिर। पूरा-का-पूरा नीलकंठ शास्त्रिए उड़ेल दिए। पानी पीने जाओ और कोई मुँह में पाइप लगाकर मोटर चला दे, तो क्या होगा, प्यास बुझाएँ कि जान बचाएँ? उनका बताया हुआ, भूलभूलैया जैसा रहा। बहाना कइके भग आए मिसिर। मिसिरजी कह रहे थे, "सर, जरूरत से ज्यादा सनसनी फैलाते हैं। ज्ञान बाँटना उनके मन बहलाने का साधन है। बाँटने तक तो ठीक रहता है, सर तो सीधे उड़ेल ही देते हैं।"

"मिसिर नए आए हैं। फँस गए। जूनियरवे, उनसे नजर बचाके भगते हैं। उनकी पुकार, उलाहने को नजरअंदाज कर जाते हैं। वे बखूबी जानते हैं कि सर छलाँग लगाकर शिकार पकड़ते हैं। इधर-उधर की बात करने का मौका तक नहीं

देते। डायरेक्ट ज्ञान उड़ेलने लगते हैं। न बहस, न बहाना। न किसी की दलील सुनने को तैयार। वे नेकदिल तो हैं, लेकिन अकेलेवे नेक्सस बनाके फँसा डालते हैं। श्रेष्ठ बकवादी हैं। उबाते ही नहीं, पका भी देते हैं।"

अपने 'अर्द्धपांडित्य की पूर्ति कइसे करते हैं। अत्यंत सरल समाधान है, मुँह में मगही पान का बीड़ा ठूँसकर। 'भरकर निज मुख में दो पान, तब करते हैं वे ज्ञानदान।' पान से भरे मुँह से, पूरा 'पैनिक' मचाते हैं। लपर-झपर बतियाते हैं। शिष्य सोचता है कि खोट उसमें है। ज्ञानवर्षा हो रही है और वह समझ नहीं पा रहा है। उसे आत्मग्लानि होने लगती है कि वह अमृत-सुधा नहीं समेट पा रहा है।

उधर 'विभूति' से पुनः स्पष्ट करने को नहीं कहा जा सकता। धृष्टता होगी। 'विभूति' महाराज योजनाबद्ध तरीके से पान घुलाए हैं, जिसकी आड़ में वे कुछ-का-कुछ लहा लेते हैं। हमेशा सजल-उर शिष्य खोजते रहते हैं। जइसे ब्रह्मराक्षस लटका हो, डाल पर। कोई मिले तो ज्ञान की 'शिफ्टिंग' करें। उन्हें सहज बात करते देखा है कभी, हमेशा तो उत्तेजित होकर बोलते हैं। बोलते भी कहाँ हैं, डायरेक्ट लेक्चर पिलाते हैं।"

"तखत बिछाए बैठे रहते हैं, लाजवा के प्रांगण में। साक्षात् गरुड़ भगवान् की तरह। वज्रासन में, चश्मा चढ़ाए, पूरे घाघ लगते हैं। जूनियरवे सलाम ठोंकते हैं, किंतु सुरक्षित दूरी बनाकर। लाजवा का लइका लोग, उनके भय से कमरे के अंदर बंद है। दबोच लेंगे। ए सुकला! तनिक इधर आवा। फिर हॉस्टेज बनाकर, ज्ञानवर्षण।"

"तुम सुनो, न सुनो, हम तो सुनाएँगे। ठेठ कवि स्वभाव है उनका। अहम मौकों पर जकड़ लेते हैं, अनाकोंडा की तरह। एकदमै बाँस कर देते हैं। स्वयं बाँस की तरह तो हैं। बाहर से ठोस, भीतर से खोखले। शाखाएँ अनेक, नुकीली पत्तियाँ। जूनियरवे छिटककर भागते हैं। फिर भी ज्ञानवर्षा की दारुण अतृप्ति है उनमें। अनंत पिपासा।'

'शिष्य विद्या गरीयसी।' 'शिष्यों' की विद्या अधिक तीव्र हो चली है। जूनियरवे होनहार हैं। एक के बाद एक चरण पार करते जाते हैं। स्थिर गति से, ध्रुव लक्ष्य की ओर अग्रसर हैं, सीजंड लड़के। गुरु अभी भी भटक रहे हैं। मन में उमड़ते भावों से बोझ भरा, नितांत अकेला जीवन। मोक्ष नहीं मिल पा रहा है।"

शक्ति सिंह सर पहुँचे हैं, कुंजबिहारी सर के रूम पर। रात के ग्यारह बजे। 'पीटिया' की पहली रात। कयामत की रात है। सिंह सर की लंबी-चौड़ी काया है, वृहदाकार। कई बार तो मंगलवे को, नानवेज भकोस जाते हैं। धैर्य चुक जाए तो पवित्र महीनौ में, निर्ममतापूर्वक ग्रहण कर लेते हैं, तो पहुँच गए हैं सर। मांसाहार की खातिर नहीं। विवास पैनोरमा लिये पहुँचे हैं। 'कल पी.टी. है। मन लगाकर नहीं पढ़

पाए। गेस लगा दो। मना मत करना मित्र! बड़ी आस लेकर आए हैं।'

प्रारंभिक परीक्षा में अनुमान, वह भी जी.एस. में। यह काम तो हनुमानजी भी नहीं कर सकते। कुंजबिहारी सर किंकर्तव्यविमूढ़ हैं। हालाँकि वे शिष्ट-शालीन हैं। फिर भी उनका मन किया कि धरती फटे और वे उसमें समा जाएँ। सिंह साहब तो समाने से रहे। वहाँ नॉनवेज मिलता, तो वे समाने की सोच भी सकते थे। शक्ति सर, भावावेग में हैं। उनकी वाक् सरिता बह रही है, झर-झर, कल-कल। "गुरु! तुम तो, स्पोर्ट्सवा फँसाए लेत हो। अवार्डवे फँसाए लेत हो। कन्वेंशन-कानफ्रेंस अड़ा लेत हो। यह अहसान हम पर भी कर दो। हमारे भी फँसवाए दो।"

शक्ति सर, बिना जाल लगाए पंछी फँसाना चाहते हैं। चूँकि वे शीघ्र नतीजा चाहते हैं। अब उन्हें कौन समझाए कि पढ़ा होय, तभी 'ऐलिमिनेशन टेकनीक' काम आती है। यदि नेट प्रैक्टिस की हो, तभी पिच पर जमकर खेला जा सकता है।

सिंह सर का बालक, फोर्थ में पढ़ता है। उसकी परीक्षा शुरू हो रही है। आज ही फोन किए था," पापा! डर लग रहा है। कल से इग्जाम हैं।" बच्चे को पुचकारकर कहा, "बिटवा! तोहेसे ज्यादा डर, हमें लग रहा है। हमरे तो कल दू ठो पेपर हैं।"

कुछ प्रतिभावान किस्म के प्रतियोगी हैं, जिन्होंने 'रेलवे पद्धति' का जुगाड़ बैठाया है। वे दूरंदेश हैं। अतः दूर का सेंटर माँगते हैं। जितना दूर हो, उतना अच्छा। किसी 'विलक्षण प्रतिभा' का 'फर्मवा' साथ भरवाते हैं। अरेंजमेंट देख लिया जाता है। हालाँकि 'नपी-तुली हँसी वाले' लोगों को, इस अभियान में शामिल नहीं किया जाता।

आत्मीय, परम आत्मीय व अंतरंग ही इस गुप्त दल में शामिल होने की योग्यता रखते हैं, जिनमें अंतेवासियों जैसी कुव्वत हो। 'इंजन' चालीस-पचास डिब्बों को सहजता से खींच लेता है। इंजन का धर्म है—लदे-फँदे, भारी-भरकम डिब्बों को खींचना। अभियान की तैयारी में पर्याप्त समय लग जाता है। डाकघर से लेकर सुरक्षित वापसी तक का। 'इंजन' के इंटरप्रिटेशंस में विविध परीक्षण आजमाने पड़ते थे। बड़ी एहतियात से तलाशा जाता है, जैसे पंचेन लामा को कई अनुष्ठान करके परखा जाता है। तब जाकर कहीं, अच्छे हॉर्स पावर का इंजन मिल पाता है। यही हमारा मैत्रेय है, यही हमारा अवलोकितेश्वर है। मोक्ष दिलाने का सामर्थ्य इसी में है।

शक्ति सर का कुंजबिहारी सर पर अगाध विश्वास है। कुछ लोगों के मुताबिक, बिहारी सर नई किताबों की स्याही से निकलनेवाली खुशबू के एडिक्ट थे। स्याही में पेट्रो रसायनों की अलग सी महक आती है। यह खुशबू अलहदा किस्म की होती है, जिसे वे नथुनों में भर लेते थे। नई चौपतिया के प्रति वे बेहद आक्रामक रवैया अपनाते

थे। सामयिकी हाथ में आते ही, उनके हृदय की धड़कन बढ़ जाती थी। लगभग झपटते हुए पढ़ते थे, बर्बर हमलावर की तरह। एक ही साँस में पूरी कर डालते थे। सायंकाल एक बार और पढ़ते। सोने से पहले, आखिरी बार की पुनरावृत्ति।

तत्पश्चात् चौपतिया को सिरहाने रखकर चैन से सोते थे। अब तक तो वे चौपतिया से अपनापन भी अनुभव करने लगते थे। मासिक घटनाओं की अपने मस्तिष्क पटल पर, अमिट छाप डाल चुके होते थे। कल घटनासार के प्रेस में जाकर, फिर यही रवैया अख्तियार करेंगे। अगले दिन प्रतियोगिता दर्पण अथवा सिविल सर्विसेज क्रॉनिकल में से कोई एक मैगजीन। दो दिन में एक ही विषयवस्तु को इतना घोंट चुके हैं कि अब तो बस तीन खुराक की औपचारिकता निभा रहे हैं। चौपतिया आज बाजार में आनी थी। जनता-जनार्दन अब चौपतिया खोज रही है। खबर मिली कि आउट ऑफ स्टॉक हो गई है।

'सर' लोगों के पास, अपने भव्य अतीत के दिव्य अनुभव थे। 'उपलब्धियों' की अंतहीन गाथाएँ। 'जुगाली' के लिए, अक्षय तृप्तिवाले, अनगिनत 'टॉपिक'। वैसे उनके लिए नए पड़ोसी का होना, न होने के बराबर था, किंतु आज उनके मन में एक नई किस्म की उद्विग्नता समाई हुई थी। वे उन्हें निरंतर चौंकाते चले आ रहे थे। गण्यमान्यजन, उनकी आकस्मिक प्राप्ति को दैवी कृपा माने बैठे हुए थे। चूँकि अब तक उनका सबकुछ आसानी से और सुविधा से होता चला आ रहा था, सो इस पर वे अनासक्त न रह सके। आज की भावनाओं पर मलहम की संभावना, उन्हें वहीं दिखाई दी थी।

6

रेडियो, गाढ़े वक्त का साथी। अहर्निश, आकाशवाणी श्रवण। बकौल पी.जे. सिंह, "विविध भारती, कई लोगन के जिंदा रखले बा।" उनके अनुसार, "ऑल इंडिया रेडियो को 'आकाशवाणी' शब्द पंतजी ने दिया था। एतना कोमलकांत शब्द और दे भी कौन सकता था भला।" खैर, रेडियो पुराने मॉडल का था, फिलिप्स का। ट्यूनर एतना घिस चुका था कि काम करना बंद ही कर दिया।

उसमें चार-पाँच बिखरे हुए तार थे। इन तंतुओं के टकराने से वे रेडियो स्टार्ट कर लिया करते थे। ऑन-ऑफ करने का उपाय आसान सा था। हालाँकि ऑफ-ऑन करने की आवश्यकता दिन में बस दो ही बार महसूस की जाती थी। शयन व जागरण

के समय। रेडियो के पीछे के कवर को काल-कलवित हुए अरसा बीत चुका था। डायरेक्ट बैटरी डिसकनेक्ट करके, रेडियो ऑफ किया जाता था।

बी.बी.सी., वॉयस ऑफ अमेरिका, परिक्रमा, सुर्खियों से आगे, स्पॉटलाइट कार्यक्रमों को दिल थामकर, सुने जाने की प्रथा थी। उस अवसर पर खाँसने-छींकने तक की सख्त मुमानियत रहती थी। यदि किसी ने यह गुस्ताखी कर दी तो उसे तपस्या में विघ्न की दृष्टि से देखा जाता था। विघ्न की सजा शाप भी हो सकती थी। आम हिंदुस्तानी की तरह, जूनियर लड़के शाप से बहुत भय खाते थे। सीनियर्स, मुख तिर्यक करके सुनते थे, जैसे अंधाधुंध सोच में पड़े हों। मिडिल एशिया, ईस्ट एशिया, अमेरिका की खबरों को ध्यानमग्न होकर शब्दशः सुना जाता था। लंबे पॉज से एकदम नीरव वातावरण बन जाता था, जिसमें खुद के हृदय की धड़कन तक स्पष्ट सुनी जा सकती थी।

इस अट्टालिका-अरण्य में एकमात्र विलासिता की सामग्री, विविध भारती हुआ करती थी। 'पिटारा', यादों के झरोखे से, एक ही फनकार प्रोग्राम नियमित रूप से सुने जाते थे। कमल शर्मा, अशोक सोनावड़े, यूनुस खान, मोना ठाकुर, निम्मी मिश्रा पसंदीदा एंकर हुआ करते थे।

'पिटारा' में सिनेमा की मेकिंग, थीम आदि पर दुर्लभ सूचनाएँ रहती थीं। सोहराब मोदी, पृथ्वीराज कपूर से सिनेमा के गोल्डेन इरा तक का सफर। पारसी थिएटर, इप्टा से कमर्शियल सिनेमा तक का सफर। बकौल पी.जे. सिंह, "निरालाजी ने रावण की हँसी का बिंब कहाँ से खींचा, पृथ्वीराज कपूर के अट्टहास से। हू-ब-हू वही, कल-कल, खल-खल हास्य।"

श्रोता, नुक्कड़ पर महबूब की मदर इंडिया की समीक्षा करते हुए देखे जा सकते थे, "रूरल बैंकिंग का आइडिया कहाँ से आया गवर्नमेंट को। सुक्खी लाला का शोषण-चक्र देखकर।"

'मदर इंडिया' ऑस्कर क्यों नहीं जीत पाई के रहस्य का यों खुलासा हुआ, "जूरी मेंबरवे, एक्कै सवाल पे नुक्ता फँसाए रहे। रधिया, सुक्खी ललवा को काहे दुत्कार दिहिस। उ सरऊ, बच्चन की जुम्मेदारी लिये खातिर भि तइयार रहा। फिरंगिया ससुर! ई का जानें कि सतीत्व का चीज होवत हय।"

"बिरजू के बंदूक से दागे जानेवाला सीन, पहल्के प्लॉट में नहीं रहा। महबूब शूटिंग करत रहे, सौराष्ट्र इलाके में। अखबार में लपेट के पकौड़े लाए रहे। तेल से सने अखबार में हेडलाइन छपी रही, विधवा माँ ने गाँव की बेटी की आबरू बचाने

के लिए बेटे का गला हँसिए से उतार दिया। सटाक से आइडिया खेंच लिहिस, महबूब खान।"

"मैं जान ले लूँगी बिरजू! लाज नहीं जाने दूँगी।" डायलाग ने नरगिस को मदर इंडिया बना दिया। सुखांत सिनेमा होता, तो ऐसन धूम थोड़ेई मची होती।

'जयमाला' नियमित रूप से सुनते थे। भाजी-तरकारी, तरक्की पर है। आटा गूँधा जा रहा है। गीतों पर अवसरानुकूल टीकाएँ भी की जा रही हैं। टीकाकार, उच्च स्तर का सौंदर्य-बोध रखते हैं। उद्घोषिका के स्वर पर ही आहें भर लेने के स्तर का। 'वियोगी होगा पहला कवि, आह से उपजा होगा गान।' हालाँकि खुशी जाहिर करने पर सख्त पाबंदी रखी जाती थी। मर्यादा नाम की भी कोई चीज होती है। 'सीनियर' को 'डिग्निटी मेंटेन' रखनी ही पड़ती है।

ओ.पी. नैयर, एस.डी., जयदेव, रवि, नौशाद, खय्याम, लक्ष्मी-प्यारे, पंचम, सभी की धुनों को वे पहले स्वर में पहचान लेते थे। खत का मजमून भाँपनेवाले, भाँप जाते थे—विशिष्ट वाद्य-सुरों से। इंदीवर, मजरूह, भरत व्यास, आनंद बख्शी, नीरज। सभी गीतकारों को 'बोलों' से पहचाननेवाले पारखी। पंडितजी, धुन के आरंभ होते ही, क्षणांश में ही जता देते थे, "अब ई गनवा बजेगा।" बाकायदा राग के साथ। बिलावल, मालकौंस, कान्हड़ा, यमन कल्याण, पीलू की तफसील के साथ। बकौल सिंहजी, "पंडितजी बहुतै बड़े रेडियोबाज हैं।" यह प्रतिभा उन्होंने सुनते-सुनते अनजाने में ही विकसित कर ली थी।

फरमाइशी गीत सुने जाते थे। इस कार्यक्रम की सुंदरता यह थी कि गीत पूरे मनोयोग से सुने जाते थे। चूँकि अभ्यर्थियों के पैतृक स्थानों से भी फरमाइशें की जाती थीं। क्षेत्र विशेष, उपजाति विशेष की फरमाइशों का बाकायदा स्टेटिस्टिक्स तैयार किया जाता था। 'इक दिल के टुकड़े हजार हुए...अँखियों के झरोखे से...जीता था, जिसके लिए...गीत अकसर बजते रहते थे। इन गीतों की बड़ी माँग थी। अत: श्रोता-श्रेणी की फरमाइशों पर, एक्सपर्ट्स अपने पूर्वानुमान पर सदैव खरे उतरते थे। जिस इलाके अथवा बिरादरी से फरमाइश आई होती, उससे संबंधित व्यक्ति को आत्मीयता की दृष्टि से देखते थे। फिर मुदित मन से मुसकराते। इलाकाई 'जातक' लज्जाग्रस्त होकर, ग्लानि से भर उठता था। वह निराशा भरे स्वर में कहता था, "नमवे डुबोए हैं सरऊ! काम-धाम करेंगे नहीं। नाक कटवाए हैं।"

फरमाइशी गीतों के लिए नियमित तौर पर पोस्टकार्ड लिखे जाते थे। 'लाज' के अंतेवासियों के नामों से अवरोही क्रम में। पोस्टकाड्र्स सेंतकर रखे जाते थे। फिर यत्नपूर्वक डाकघर भेजे जाते थे। आनन-फानन में आस-पड़ोस से भी नाम जोड़े

जाते थे। सबके नहीं, मात्र उनके, जिनके प्रति 'कोमल भाव' रखा जाता हो। यह कर्म, पुनीत कर्तव्य की श्रेणी का कर्म समझा जाता था।

उद्‍घोषक का स्वर···और इस गीत को पसंद किया है···ने। "नमवा सथवे आया है।" इतना साहचर्य पर्याप्त है। अब कोई इच्छा शेष नहीं रही। पोस्टकार्ड प्रेषक गद्‍गद हैं। उसके दग्ध ह्रदय पर, शीतलता का लेप हो चुका है। कलेजे को गहरी ठंडक पहुँची है। रह-रहकर वह अपनी दक्षता पर मुग्ध हैं। दीये और तूफान की लड़ाई में 'दीया' कसकर टक्कर ले रहा है। 'दीये' की रोशनी से पूस की हाड़कँपाती सर्दी का मुकाबला किया जा रहा है। सर्दी से जूझने का अनोखा तरीका खोज लिया गया है। विशुद्ध परिकल्पित श्रृंगार के आसरे जीवन चल रहा है।

उद्‍घोषिका के कोमल स्वर से, कोमल भावनाएँ तृप्त करनेवाले शूरमा भी प्रचुर मात्रा में उपलब्ध थे। अवसरानुकूल गीत बजते ही वे प्रीत निबाह लेते थे। प्रौढ़ हो चले थे। अब तक उन्होंने श्रृंगार के कोमल पक्ष को पढ़ा-सुना खूब था। गुनने का अवसर अभी तक नहीं मिल सका था। अब इस उद्दाम आकांक्षा-वेदना का निवारण कैसे हो ? इस वेग को शांत करने के लिए रेडियो लगभग अंधे की लकड़ी साबित हुआ था।

'यथाविधो में मनसो अभिलाषा: प्रवर्तते पश्य तथां आकाशवाणी:।' अर्थात् जिस तरह मेरे मन की अभिलाषा है, उसी तरह यह गीत आकाशवाणी पर बज रहा है। ह्रदय की चाह के अनुकूल, मनमाना सौंदर्य खींच लेते थे। खोजी, मणिकांचन योग खोज ही लेते हैं। निशाकाल नि:स्तब्ध प्रकृति। सिंह साहब के ह्रदय में कोमल भावनाओं का संचार हो चला है। अकसर इसी समय पर होता है। यह समय लगभग तय था। मन का गीत बजते ही उनके मुखमंडल पर लज्जा और संकोच-रेखा उभरने लगती है। कामिनी, मानिनी, दामिनी, भामिनि, प्रमदा, स्वकीया, ललना। सप्तस्वर एक साथ।

लेटे हुए हनुमानजी का मंदिर। यह स्थान प्रयाग का एक दर्शनीय स्थल है। प्राय: श्रद्धा-भय का मिश्रित भाव लिये एस्पिरेंट्स की भीड़ लगी रहती है। कुछ सफल होकर, लड्डू चढ़ाने गए हैं। अगले चरण का कौल माँगने भी। 'इस बेर' ध्यान रखा है। प्रभु! यों ही आशीर्वाद बनाए रखना।'

तो कुछ नॉकआउट होकर, नोक-झोंक करने गए हैं। अपने आराध्य देव से रिसाए हुए हैं, "कइसन-2 लोगन के नाव पार लगइले बाड़न। एक बार तनी इहाँ देख लै, का बिगड़ जाइल तोहार। अब बरदास्त के बाहर हो गईल बा। अब नइखै सहत जात। अब जौन हो गईल, तौन हो गईल, आगे देख ली हा।" वे आकस्मिक पतन से आहत हैं और व्यथित भी। बाहर सीनियर मिल गए हैं।

उन्होंने ढाढ़स बँधाते हुए कहा, "एतना में चोक ले लिये। (विग्रह की ओर इशारा करते हुए) समनवा देखे हो। कैसे-कैसे लेट गए, इस प्रयाग भूमि पर। अभी से करेजा छोटा मत करो। 'महामना' भारतीयता की साक्षात् मूर्ति रहे। पूरे देश में डंका पीटे रहे। मूर्तिया चौचक, देश भर के चौराहों पर। गले में दुशाला, सिर पर पगड़ी, हाथ में छड़ी, चेहरे पर कड़कता अनुशासन, लेकिन हिंदू हॉस्टलवा चौराहे पर मूर्तिया देखे हो कभी। न हाथ में छड़ी, न चेहरे पर वह दृढता। हाथ जोड़े खड़े हैं, 'कमीशनवा' की ओर।" यह उलाहना अकारण नहीं, सोद्देश्य रहता है।

'पथ की बाधाओं से विचलित नहीं होना चाहिए। जीवन में बहुत सी परस्पर असंबद्ध घटनाएँ घट जाती हैं। अकसर हो जाती हैं। हमें देखो। हमारे साथ कब से हो रही हैं। हम खतरे उठाकर बने हुए हैं कि नहीं। बिल्कुल डटे हुए हैं। डटकर मुकाबला कर रहे हैं।'

श्रद्धेय सही तो कह रहे थे। 'मोंछभदरा' हो गए हैं। पुराना बाना त्याग दिए हैं। 'शॉर्ट शर्ट', स्किन 'टाईट' अंगीकार कर लिये हैं, लेकिन उनका अटल विश्वास बना हुआ है कि "कभी तो होइबे करेगा।" फाइट में बने रहने के लिए केतना त्याग और समर्पण किए हैं। इस विस्तृत और मार्मिक आख्यान से, उनकी कोमल संवेदनाएँ पुलकित हैं। इसीलिए वे मंत्र-मुग्ध होकर सुन रहे हैं। यह तर्क प्रणाली आपको कभी नहीं डूबने देगी। कभी-न-कभी, कहीं-न-कहीं, किसी-न-किसी परीक्षा में तो सफल होंगे। प्रलय-काल तक, यह उम्मीद कायम रहती है। शक्ति-संतुलन 'मेंटेन' रहता है। यह महान् आशावाद कइयों को जीने का रास्ता दिखा जाता है।

"लिये सपने निगाहों में, चला हूँ तेरी राहों में···मेरे हाथों की गरमी से, पिघल जाएँगी जंजीरें···जिंदगी···आ रहा हूँ···मैं।"

अगली सुबह, 'मशाल' पिक्चरवा का गीत, रेडियो पर बज रहा था। साक्षात् वह दृश्य कौंध जाता है, अनिल कपूर के ओज-तेज से दीप्त, दर्प भरे चेहरे का। यह गीत हुँकार भरने का संदेश देकर जाता है। जितनी बार सुनो, वही रवानगी, वही एनर्जी।

'रुक जाना नहीं, तू कहीं हार के···काँटों पे···चलके···मिलेंगे साए···बहार के··· करती है मंजिल तुझको इशारे···यों ही चलाचल दिल के सहारे···

विनोद खन्ना का स्वाभिमान···धूप-छाँव के डिफरेंट शेड्स···इंस्टेंट एनर्जी दायक गीत, बॉर्नवीटा की तरह।

यों लगता था मानो गीतकार ने ये गीत, हमारे साथ घटे, अघटित को समझकर लिखे हैं। हमरी 'सिचुएशन' सोचकर लिखे हैं। हमें ही प्रेरित करने को लिखे हैं।

द्विगुणित उत्साह, त्रिगुणित संकल्प के साथ, मरणशील संकल्प फिर से जाग उठता है। अपनी क्षमता पर कल जो अविश्वास हुआ था, वह सहसा विलीन हो चला है।

ये गीत, प्राय: 'त्रिवेणी' कार्यक्रम में प्रसारित हुआ करते थे, जो निष्फल परिणाम के अवसाद से उबारने में शर्तिया कारगर होते थे। ये गीत, 'कैंडिडेट' को, जबरदस्त रूप से बाहर फेंकने में समर्थ हुआ करते थे। एक घंटे के अंदर-अंदर प्राय: मृत-संजीवनी का काम कर जाते थे। शल्यकर्णी औषध की तरह, विदीर्ण हृदय के घावों को भर जाते थे। इस बार झंडा गाड़ के रहेंगे। फिर से झमाझम अध्ययन शुरू।

7

कभी-कभी लड़के समरसताजनित ऊब के शिकार होने लगते थे, अर्थात् पोथी पढ़ते-पढ़ते मन ऊबने लगता था। सायंकालीन गंगा तट की सैर, असली ताजगी दे जाती थी—शीतल-मंद-सुगंध वातावरण। इससे एक साथ दोहरा उद्देश्य सधता था, लोक भी सफल और परलोक भी। कुछ होनहार किस्म के नौजवान थे, जो सिनेमा देखकर, रिचार्ज होने का हुनर जानते थे। फिर दुनिया में मायावी आकर्षणों की कमी नहीं बताई गई है; 'सकल पदारथ हैं जग माहीं।'

कभी-कभार कुछ सीधे-साधे किस्म के लड़के सिविल लाइन पहुँच जाते थे। कहनेवाले तो यह भी कहते थे कि वे संगति-दोष के चक्कर में आकर ऐसा कर बैठे। हालाँकि चुस्त-चालाक किस्म के लड़कों के लिए तो वहाँ का एक चक्कर लगाना रोजमर्रा का कारोबार हो सकता था, लेकिन विशुद्ध गँवई अंदाजवाले लड़कों के लिए तो यह एक किस्म से बिल्कुल ही नया संसार था—जगमग सड़कें, जगमगाते रेस्टोरेंट। संक्षेप में आधुनिकता का विशुद्ध बोलबाला था।

वहाँ से लौटकर कोई लड़का तो उस चकाचौंध से काफी समय तक नहीं उबर पाया। कह रहा था कि पहले-पहल तो उसे लगा कि वह सीधे कण्व ऋषि के आश्रम में घुसा चला आया हो; शकुंतला-प्रियंवदा-अनुसूया, सभी की साक्षात् छवि उसने देखी थी, चहलकदमी करते हुए।

राजकरन के बाहर उन्होंने एक प्याली कोल्ड कॉफी ही तो पी थी। साठ रुपए का बिल देखकर उसे गहरा सदमा लगा। हालाँकि भुगतान तो सीनियर ने किया था, लेकिन असली कष्ट इसने उठाया। क्या कॉफी पीना, कल रात 'विलासिता-सूची' में शामिल हो चुका है ? मौके पर महँगाई की चर्चा करना उसे अशिष्ट लगा। किसी तरह

से बमुश्किल उसने अपनी भावनाओं को काबू किया और जज्बातों को जज्ब किया। इस बीच उसने मन-ही-मन यह गणना भी कर डाली कि एक कॉफी की कीमत में तो वह मुरारी की दुकान पर महीने भर मजे में चाय पी लेता है। विचार-मंथन मुनाफे में सुन लेता है। आजादी और फ्रीनेस भी महसूस करता है।

संतोष भैया, अनुभवी आदमी हैं। सच ही तो कह रहे थे। उनकी चेतावनी बिल्कुल सही साबित हुई। एक बार तो वे भी साउथ इंडियन खाने के चक्कर में अपना सर्वस्व झोंक आए थे। महीनों पछतावा करते रहे, "एतने में तो महीने भर का राशन-पानी भर लेते।"

सुकला के साथ तो गजबै हुआ था। उसे देशाटन का शौक था। गाँव में भी खूब मेला-ठेला घूमता था। उस लत ने अभी तक उसका पीछा नहीं छोड़ा था, साथ-साथ वह विद्याव्यसनी भी था। कुछ ही दिनों में उसने इतना पढ़ लिया था कि उसकी और पढ़ने की इच्छा स्वतः समाप्त हो चुकी थी। फलतः उसको नए शौक लगने लगे थे। उसमें से मित्र-मंडली जमाने का शौक तो हद दर्जे तक चढ़ आया था। संसार के सारे अनुभव लेने का शौक तो उसे पहले से ही था। नए शौक कुछ ज्यादा ही चर्राते हैं।

सो, वह चल पड़ा सिविल लाइन की ओर। इच्छा थी, कॉन्टिनेंटल आहार की। किसी से यह रस-चर्चा सुनी थी। आहार चयन में उसने अत्यंत सावधानी बरती और ग्रहण करने में भी। पाश्चात्य आहार था, पिज्जा। जो वास्तविक होते हुए भी उसके लिए कौतूहलपूर्ण बना रहा। नाना प्रकार की शाक-भाजी से भरा हुआ आहार।

आहार देखकर वह अति आह्लादित हुआ। यह वीरोचित कर्म उसे बाल्यकाल में भी खूब पसंद था। चहकते हुए अपने संगी-साथी से बोला, "ई होत है पिज्जवा। ई तो हम गँउवा में ढेर खाए रहे। रोटिया के अंदर प्याज-टमाटर-धनिया भर-भरके खूब खाए रहे।" इस वाग्विलास के मध्य दोनों ने बड़े चाव से जाने-पहचाने आहार को ग्रहण किया।

बिल देखकर वह क्षण भर के लिए अवाक् सा रह गया। जितना उसे विस्मय हुआ था, उससे अधिक वेदना हुई। उसके अनुमान से कई गुना अधिक राशि का बिल था। मन मारकर उसने बिल चुकता किया। कोप के मारे, टिप नहीं दिया। मन-ही-मन, 'आशीर्वचन' बुदबुदाता रहा।

फलस्वरूप बिल चुकाकर वह लगभग श्रीहीन हो चला था। सबकुछ तो 'ढाबावाला' ले लिया था। रेस्टोरेंट को वह ढाबा ही कहता था। इस मौके पर तो वह जानबूझकर कह रहा था। घोर वितृष्णा से और बदले की भावना से कह रहा था।

वापसी में उसे लोक-लज्जा का अनुभव हुआ। राह भर में उसने मनन किया और यह निष्कर्ष निकाला कि इतने में तो वह अपने आत्मीयों और आश्रितों को महीना भर 'भँउरी-चोखा' पार्टी दे सकता था।

यह सोचते हुए, उसके शोक की सीमा न रही। वह शोकाकुल होकर रूम पर लौटा, मानो किसी शवयात्रा से लौटा हो। कालांतर में उसने उस दिशा में जाना ही बंद कर दिया। उस दिशा को अब वह विलास की दृष्टि से देखने लगा। जब कभी देशाटन का मन होता तो देहात की राह पकड़ लेता था। कुछ नहीं तो आबोहवा ही सही।

यह बात दीगर रही कि जब किसी की सेलिबरेशन पार्टी हो, प्रॉपर सेलेक्शन का जलसा हो या कोई ग्रैंड पार्टी, तो उन अवसरों पर वह मनुहार करने पर शामिल हो लेता था, लेकिन संकोच के साथ।

8

रूम-पार्टनर्स में प्राय: रक्त-संबंध नहीं पाया जाता, यदि कभी पाया जाता हो तो फिर वह भाई-भतीजा अथवा अन्य नाते-रिश्ते की श्रेणी में आएगा, पार्टनर की नहीं। 'पार्टनर' एक विशिष्ट पदवी है, जो समान धरातल पर समान संबंधों का द्योतक है। मित्र, कुलीग, साझेदार, हिस्सेदार, प्रतिद्वंद्वी, पेयर और न जाने क्या-क्या।

इस अबूझ संबंध के लिए आर्थिक कारक, वांछित पृष्ठभूमि मुहैया कराते हैं। इस तरह से पार्टनरशिप स्वत: विकसित होती चली जाती है, अन्यथा अफोर्ड नहीं कर पाएँगे, न बजट को, न निराशा को। इसके लिए भौगोलिक-सांस्कृतिक साम्य होना बहुत जरूरी नहीं माना जाता है। पार्टनर बनने के लिए एक-दो मुलाकातें काफी रहती हैं। क्षमता-परीक्षण हो जाता है। पारखी नजरों से परस्पर तौल लेते हैं।

परस्पर पूरक दिख जाएँ, तो पार्टनरशिप पक्की। कमतर दिखे, तो काम आएगा। बेहतर दिखाई दे, तो सीखने को मिलेगा। इस प्रकार हर संभावना उपयोगी साबित होती है। 'मनुष्य एक सामाजिक प्राणी है।' नामक सिद्धांत भी निभ जाता है। सौ वर्ग फीट क्षेत्रफल का विभाजन, दो महत्त्वाकांक्षी सरदारों के बीच ऑटोमैटिकली हो जाता है।

दोनों कर्णधारों में से एक प्रतिभावान रहता है, दूसरा कम प्रतिभावान। जिस तरह से प्रतिभा एक सापेक्ष अवधारणा है। इसी तरह से 'आलसी' भी एक 'वैरिएबल' विशेषण है। आलसी, ज्यादा आलसी, बहुतै आलसी। दोनों में रोस्टर-रोटेशन बनता है, विशेष रूप से किचन-चौके का। प्रतिभा अथवा आलस्य की मात्रा के आधार

पर एक किचन सँभालता है, दूसरा बरतन माँजता है।

समय के साथ उनमें परस्पर समझ विकसित होने लगती है। फाइन ट्यून म्यूचुअल अंडरस्टैंडिंग। वे एक-दूसरे की नापसंदगी का खयाल रखते हैं। मर्म जानते हैं। मर्माहत होने पर परस्पर सँभालते हैं। वैमनस्य टालते हैं। विफलताओं में एक-दूसरे के कंधे का सहारा लेते हैं। दु:खड़ा रोते हैं। स्केलिंग को गरियाते हैं। गरिष्ठ गालियाँ। 'फलनका सब्जेक्टवा चढ़ि गया' सूक्तारंभ कर अन्य विषयों के लिए विषवमन करते हैं। इसमें भी पार्टनर के सब्जेक्ट का मान रखे जाने का विधान रहता है।

वे एक-दूसरे का क्लेश हरते हैं। दूसरे के अनजान अतीत की जानकारी रखते हैं। एक-दूसरे के 'टॉप सीक्रेट' जानते हैं, तो 'ट्रेड सीक्रेट' भी। यदि दोनों नौसिखिए बछड़े हैं, तो साथ-साथ गिरते हैं। रो-धोकर, फिर से ठोस रणनीति बनाते हैं। जोशो-खरोश में किसी नामचीन को लक्ष्य बना लेते हैं। उस 'स्वनामधन्य' से अधिक स्कोर करने की गोपनीय शपथ ली जाती है, मानो अग्नि-प्रदक्षिणा कर अँगूठा चीरकर, रक्ततिलक करके सौगंध उठाई गई हो। इस पावन अवसर पर क्रमश: 'घास की रोटी खाएँगे, भूमि-शयन करेंगे' श्रेणी के जज्बात, छलकने लगते हैं।

बहुतै सख्त, टाइम-टेबल बना है। नए संकल्प के साथ। 'अंकुरित चना' नामक आहार का आह्वान हुआ है। उबली सब्जी का नित्य प्रति सेवन। नमक त्याग दिया गया है। गरिष्ठ भोजन त्याग दिया गया है। यह ससुरा, आलस्य लाता है। ऐसा लगने लगता है, इस बार पठ्ठे, जिह्वा-रसना को साधकर ही दम लेंगे।

मुँह-अँधेरे पाँच किमी. 'वाक' कर आए हैं। उजाले से पहले 'रुमवे' पे लौट आना है। कोई देख न पाए। इस सदिच्छा के बावजूद, आवारा कुकूर दौड़ा लिया। मोच आई है, टखने पर। ठीक ह्वै जाइ तो, फिर से शुरू करें। पार्टनर को भी एक अदद बहाना मिल गया। टाइम-टेबल में काट-छाँट शुरू। टाइम-टेबल, क्रमश: 'टाइम पास' बनने की ओर अग्रसर है। पिछले कैलेंडर वर्ष की दिनचर्या, स्वत: स्वयं को दोहराने लगी है।

अब तक वे अवसाद से उबर आए हैं। 'देखल जाही मरदे' की भावना, क्रमश: सतह पर उभर आई है। समय से बड़ा कोई वैद्य नहीं। गहरे-से-गहरा घाव भर जाता है। वैकेंसी कम आ रही हैं। नोटिफिकेशन पढ़कर उम्र के कगार पर खड़े योद्धाओं ने नृत्य करना आरंभ कर दिया। थक-हारकर निष्कर्ष निकाला, "अब इस शहर की जलवायु, पैदावार के लिए वैसी उपयुक्त नहीं रही।" नया स्टॉक निकलना, लगभग बंद होता जा रहा है। जिस वस्तु की पूर्ति कम हो, उसकी माँग स्वत: बढ़ जाती है।

फिर भी इस शहर के बारे में भ्रांतिपूर्ण धारणाएँ अभी भी बनी हुई हैं। वही अतीत-राग, वही गौरव-गान। गौरतलब दौर में पढ़ाकुओं के दरवाजों पर नौबत बजती रहती थी। हालाँकि वे पढ़ते ढिबरी की रोशनी में थे। अभी भी तो लइटिया गुलै रहती है। मोमबत्ती-ढिबरी का आसरा रहता है। इस स्टाइल की जीवनशैली, ज्यादा दिनों तक बिताना दु:सह रहता है।

सिनेमावाले तो समय को बड़ी तेजी से गुजार देते हैं। बच्चा दौड़ते-दौड़ते, एकदम से बाँका जवान बन जाता है। कैलेंडर के पन्ने फड़फड़ाते हैं और साल-दर-साल बदलते चले जाते हैं। घड़ी की सुई घोड़े की तरह दौड़ पड़ती है, तो सुबह से शाम हो जाती है।

इस भूमि पर फलागम शीघ्रता से न मिले, तो सीनियरवे, शीघ्रता से वृद्धावस्था की प्रतीक्षा करते हुए पाए जाते थे। वृद्ध होते ही गाँव को चले जाएँगे। शास्त्रों में वन को जाने को कहा जाता है। वन अब रहे नहीं। ऐसी स्थिति में गाँव का ही विकल्प शेष बचता है। गाँव में भी निबाहना आसान नहीं रहता। व्यावहारिक सभ्यता और एटीकेट जो सीख लिये हैं। ज्ञान बाँचे बिना रह नहीं पाएँगे। बाँचे तो भाई-बंधु पग्गल कहेंगे या पगलेट। इतना ही नहीं, इस अवस्था को प्राप्त होने का सीधा प्रसारण भी कर डालेंगे, "बहुतै होनहार रहे भइया। किस्मत के मारे हैं। बेचारे। न हो पाने का गहरा सदमा लगा है भइया को।"

सिने-जगत् में निर्माता-निर्देशकों की जोड़ियाँ पाई जाती हैं। संगीतकार-जोड़ियाँ प्रसिद्धि के मामले में उनसे भी आगे बताई जाती हैं। गुप्ता-शर्मा की जोड़ी, किसी भी मायने में, संगीतकारों से कम न थी। दोनों का अटूट संबंध बना रहा। शर्माजी भावुक होकर कहते थे, "मुझे ठीक से तो स्मरण नहीं कि गुप्ताजी कब मेरे जीवन में आए, किंतु ऐसा लगता है, जैसे वे सदा से मेरे साथ हैं।"

उनकी दिनचर्या, इतनी अनुशासित रहती थी कि घड़ी की सुई से मेल खाती थी। गुप्ताजी, कहीं से छोटी-छोटी मेज ले आए थे। वैसी, जैसी आढ़त बाजार के मुंशी अपने रूटीन कारोबार के लिए इस्तेमाल करते हैं अथवा कचहरी कैंपस में स्टांप विक्रेता, अपने स्टांप बेचने या अर्जी लिखने के लिए प्रयोग में लाते हैं। जब से मेज आई, गुप्ता-शर्मा का पठन-पाठन बड़े पैमाने पर होने लगा। दिन-रात दोनों चटाई पर बैठे हुए मिलते थे।

सौदा खरीदने दोनों साथ-साथ जाते थे। शुद्धता के मामले में गुप्ताजी थोड़ा आग्रही किस्म के व्यक्ति थे। ट्रायल टेस्टिंग के बिना उन्हें सब्जी-दूध तक खरीदना

गँवारा न था। मिलावट या जालसाजी के प्रति वे अतिरिक्त सतर्कता बरतते थे। मीलों दूर से पहचान लेते थे, चाहे वह खानपान की मिलावट हो या मानव व्यवहार की। अत: समस्त जड़-चेतन जगत् को वे सदैव शंका की दृष्टि से देखते थे।

सायंकाल, दोनों नियमित रूप से सब्जी खरीदने जाते थे। सब्जी-विक्रेता सड़क के दोनों ओर अपना माल-असबाब फैलाए हुए मिलते थे। सब्जी-फरोशों में दो सगे भाई थे; गोरा और काला। जैसा कि सिनेमा में अकसर दिखाया जाता है। गोरा और काला, राम और श्याम, सीता और गीता में बखूबी दिखाया गया है कि जुड़वाँ होते हुए भी दोनों का स्वभाव विपरीत ध्रुवों की भाँति हुआ करता था। अत: गोरा और काला, सड़क के दोनों छोरों पर जूट के बोरे पर, अपना 'पण्य' स्थापित किए हुए मिलते थे। दोनों में जबरदस्त कंपीटिशन चलता था। एक-दूसरे के ग्राहकों को वे कीमत कम करके तोड़ा करते थे।

युगल जोड़ी गोरा की नियमित ग्राहक थी। हालाँकि हाल-चाल तो वे काला के भी पूछ लेते थे। गुप्ताजी, उलट-पुलटकर, देखभाल कर, आकार-प्रकार और रंग-प्रकृति के हिसाब से सब्जी तुलवाते थे। मोल-भाव के दौरान, विक्रेता रोज क्रेता से एक अदद सवाल पूछता था, "ए सर! तोहरे रिजल्ट का का भवा।" वे विवश थे। क्या जवाब देते। अभी तक पहचान के संकट से बुरी तरह घिरे हुए थे। संघर्षरत थे। फिर भी दोनों ने खुद को हालात के मुताबिक ढाल लिया था।

गुप्ताजी, पाककला के मर्मज्ञ थे। चर्व्य-चूष्य, लेह्य-पेय, सभी तरह के व्यंजन बनाने में निष्णात थे। चार वैरायटी की तो वे, 'तहरी' पकाना जानते थे। वे पाककला को ग्लैमर की दृष्टि से देखते थे और किचन की ट्रेडिशनल नॉलेज भी रखते थे। अत: स्वादिष्ट और पौष्टिक भोजन परोसने में उनका कोई सानी नहीं था।

'नेनुए में तेल कम छोड़ना चाहिए, नेनुआ खुदै तेल छोड़ता है।' 'बोड़ा पकाने की बहुविध रीति।' 'स्वादिष्ट व्यंजन; सूरन कैसे बनाएँ।' विस्तार से बताते थे। 'प्याज कितनी देर भूना जाए, लहसुन का उचित रेशियो क्या हो, कड़छी कितनी बार घुमाएँ।' यंत्रवत् बताते चलते थे। कड़कता हुआ छौंका तो उनका स्पेशल शॉट हुआ करता था। दाल बघारने को लेकर उनका नजरिया काफी स्पष्ट था, यहाँ तक कि वे सब्जी को भी बघारे बिना नहीं मानते थे।

पूछने पर एक्सपर्ट राय देते थे, "मसालों की तेजी मारने में बघार कारगर रहता है।" दाल-तरकारी में वे पुदीना, इलायची (छोटी-बड़ी), अजवाइन, जीरा-धनिया, दालचीनी-तेजपत्ता का खुलकर प्रयोग करने के सख्त हिमायती थे। दाल-भाजी में

लास्ट टच देते हुए वे 'किमाम' जैसे किसी अज्ञात पदार्थ की सलाई फेरते थे। इस बारे में पूछने पर उन्होंने कभी बताया नहीं कि यह क्या था, शर्माजी को भी नहीं। संभवत: यह उनका 'कलिनरी सीक्रेट' था, जिसे उन्होंने कभी किसी से साझा न किया।

इस प्रकार दाल-भाजी में उनकी 'स्पेशल टेकनीक' हुआ करती थी। लड़के इस बात को लेकर आश्वस्त थे कि 'बाई चांस' यहाँ न भी हुआ तो गुप्ताजी कहीं-न-कहीं तो सेटल हो ही जाएँगे। गुणियों की दुनिया में, अभी भी कद्र बनी हुई है।' शर्माजी ही क्या, अन्य जान-पहचानवाले भी उनकी पाककला से सम्मोहित रहते थे। अत: मुक्तकंठ से उनकी व उनकी पाककला की प्रशंसा करते हुए नहीं अघाते थे, साथ ही उनके हाथ का बना भोजन पाने को सदैव तत्पर रहते थे।

यदि कोई खाकर, उनके दुआरे चला गया हो, तो भी उसे पूछा ही जाता था। ऐसी स्थिति में भी वह उनके हाथ से बना भोजन पाने का लोभ संवरण नहीं कर पाता था।

सब्जी का प्रभार तो वे भूलकर भी किसी को नहीं सौंपते थे। हाँ, रोटी जरूर 'ज्वॉइंट वेंचर' में बनती थी। फलस्वरूप शर्माजी के हिस्से, प्राय: स्थूल प्रकृति के काम आते थे, जैसे बरतन माँजना, आलू-मटर-लहसुन छीलना अथवा आटा गूँधना। निरंतर अभ्यास से इन कार्यों में उनकी गति, काफी अच्छी हो चुकी थी। इस वजह से वे पाक-कला में, कोरे-के-कोरे रह गए।

इधर लड़कों में एक विशिष्ट प्रकार का समूह पाया जाता था, जो क्षुधा-पूर्ति के लिए निरंतर आखेट पर निर्भर रहता था। वे आठों पहर, अन्न-सत्र की खोज में लीन रहते थे। येन-केन प्रकारेण, जीम भी लेते थे। तदुपरांत अगले दिन की अन्नकूट-महोत्सव योजना बनाने में तल्लीन हो जाते।

दृश्य में उनकी एंट्री जोरदार तरीके से होती थी। जो ऐन मौके पर होती थी, ठीक भोजन के समय। संयोग से वे इस खास अवसर पर पधारने का कष्ट किया करते थे। 'कदाचित् तृप्तिकर आहार प्राप्त हो जाए' की भावना के साथ। सभ्यता के नाते मेजबान को पूछना ही पड़ता था। इधर शिष्टाचारवश मेहमान, मेजबान को मना भी नहीं कर पाते थे। चूँकि प्रसाद को मना करना, शास्त्रों में निषिद्ध बताया जाता है। फिर अन्न तो माँ अन्नपूर्णा का प्रसाद है। अन्नपूर्णा देवी को प्रसन्न करने की खातिर वे प्रसाद ग्रहण किए बिना नहीं मानते थे।

जैसा कि वहाँ का आम चलन था, जो आमतौर पर अतिथि-सेवा-व्रत को मान्यता देनेवाले, संपूर्ण भू-भाग में सामान्यतया पाया जाता है, तीन लोगों के भोजन को, चार हिस्सों में अथवा चार लोगों के भोजन को पाँच हिस्सों में मिल-बाँटकर

खाने का चलन रहता है। ठीक उसी तरह, जिस तरह, चौंतीस नंबर अथवा पैंतालीस नंबर की चाय का प्रादुर्भाव हुआ होगा।

गुप्ताजी बेबाक थे। अपने भोजन को ढकते हुए वे अयाचित अतिथि से सीधे मुखातिब रहते थे, "गुरु! इसमें से तो मिलने से रहा।" उन्हें हिस्सा बाँटना मंजूर न था। प्रकारांतर से वे कैलोरी में कटौती-प्रस्ताव के सख्त खिलाफ रहते थे। इसके बावजूद खाना बड़े प्रेम से खिलाते थे। 'साधु' को कभी भूखा नहीं जाने देते थे। पार्टनरशिप का हिस्सा ढँककर, महफूज रखते थे और आगंतुक से कहते थे, "आपका भोजन, अभी तैयार हो जाता है।" यह कहकर वे बावर्ची की भूमिका में उतर जाते थे। किचन-कार्य से कतराना, वे ठीक नहीं समझते थे। अतिथि खुशी के मारे अपने हाथ रगड़ते हुए दिखाई पड़ते। कब भोजन शुरू हो, इस प्रतीक्षा में वे हाथ मलते रहते थे। प्रेम से परोसे भोजन को ठुकराना, अन्न देवता का निरादर माना जाता था। अतः खाना परोसते ही वे तेजी से खाने पर टूट पड़ते। इस गति से मानो भीषण अकाल के बाद, आज अन्न नसीब हुआ हो।

किचन के अधिकारों के प्रति गुप्ताजी कुछ ज्यादा ही सजग रहते थे। खाना पकाने और परोसने में उन्हें हार्दिक सुख मिलता था। बस यूँ समझिए कि खाना बनाने को, उनका मन बस यूँ ही मचलता रहता था। 'चूल्हा-चौका' शब्द सुनते ही उनकी भुजाएँ फड़क उठती थीं। किचन में पहुँचने की हर पल उतावली। मिनटों में भोजन तैयार। सलाद-सिरका और चटनी के साथ प्रेम से भोजन परोसते थे।

भोजन-शिष्टाचार (टेबल-मैनर्स) को लेकर यहाँ पर उन दिनों एक विचित्र किस्म का फैशन चलन में था, जो खासा लोकप्रिय था। अभिजात्य के समस्त लक्षण, त्याज्य माने जाने की प्रथा थी। कृत्रिमता का कोई नामोनिशान नहीं। 'मग्गा लाओ, अखबार बिछाओ' का आशय, दस्तरख्वान सजाने से रहता था। चौकी पर अखबार बिछाकर, थाली परोसने की प्रथा थी। मग्गे को ऊँचा करके पानी पी लेना, 'रूटीन' में शामिल था। बरनौली के 'स्ट्रीमलाइन फ्लो' की तरह।

हरी मिर्च के मामले में गुप्ताजी कुछ आग्रही किस्म के इनसान थे। सब्जी खरीदते समय हरी मिर्च, वे स्वयं छाँटते थे। नियमित ग्राहक होने के नाते, गोरा की 'बिना दरो दीवार की दुकान' में, उनका विशेषाधिकार बनता था, जिसके एवज में वे रिटर्न गिफ्ट के रूप में हरी मिर्च धरवा लेते थे। उन्हें अपने चार खानेवाले अँगोछे के कोने में वे फौरन से पेश्तर बाँध लेते थे।

अड़ोसी-पड़ोसी द्वारा हरी मिर्च माँगने पर वे संयम खो बैठते थे। आग-बबूला

होकर, जली-कटी सुनाने लगते। उनका बस चलता, तो वे माँगनेवाले की मुश्कें बँधवा लेते। वैसे शेष सभी मामलों में वे सहृदय किस्म के व्यक्ति थे। इतने मददगार कि एक किडनी तक दान देने को हमेशा तैयार मिलते थे। मदद को लेकर वे इतने व्यग्र रहते थे कि बिना शल्य क्रिया के ही अंगदान करने को तैयार रहते थे, लेकिन हरी मिर्च के मामले में वे थोड़ा 'टची' किस्म के हो जाते थे। ऐसा क्यों था, यह पूछने का जोखिम उनकी पाककला के प्रशंसक नहीं उठाना चाहते थे, किसी कीमत पर भी नहीं।

9

'ओपी-पीके' की जोड़ी भी खासी बहु चर्चित थी, खासकर अपने अनूठेपन को लेकर। दोनों परस्पर पूरक बताए जाते थे। एक ओर जहाँ पीके प्रायः चुप्पी मारे रखते थे, वहीं ओपी को चुप कराना मुश्किल ही नहीं, नामुमकिन सा रहता था। ओपी, मूलतः अन्वेषी प्रकृति के व्यक्ति थे। अतः उनके मन में ढेरों सवाल उपजते रहते थे। समय बदलने के साथ उनका दृष्टिकोण बिल्कुल न बदला। वे पूर्णरूपेण प्राकृत थे अर्थात् एकदम 'ओरिजनल'। कुछ-कुछ अनट्रेंड नौजवान बछड़ों की तरह।

उनकी पहली और अंतिम प्रतिक्रिया प्रायः एक सी हुआ करती थी। एक ओर, नए-नए लड़के आकर बाजी मारते जा रहे थे। वहीं ओपी की सोच अपरिवर्तनशील ही रही। जस-की-तस। अतः उनकी दिनचर्या एकदम स्लो मोशन फिल्म की तरह चल रही थी। जहाँ एक ओर पीके 'द हिंदू' पढ़ते थे, वहीं ओपी को उधर झाँकना तक गँवारा नहीं था। तर्कपूर्ण ढंग से कहते थे, "बहुतै गरिष्ठ है। पढ़ने लगैं तो हफ्तवा निकर जइहैं। बूझेगा कुच्छौ नहीं। किसी तरह की गफलत में रहना, अच्छी बात नहीं।"

हालाँकि कुछ समय पश्चात् उन्होंने बनावटी विनम्रता के साथ अपनी रुचि में आंशिक सुधार कर ही लिया, "हिंदिया में आता तो और बात थी। तब तो हम घंटा भर में पार कर जाते।" इस प्रकार वे अपनी ऊर्जा-क्षय नहीं करते थे। वे एक किस्म से शक्ति-संचय किए जाने के प्रबल पक्षधर थे। एक तरह से वे अपनी टोटल एनर्जी खास मौकों के लिए महफूज रखते थे।

उधर पीके के प्रोग्राम, पूर्वनियत रहते थे, टोटल सिस्टेमेटिक। वे गहन अध्ययनशील व्यक्ति थे। इसके विपरीत, पढ़ना शुरू करते ही ओपी की आँखें भारी होने लगती थीं। वे प्रायः बैठे-बैठे ही क्रमशः निद्रावस्था को प्राप्त हो जाते थे। हालाँकि परीक्षा से ठीक एक महीने पहले वे विशेष रणनीति अपनाने में विश्वास रखते थे।

पानी की बाल्टी-मग, मुँह के सामने रखे रहते थे, जैसे ही पलकें भारी हों, उससे पहले, पानी के ताबड़तोड़ छींटे मारने लगते थे। यह पद्धति, निद्रा-विजय का सरलतम उपाय मानी जाती थी। तरोताजा रहने का एकदम सस्ता-टिकाऊ और मौलिक उपाय। जिस तरह से फल-सब्जी विक्रेता अपने क्षणभंगुर सौदे को छींटें मार-मारकर कालजयी बनाए रखना चाहते हैं।

परस्पर विपरीत स्वभाव के होते हुए भी दोनों साथ-साथ रहते थे। चूँकि वे बुरे वक्त में एक-दूसरे के साथी रह चुके थे। ओपी को भूख जरा ज्यादा लगती थी और जोरों से सताती थी। भोजन का दो मिनट का बिछोह भी उन्हें सहन न था, अर्थात् दो मिनट की भूख भी उनसे नहीं सही जाती थी। रात के भोजन के बाद वे कुछ रोटियाँ बचा लेते थे, अर्थात् चौखाने रूमाल में चार रोटियाँ तहाकर रखते थे। भोजन पकाने के समय को लेकर, वे एक राय नहीं थे। अतः टाइमिंग को लेकर उनमें अकसर विवाद गहराता रहता था।

जहाँ एक ओर पीके की मान्यता थी कि थोड़ा पढ़-लिख लेते हैं, फिर देखते हैं, चूँकि मुक्ति, कष्ट सहनेवालों को ही मिलती है। अतः बी.बी.सी. समाचार सुनते हुए खाना बना लेंगे। उधर ओपी की राय कुछ दीगर किस्म की रहती थी, "हम मर जाएँ तो कइसा कंपटीशन। हमीं न रहेंगे तो काहे की नौकरी। शरीर रहेगा, तब न पढ़ेंगे।" उनके व्यवहार में एक और खासियत थी। भोजन पाने से फौरन पहले, वे बिस्तर की चादर ठीक करने लगते थे। चूँकि भरपेट भोजन उन पर विचित्र सा प्रभाव छोड़ता था, कुछ-कुछ लोकल अनीस्थिया जैसा।

अंतिम ग्रास ग्रहण करते ही उनकी पलकें भारी होने लगती थीं। फिर एक ही झटके में आँखें मूँद जाती थीं। कभी-कभी तो चौथाई भोजन में ही वे सुषुप्तावस्था को प्राप्त हो जाते थे। कुल मिलाकर, आहार-भक्षण के बाद उन्होंने कहीं भी, कभी भी सोने में निपुणता हासिल की हुई थी। अतः इस तरह के हादसों को टालने के लिए वे काफी सतर्क रहने लगे। इधर कुछ समय से वे घनघोर नींद की आहट को बखूबी पहचानने लगे थे। यदि उनकी चौकी पर कोई व्यक्ति बैठा होता अथवा कोई महत्त्वपूर्ण सामग्री पड़ी रहती तो वे विकल्प भी तैयार रखते थे।

इस शृंखला में वे जमीन पर पड़ी चटाई को झाड़कर तैयार रखते थे। हालाँकि भोजन से तृप्त होकर, लेटते मात्र अलसाने के लिए ही थे, लेकिन जहरखुरानी गिरोहों के शिकार की भाँति उनकी आँखें अगली सुबह ही खुल पाती थीं। आश्चर्यजनक रूप से वे न तो कोई करवट बदलते थे और न ही पानी पीने के लिए उठते थे। वे क्रमशः बेसुध होकर और घोड़े बेचकर सोते थे। इस तरह प्रत्येक सुबह वे बिना हिले-डुले,

उसी पोज में प्राप्त होते थे, जिसमें रात को सोते थे।

परीक्षा की तारीख आ चुकी थी। इस बार दोनों पार्टनर खूब पढ़ रहे थे। चूँकि वे चाव से पढ़ने का पक्का इरादा कर चुके थे, सो उन्होंने एक पुख्ता किस्म का रोस्टर तैयार किया, जिसमें पानी भरने से लेकर खाना बनाने तक की मदों का स्पष्ट बँटवारा किया गया था। आज कर्तव्य-विभाजन पर अमल होने का पहला दिन था। पहली ही रात, बावर्चीखाने की जिम्मेदारी पीके के जिम्मे आई थी।

जैसा कि वहाँ का आम रिवाज था, ग्राहक से राशन; मतलब पार्टनर से खुराक, पहले ही पूछ ली जाती थी। इस रस्म के मुताबिक उसने ओपी से पहले ही पूछ लिया, "कितना रोटी खाओगे।" ओपी ने बिना सोचे-विचारे, मात्र पूर्वानुमान के आधार पर रिकॉर्ड कराया, "नौ।" पीके महीन आदमी थे; शरीर से भी और दिमाग से कुछ ज्यादा ही, सो उन्होंने अत्यंत महीन रोटियाँ बेलीं। लगभग कागज जैसी बारीक। संभवतः आज उन्होंने पूरी नफासत दिखाई थी। शायद अपनी पूरी-की-पूरी पाककला, एक साथ झोंक दी थी। रोटी का सौंदर्य देखकर, ओपी पहले परम प्रसन्न हुए, फिर अचंभित होने लगे, लेकिन जैसे ही उन्हें भूख ने सताया, वे चिंतन से चिंताजनक मुद्रा में पहुँच चुके थे। आहार के आकार-प्रकार को देखकर, क्रमशः उनका दिल बैठने लगा।

कैलोरी के मामले में तो वे घोर आग्रही किस्म के व्यक्ति थे। अब इस नाजुक घड़ी में आँकड़ों में रद्दोबदल संभव न था। वे थे भी शुद्ध अंतःकरणवाले व्यक्ति। उन्हें क्या मालूम था कि ऐसा भी हो सकता है। अब तो वे 'नौ रोटी' को लेकर वचनबद्ध हो चुके थे। अतः इतने में ही गुजारा करना था। भोजन, बड़े प्रेम से परोसा गया। कहाँ तो ये भोजन भट्ट, कहाँ यह अल्प आहार। नौ ग्रास की गिनती में ही आहार खत्म हो चुका था। क्षुधा की प्रकृति और रोटी के आकार-प्रकार के लिहाज से वैसे तो आहार, साढ़े चार ग्रास में भी संपन्न हो सकता था, किंतु ओपी ने यहाँ पर संयम दिखाया। फिर भी यह भोजन उनके लिए नाकाफी साबित हुआ। पेट के एक कोने के लिए भी पूरा नहीं पड़ा।

फिर भी उन्होंने उम्मीद न छोड़ी। वैकल्पिक उपाय के रूप में उन्होंने खूब पानी पिया, जमकर पिया, जिससे प्यास तो बुझ गई, लेकिन भूख जस-की-तस बनी रही। वस्तुतः समस्या मूल रूप से कम्युनिकेशन को लेकर उत्पन्न हुई थी। उन्हें डाइट की सूचना, रोटियों की संख्या के स्थान पर, 'आधे सेर आटे' के रूप में देनी चाहिए थी। पार्टनर पीके जैसा हो तो नोट करानी चाहिए थी। रिसीविंग भी ले लेनी थी। आज उन्हें जीवन में प्रत्यक्ष रूप से अनुभव हुआ कि पहला हमला करनेवाला व्यक्ति आसानी से आधी लड़ाई कैसे जीत लेता है।

इसीलिए शास्त्रों में कहा गया है कि अनृत वचन नहीं बोलना चाहिए। इसके स्थान पर सच्चाई बयान करना उचित रहता है। तत्पश्चात् भूख ने उन्हें एकदम से जकड़ लिया। पहले तो उन्होंने लाचारी अनुभव की, फिर बेचारगी। अत: इस समस्या से पार पाने के लिए वे जबरदस्ती लेट गए। उन्होंने परिस्थिति को जैसे-तैसे स्वीकार कर लिया था। 'बस, बहुत हो चुका। अब आगे धोखा नहीं खाएँगे। आज की रात किसी तरह कट जाए। बस नींद आई नहीं कि रात यूँ बीती हुई समझो।' वे लेटे रहे। आज नींद, सचमुच बैरन बन गई थी। दूर-दूर तक नींद का नामोनिशान तक न था।

विचारों का प्रवाह जारी था। इस कमजोर घड़ी में, वे खुद कमजोर पड़ते जा रहे थे। विचारों में जो-जो आता गया, उनका उसे 'खाने का मन' होने लगा। बुभुक्षितम् किम न करोति पापम्। क्षुधा रह-रहकर भड़कने लगी। उन्होंने सोने की लाख चेष्टा की, पर मनुष्य योनि में, सबकुछ इच्छित कहाँ मिलता है। वे न ढंग से खा पाए, न सो पाए। नींद किसी भी तरह आने को राजी न थी। अत: वे घुटने मोड़कर लेटे। तत्पश्चात् उकड़ूँ होकर बैठ गए। 'यार को मैंने, मुझे यार ने सोने न दिया।'

एक बजते-बजते, उनका पेट पीठ से लग चुका था। भकोसनेवाले जीव ने अकस्मात् कोसना चालू कर दिया। कुछ देर वे भूख-प्रदर्शन में व्यस्त रहे। फिर भूख ने उन्हें सहसा दार्शनिक बना डाला। नमूने की पाँच टायरनुमा रोटियाँ, उनके जेहन में कौंधने लगीं।

जब भूख के मारे टीस उठी तो वे करवटें बदलने लगे। यातना की हद तक सहन करने के बाद वे उठ बैठे। उठकर आलमारी की दिशा में गए। वहाँ से आकर उन्होंने चने भिगोए। घोड़े का आहार, अश्व-पद्धति से ग्रहण किया गया। शेष रात्रि जम्हाइयाँ लेते हुए काटी।

वे जैसे-तैसे, अगली सुबह उठे। जमकर डबल नाश्ता किया। फिर सो गए। दिन में रिकॉर्डतोड़ भोजन उदरस्थ किया। फिर जमकर सोए। आज तो रोस्टर-क्रम उनका ही था। कोई फिकिर नहीं। अगले दिन पीके की बारी थी। मन-ही-मन उसे भरोसेमंद सहयोगी के ओहदे से पदच्युत कर दिया गया। ट्रेलर वे देख ही चुके थे। उसकी बारी उन्हें एक साथ जानलेवा और जोखिम भरी दिखने लगी। संक्षेप में पीके की रोटी-प्रबंध योग्यता में उन्हें कतई भरोसा न रहा। अकस्मात् उनका हृदय-परिवर्तन हो चुका था।

सो उन्होंने स्वयं को वॉलंटियरी बावर्ची के रूप में पेश करने में क्षण भर की देरी न की। 'जो सेवा स्वयं की, स्वयं के द्वारा' की जाए, वही उत्तम और पवित्र साबित होती है। इसीलिए स्वयंसेवकों को उच्च दर्जा हासिल रहता है। अत: उन्होंने

किचन का ओवरऑल प्रभार अपने ही जिम्मे रखा, यहाँ तक कि बीमारी-तीमारी में भी पीके को कष्ट नहीं दिया।

10

अगर पार्टनर, वयोवृद्ध सीनियर हैं, तो नई उमर के सजीले नौजवान को कुशल 'केटरर' होने से कोई नहीं रोक सकता। किचन से लेकर अखबार तक, डाकघर से लेकर हरकारे तक का समस्त, सरंजाम उसी को देखना पड़ता है। सहसा प्रकट हुए अतिथियों की आवभगत भी। दो लोगों के लिए तैयार भोजन से वह आधा दर्जन लोगों को भोग लगाने की कला में निपुण हो जाता है। 'दुर्वासा ऋषि' व उनके चेले-चपाटे, बिना नोटिस के कभी भी धमक पड़ते हैं। ऋषि, अकसर त्यौरी चढ़ाए रहते थे। हरदम सवाल पूछने को तर्जनी उठाए हुए। इस अद्‌भुत अदा पर हर बार, उसकी जान सूखती चली जाती थी।

जब तक, ऋषि-समुदाय संगम स्नान करके लौटे, तब तक वह अक्षय पात्र में से अन्न का दाना खोज लेता है। 'अन्ना लोगों' के लिए वह साक्षात् अन्नपूर्णा का भक्त बन जाता है। 'अखबार बिछाओ, मग्गा लाओ' की कमांड सुनकर वह तख्त को दस्तरखान की महिमा प्रदान करता है। चउचक, सहभोज चलता रहता है।

ऋषि दुर्वासा, बहुतै सीनियर हैं। आदिकाल से अटैंम्प्ट दे रहे हैं। पी.टी. शुरू होने के शुरुआती वर्षों से। पी.टी. के प्रथम-पुरुष, अभी तक पुरुषार्थ दिखा रहे हैं। 'प्रयाग' गाइड का नाम सुनते ही, उनकी आँखों में चमक आ जाती। नेत्र विस्फारित हो उठते। उस दौर में सवाल भी क्या पूछे जाते थे, वही नदियों के किनारे बसी, राजधानियाँ पूछी जाती थीं या इंटरनेशनल करेंसी। हद-से-हद, राष्ट्रीय प्रतीक व चिह्नों के कठिन सवाल। उसी झोंक में नौजवानों से अभी भी उस दौर के सवाल पूछते हैं।

खैर, जीमते हुए ऋषिप्रवर को छींक आई है। ऋषि समाज में छींकने पर 'सॉरी' नहीं कहा जाता। प्रवरश्रेष्ठ ने 'एकरी माई…' कहकर, छींक की माता को स्मरण किया। भक्त नयाचार सीख रहा है, नए विधि-विधान। वह सबकुछ आत्मसात् कर लेता है। पालनहार के लिए वह 'चेलवा' है। मग्गा माँजकर, उसने श्रद्धेय को पेयजल अर्पित किया। आगत-स्वागत में कोई त्रुटि न हो। सर्वहारा की पाँत, तख्त पर विराजमान हैं। क्षुधा-निवृत्त होकर, तमाल-पत्र का सेवन होगा। अतिथि जीमकर तृप्त हो चुके हैं, लंबी डकार यह इंगित कर रही है।

इस बीच वह सरपट दौड़कर प्रबंध कर आया, पुंगीफल-लवंग-तांबूल का। भोला-भारत, डबल जीरो, भुनी सुपारी, भीगी सुपारी का आनुपातिक पान अर्पित किया गया। बकौल ऋषिगण, 'सुपाच्य होता है।' दुर्वासाजी को पान बहुत पसंद है। ऋषि को मुसकराना नहीं आता, फिर भी प्रसन्न हैं, ऋषिप्रवर। उन्होंने मुसकराने की चेष्टा की। शायद आज मौसम बदलेगा।

अतिथि-सेवा के व्याज से उसे दिग्गजों के दर्शन हुए हैं। महापुरुषों का दर्शन, जितना दुर्लभ बताया जाता है, उसे आज उतनी ही आकस्मिकता से हुआ है। रंगरूट गद्‌गद है। भक्ति-भावना का संचार रह-रहकर उमड़ रहा है। हाथ खुद-ब-खुद, करबद्ध अवस्था को प्राप्त हो चुके हैं। सेवा-भाव के परिचय से भविष्य में उनसे संपर्क की लालसा तृप्त होती रहेगी। इसी बहाने अनवरत सिलसिला चल निकलेगा। दिव्य-दर्शन होते रहेंगे।

अब तक जिनकी महिमा सुनते थे, वे स्वयं साक्षात् दुआरे चलकर आए। वयोवृद्ध सर के परम मित्र हैं, लँगोटिया यार। हमारा परम सौभाग्य है। शायद, माई-बाबू के सद्‌कर्मों का फल है। आज तो उसने उनसे साक्षात् डाँट खाई है। कान पवित्र, आँखें धन्य हो गई। एक तरह से जीवन सफल हो गया।

ऋषिप्रवर ने दुपहरी में थोड़ा सा विश्राम किया, जो प्रायः दो घंटे से ऊपर बैठा होगा। पार्थिव देह के साथ वे प्रसन्नवदन उठे, आईना देखे। लाली, अभी तक बरकरार है। शाम की चाय तैयार है। सेवादारनुमा रंगरूट को, उनका 'उत्तिष्ठ काल' तो मालूम है। 'वरान्निबोध काल' किसी को भी मालूम नहीं है। न पीर को, न मुरीद को।

चाय चौकी पर अर्पित की गई। गुरु के चेहरे पर रहस्यमय मुसकान तैरती रहती है। चेहरे पर अपनेपन के भाव लिये हुए। शिष्य ने इस बात को लक्षित कर लिया है। महंत उवाच, "तुम रहे घोंघा-के-घोंघा।" शिष्य जानता है, यह किसी सलाहियत की पूर्व-पीठिका है। कुछ त्रुटि-सुधार होनेवाला है। बीस का ललका नोट दिए थे।

शिष्य साइकिल पर सवार था। रजनीगंधा-तुलसी लेने रवाना किया गया। तुलसीदल-हालावाली तुलसी लेकर हाजिर हुआ। क्षमा माँगते हुए बोला, "रजनीगंधा का फूल मिला नहीं। सभी बगीचों का लंबा राउंड ले आए हैं।"

"अरे! कोई समझाए इस लड़के को। पुकार की तरह की पुड़िया लानी थी" इस तरह की समझाइश लेकर वह फिर से रवाना हुआ। उसकी जवानी का एक बड़ा हिस्सा, साइकिल-सवारी पर गुजर रहा है।

रंगरूट के हमउम्रों के लिए यह स्वर्णिम अवसर अलभ्य है। वे तो बस टापते

रहें। खबर सुनकर, उसके सौभाग्य पर रश्क करेंगे। उसका मान बढ़ा है। आज के सेवाभाव में उल्लास-उत्साह की महक है। बरबस श्रद्धा उमड़ आई। मन में चरण-रज उठाने की लालसा है।

जीवन धीमा-आवेगहीन। सुस्त गति से किसी तरह लुढ़क रहा है। मंथर गति से। नोट्सवे का भेद जानने की, उसने अथक चेष्टा की। किसी भी तरह तिलिस्म का पता तो चले। सर, निजी नोट्स बहुत हिफाजत से रखते हैं। न जाने कहाँ। उसने जहाँ-तहाँ टोह ली, कुछ भी नहीं मिला। संभव है, माटी के नीचे गाड़कर छिपाए हों। चोर की संपदा की तरह किसी अँधेरी गुफा में या फिर किसी कुएँ में।

वह सीनियरों के बीच, नोट्स की अदला-बदली देखता है। यह सिलसिला सदियों से जारी है। नोट्स का, 'शत्रु-दुर्ग के नक्शे जैसा' महात्म्य बताया जाता है। हालाँकि हालात, जस-के-तस बने हुए हैं।

उसने कई बार गाइडेंस लेनी चाही, लेकिन उन्हें अवसर ही नहीं मिलता। वे भी क्या करें। कितना तो व्यस्त रहते हैं। जाते हुए, सफेद बगुले सदृश दिखते हैं। झक सफेद कपड़े पहने हुए। कई जगह डिस्कशन करते हैं। घोर बहस करके, ऊर्जा क्षीण हो जाती होगी। जब रूमवा पे लौटते हैं, तो थके-हारे। फिर भोज पर टूट पड़ते हैं। तदुपरांत, क्लांत होकर फौरन सो जाते हैं।

हालाँकि 'थके-हारे' शब्द को लेकर सर को घोर आपत्ति रहती थी। वे शब्द-चयन पर गहरा ध्यान देते हैं। दूसरे के बोले गए शब्दों तक की पहरेदारी करते हैं। गलत बोल को फौरन चौकीदार की तरह पकड़ लेते हैं। वक्ता को वह शब्द वापस लेना पड़ता है। इससे कम पर वे मानते भी नहीं।

उन्होंने एक सिद्धांत प्रतिपादित किया—लकड़हारा, जंगल में लकड़ी काटता है। लकड़ी काटते-काटते वह श्रम से क्लांत हो जाता है। अत: वह लकड़ी के साथ थकावट लेकर घर लौटता है, इसलिए थका-हारा का प्रयोग वाजिब है। इस स्थिति में यह मुहावरा उपयुक्त प्रतीत होता है। वनराज, जंगल में शिकार करता है। शिकार से तृप्त होकर, वह अपनी माँद में लौटता है। आखेट से उत्पन्न थकावट और आलस्य लेकर, थका-माँदा।

उससे कितबिया खरीदवाए थे सर। सब-के-सब संदर्भ ग्रंथ। हालाँकि उनको पढ़ते वे ही हैं। उससे कहते हैं, "बहुत कड़ी हैं। पहले तुम, कुछ लायक तो बनो, फिर पढ़ना।" उसकी कितबिया पर, बरसों से प्रतिकूल कब्जा जमाए हुए हैं। कहते हैं, "कर्म करना, तुम्हारा फर्ज है। फल तो मिलबे करेगा।"

जिसका आशय, इनके हमउम्र दोस्त कुछ यूँ निकालने लगे थे, "फल उसी को मिलना चाहिए, जो बिरवा रोपेगा और पोसेगा। तू तो चने के झाड़ पर चढ़। चना तोड़ और पका। तदुपरांत गुरु को भोग लगा। यह फल, अभी तुम्हारे लिए वर्जित है। वर्जित फल के बड़े नुकसान उठाने पड़ते हैं। सुने नहीं, एडम-हव्वा का किस्सा।"

उस दिन दुर्वासा आए थे। उनके सामने ही ज्ञान देने लगे, "तू अभी बेसिक्स क्लियर कर। देहाती स्टैंडर्ड है तुम्हारा। बुद्धि में तो भुस भरा हुआ है। उसे निकाल खाली क्यों नहीं करते। फिर उसमें बेसिक्स भरो। अपना स्तर उठाओ। जहाँ पर कनफ्यूजन हो, हमसे पूछो।"

बार-बार उसे कर्तव्य स्मरण कराना नहीं भूलते, "पी.टी. में महारत हासिल करो। अरे! कुछ देखकर भी तो सीखो। हमको नहीं देखते। हम क्या करते हैं। अभी तक वही तो कर रहे हैं। अभी तक प्रयास नहीं छोड़ा है।"

तत्पश्चात् उसे भविष्य के हसीन सपने दिखाए जाते—निलकी बत्तिया की गाड़ी, चपरास बाँधे चपरासी-अर्दली। नगाड़ा-तुरही। सायरन-सलाम। वे अंतर्यामी हैं। मन के अंदर का सबकुछ जान गए। उनसे कुछ भी छिपा नहीं रह सकता।

उस दिन सर की दुर्वासा से बहस चल रही थी। तकरार होते देख, वह ठिठककर रह गया। उस समय वह, कप-बासी धो रहा था। कान तकरार पर। ध्यान लगाकर सुना। 'संपूर्ण क्रांति' को लेकर दोनों क्रांति कर रहे थे। पहले की बात होती तो वह घबराने लगता। अब वह जान गया है कि यह संघर्ष नहीं, दोस्ताना संघर्ष है। लॉज में 'माहौल' बनाने का उनका रोजमर्रा का कारोबार है।

'दुर्वासा' निष्काम हैं अर्थात् किसी काम के नहीं। एक दिन अकस्मात् उनकी कलई खुल गई। 'चेलवों' ने उन्हें झुरमुट की आड़ में कुंजी पढ़ते हुए देख लिया। कुंजी से 'फैक्टवा' रट रहे थे। वहाँ से किसी कॉलोनी में गए। अब तक का शेड्यूल तो चेले तय करते थे। यह 'एक्स्ट्रा-एक्टिविटी' देखकर शिष्य सोच में पड़ गए। शिष्य समुदाय को उनके 'हिडेन एजेंडा' की भनक आखिर लग ही गई।

इस बुढ़ौती में 'कोमल तंतु' उभर आए हैं। लौंडे बता रहे थे कि हो-न-हो, वे 'स्नेह-व्यापार' चलाने की फिराक में हैं। उस कॉलोनी में उनके एक शिष्य का दोस्त रहता है। वही तो बताया था, "अच्छा! ये हैं। ये तो अकसर आते रहते हैं। इंप्रेशन जमाकर, तिरछी नजर से पढ़ाते हैं।" इस सूचना से ऋषिप्रवर का भांडा फूट गया। शिष्यों ने इस गोरखधंधे को लपकने में देर न की।

उनके एक खास शिष्य ने विद्रोह का झंडा उठाया। उसके झंडे के नीचे वृहद्

समुदाय एकत्र हो चला। 'बुढ़ऊ स्पिलिट पर्सनैलिटी है।' तब से भक्ति-भावना तिरोहित हो गई है और दास्य-भाव लुप्त। उसके स्थान पर विरक्ति-भाव घर कर चुका है। शिष्यों का रजोगुण प्रबल हो उठा है। इस घटना से उनके हृदय पर सांघातिक चोट लगी है।

सर, बीच-बचाव करना चाहते थे। अतः वे इसे तुच्छ सी त्रुटि बताने लगे। जिस पर भक्तों का स्वर सहसा पंचम से सप्तम हो उठा और अब वह स्वर नीचे उतरने का नाम ही नहीं ले रहा था। वे जानते हैं कि यदि समय रहते, बालकों के हठ को नहीं तोड़ पाए, तो 'अर्जित-प्रतिष्ठा' सदा के लिए नष्ट हो जाएगी। 'महंती' चलाना आसान नहीं है। यह कारोबार दिनोंदिन कठिन होता जा रहा है।

उस दिन परम शिष्य को डपटते हुए बोले, "एकदमै भोंदू हो।" इतनी सी बात पर शिष्य उखड़ने लगा। बिगड़ती स्थिति को सँभालने के लिए उन्हें शब्द-व्युत्पत्ति का सहारा लेना पड़ा। बोले, "अन्यथा न लें भइया! 'भला' और 'भोंदू' दोनों, संस्कृत के 'भद्र' से निकले हैं। अब हमने क्या गलत कह दी भाई। भोंदू मायने भला भी है और जो गलती से समझ बैठे हो, वो तो हइए है। शब्द व्युत्पत्ति में भी टोटल सोशलिज्म रहता है।"

ऐसे मामलों में बहस-मुबाहिसे से वे कभी नहीं चूकते। निजी दिमागी हालत के हिसाब से हरदम भिड़े रहते हैं। उनकी स्थिति यह है कि वे अभी तक स्वयं को भूतपूर्व नहीं मानते। इसके स्थान पर स्वयं को 'अभूतपूर्व' मानते चले आ रहे हैं। कोई भी प्राणी, उनके धैर्य पर मुग्ध हुए बिना नहीं रह सकता।

उनका आत्म-संघर्ष सुनकर, रोमहर्षक स्थिति बनने लगती थी, यहाँ तक कि उनके विरोधी भी स्वीकार करते थे कि ईश्वर ने संसार में किसी दूसरे व्यक्ति की इतनी कड़ी परीक्षा नहीं ली होगी। हुमायूँ से भी अभागे हैं, बेचारे! बुढ़ौती देखकर, मकान मालिक भी पसीज गया। स्पष्ट बोल गया है, "सरजी! किराए की चिंता न करें। जब तक जी चाहे, रहें। कभी-न-कभी, कहीं-न-कहीं तो मुकद्दर साथ देगा।" उनकी दशा देखकर नए लड़कों की तो रूह काँप जाती थी। मन करुणा से भर आता था और कुछ भावुक किस्म के लड़कों की आँखों की कोर से आँसू छलक पड़ते थे।

इस एपीसोड के बाद स्थिति एकदम बदल चुकी है। बदलाव प्रकृति का नियम है, लेकिन ऐसा बदलाव न होता तो ज्यादा अच्छा रहता। अब, जब कभी पुरातन शिष्य मिलते हैं तो साष्टांग छोड़िए, दुआ-सलाम तक नहीं करते। देखते ही मुसकराने लगते हैं, उपहास भरी मुसकान। 'सब-के-सब निर्लज्ज हो गए हैं।'

उधर शिष्यों की मान्यता है कि वे 'प्योरिटिन' हैं। इनकी महंती के सारे नामोनिशान मिटाने को लेकर अडिग हैं। कोई कहता है, "हम तो उसी दिन समझ गए थे, जब मंदिर में जोर-जोर से घंटिया बजा रहे थे।"

झूठ और सच में फर्क करना दिनोंदिन मुश्किल होता जा रहा है। उनके भूतपूर्व खास बंदे को, तदर्थ महंती हासिल हुई है। वह काफी मुखर है। विद्रोह का बिगुल उसी ने बजाया। कोरग्रुप की मीटिंग में, उसने ही चिनगारी को हवा दी, "हम पूछे तो हमरी रिक्वेस्ट ठुकरा दिए। बोले टाइमै नहीं है और उसको छौ महीने से छुप-छुपकर सिखा रहे हैं।"

उस दिन से वह बिना थके, 'तदर्थ- पाखंड-खंडिनी-पताका' लेकर घूम रहा है।

"अजी छोड़िए भी! कहाँ के राजहंस। ज्ञान-मोती चुगते देखा है कभी। बगुला थे। पूरे बगुला-भगत।"

"आई.एस.आई. मार्का ज्ञान का दावा करते रहे। खूब ज्ञान बेचे। पूरे नक्काल रहे। ईंट-रोड़ा जोड़कर, लहाते रहे। जब तक लहा, लहा। अब...लहाते रहें। हमरे ठेंगे से।"

"सफलता के रहस्य नोट कराते हैं। अरे भाई! यह भी तो सोचने की बात है कि निष्फल इनसान, सफलता के रहस्य कैसे सिखा सकता है, भला। यह तो विशुद्ध गोरखधंधा है। जो व्यक्ति स्वयं दिग्भ्रमित हो, वह क्या दिशा-ज्ञान कराएगा?"

11

पालियाँ नियत कर दी गई थीं। एक खाना बनाएगा, तो दूसरा बरतन करेगा, चक्रीय क्रम में। रोस्टर कड़ाई से लागू है। कम होनहार, लेकिन ज्यादा महत्त्वाकांक्षी का आज बावर्ची बनने का नंबर था। उधर संतोषी भाई, नोट्स की उलट-पुलट में लगा हुआ था। टेक्निकली, बरतन धोने का क्रम, खाना खाने के बाद ही पड़ता है और खाना, पका हुआ ही खाया जाता है। इस लिहाज से उसके पास अभी काफी समय था। इस तरह से, उसकी ड्यूटी स्टार्ट होने में अभी एक-डेढ़ घंटा बाकी रहा होगा।

इस खाली समय को उसे किसी भी तरह से काटना ही था। बैठे से बेगार भली। सो, वह कागज पलटने लगा था। रसोइए ने कागज पलटने की आवाज सुन ली। आदमी, वह बहुत संवेदनशील है। उसके कान बहुत तेज हैं और घ्राण शक्ति तीक्ष्ण।

अत: वह तुरंत ज्वलनशील हो उठा। एक तो चूल्हे की ऊष्मा, उस पर पार्टनर के ज्यादा पढ़ लेने का ताप, जिससे उसकी प्रखरता बढ़ती चली गई। यकायक उसका तापमान चरम पर जा पहुँचा। वह किसी को पढ़ते भर देख ले, उसका असूया भाव, अपने आप जाग्रत् हो उठता है। फिर यह तो अपना ही है। अपने तो कुछ ज्यादा ही दग्ध करते हैं।

'एक घंटे में तो यह सारा ज्ञान खैंच लेगा। कुछ शेष न रख छोड़ेगा। बहुत आगे निकल जाएगा। साथवाला आगे निकले तो उसे कवर करने में हँफनी छूट जाती है। हम पीछे रह जाएँगे। यह अइसा करता रहा तो हम कहीं के न रहेंगे। किसी लायक न बचेंगे।' इससे पीछे रहना, उसे किसी भी कीमत पर गँवारा नहीं है। खाना बनाने में अब उसका मन नहीं लग रहा था। इसकी हरकतों से वह ठगा सा महसूस करने लगा। अत: पुकार लगाकर उसे अंदर बुला लिया गया, चूल्हे के पास।

बुलाने पर न जाओ, तो वह कटूक्तियाँ बोलने में कंजूसी नहीं करता। इसके विपरीत, चले जाने से उच्छ्वसित और प्रफुल्लित रहता है। 'सैडिस्ट' कहीं का। संतोषी उससे यम की तरह भय खाता है। जाने की इच्छा न होते हुए भी उसे जाना पड़ता है। चूँकि उसका निजी व्यवहार, नि:स्पृह रहता है। वह पार्टनर का स्वभाव भली-भाँति जानता है। न जाने पर वह पूरी 'रतिया चरस किए रहेगा।' अवचेतनगत हिंसा उसके दिमाग में ठूँस-ठूँसकर भरी हुई है।

चूल्हे के पास बुलाकर खड़ा रखता है, सशरीर। अकारण नहीं बुलाता। संपूर्ण सहचर बनाकर रखता है। चूलें हिलाकर ही मानता है। तब तक खड़ा रखता है, जब तक खाना तैयार न हो जाए। बड़े उम्दा विचार रखता है, "जेतना टैम, हम रसोई करेंगे, ओतने टैम तुम भी पास रहो, तो खाना बनाने में मन लगा रहता है।" 'हैबियस कार्पस' माने सशरीर उपस्थिति।

जब-जब उसकी बारी पड़ती है, यह नायाब नुस्खा आजमाता है। व्यवहार में ज्यादा चलन के कारण, अब यह अलिखित सा विधान बन गया है। अति उत्तम समाधान है। इस नवीन विचार के बारे में सुनकर, पहले तो जानकारों को आश्चर्य हुआ। फिर उनकी आँखें खुली-की-खुली रह गईं।

उस दिन तो दोनों में एक मामूली सी बात पर विपर्यय हो उठा था। संतोषी ने सुबह-सुबह उसकी इच्छा जाननी चाही थी। इसलिए पूछ बैठा, "चाय पिएँगे। जाड़ा बहुत है।"

"एतनी भोर में कौन चाय पिएगा।"

न जाने क्यों, उसे मजाक सूझी। शायद उसका वक्त खराब चल रहा था। बोल

बैठा, "भोर में चाय ही तो पिएँगे। एतना भोर में ठीका तो खुलबै नहीं करता है।"

वह तूल देने का आदि था। अहा! आज तो मुद्दा उसके पास स्वत: चलकर आया था। फिर यह लांछन था भी बरदाश्त के बाहर। इसलिए खुलकर तूल दिया। मुद्दा था भी कैसा। एतना फैल मचाया कि पूछो मत। बोलते-बोलते, अपना गला इस कदर चौपट कर दिया कि पाँच दिन तक खुसर-फुसर शैली में बात करता रहा। गला बिल्कुलै बैठा दिया था। प्रेम बढ़ानेवाला ठिया, बैर बढ़ानेवाला साबित हुआ!

12

अशोक होनहार किस्म के नौजवान थे। पुराने सिनेमा में हीरो के निजी संघर्षों को खूब दिखाया जाता है। इनका भी वही हाल था। उसी तरह परिवार की ढेरों उम्मीदें, उनसे बँधी हुई थीं। लगभग उद्धारक सी अपेक्षाएँ। परिवार में ढेर सारे भाई-बहन थे। उनमें से अशोक सबसे होनहार तो थे ही, आज्ञाकारी भी थे। लगभग, श्रवण कुमार।

चूँकि वे समझदार थे और जिम्मेदार भी। अत: परिवार की दुरवस्था का बोध, उन्हें निरंतर स्मरण रहता था, जो उन्हें हर समय सालता रहता था। एक तरह से वे परिवार के एकमात्र आशा-केंद्र बन चुके थे। सो, कुल-परिवार के कायापलट का जिम्मा, उनके लहीम-शहीम कंधों पर आन पड़ा।

पढ़ाई में उनका अब तक का प्रदर्शन, श्याम-श्वेत सिनेमा के हीरो की तरह ही रहा। मिडिल स्कूल से लेकर यूनिवर्सिटी तक अव्वल-ही-अव्वल। उसी तरह से ढेर सारी मुँहबोली बहनें, उतने ही मुँहलगे भैया। रक्षाबंधन पर्व पर तो उनकी कलाई, कोहनी से ऊपर तक अँटी रहती थी।

चूँकि वे, बहुत बड़ा उद्देश्य लेकर पैदा हुए थे। अत: इस भारी-भरकम भीड़ की दुआओं और अपेक्षाओं से लदकर, वे डायरेक्ट प्रयाग आ पहुँचे। धन-धान्य से लैस होकर आए थे। जब वे गाँव से चले, तो उनके साथ अनाज और आशीर्वाद प्रचुर मात्रा में था। हितैषियों ने यह एहतियात जरूर बरती थी कि सालोंसाल इन दो चीजों की उसे कभी कमी न होने पाए।

यहाँ आकर कुछ दिन उसने एक इलाकाई सीनियर की छत्रच्छाया में गुजारे, लेकिन उसे शीघ्र ही बोधि प्राप्त हो चुकी थी। अंत:प्रज्ञा से उसे यह बोध होने लगा कि स्वावलंबी रहना उसका मूल स्वभाव है। अत: उसने अपने पैरों पर खड़े होने की जिद ठान ली, साथ ही उसे यह भी अनुभव हुआ कि शास्त्रों में सत्य ही कहा गया

है—'वटवृक्ष के नीचे कोंपलें कहाँ पनप पाती हैं।'

रिहाइश के लिए लंबी खोजबीन की गई। कई जगह पूछताछ की। एक दोस्त ने तो पूरे इलाके की 'रेकी' ही कर डाली। तदुपरांत उसे किराए का एक कमरा मिल ही गया। पहली नजर में शिवकुटी नामक धाम में स्थित वह कमरा, एक आदर्श कमरा था। आकार में इतना कि शुरू होते ही खत्म हो जाता था। उन्हें इस बात का संतोष हुआ कि संक्षिप्त आकार के कमरे में डेरा डालने से झाड़ू-पोंछे में समय की निश्चित तौर पर बचत होगी और फिर छोटे कमरे में अध्ययन भी कायदे से होता है। 'भयंकर कॉन्संट्रेशन' बनता है, ध्यान बिल्कुल नहीं भटक सकता। भटकाने के लिए कुछ आकर्षक तो हो।

खैर, वह कमरा और उसके आस-पास का वातावरण बड़ा मोहक सा लगता था। जो अनायास ही ब्लैक ऐंड व्हाइट जमाने का भरपूर मजा दे जाता था। आस-पास मंदिर-ही-मंदिर थे और बगल में गंगाजी। नित्य प्रति, सुबह-शाम गंगा स्नान। रूम के नाम पर एक अदद कोठरिया। कम भाड़े पर भरपूर लुत्फ।

हालाँकि कोठरी का पहुँच मार्ग, काफी तंग था और पहेलीनुमा भी कम नहीं था। एक तरह से वह एक छोटे-मोटे तिलिस्म का भरपूर मजा दे जाता था। दरअसल वह रास्ता एक सँकरे से, अँधेरे और घुमावदार गलियारे से होकर गुजरता था। वह भी सिनेमा की याद दिला जाता था। सत्तर के दशक के विलेन के अड्डे की याद, जहाँ पर उसके गुर्गे, चौकन्ने रहकर ड्यूटी पर लगाए जाते थे। हिदायतों को दरकिनार कर वे अकसर, लापरवाही से काड्‌र्स खेलते हुए दिखाई पड़ते थे।

मकान मालिक काफी होनहार किस्म के इनसान थे। कहा जाता था कि उनकी शुरुआत काफी नीचे के पायदान से हुई थी। कुल मिलाकर, उनकी विकास-यात्रा, एक तरह से प्रेरक शक्ति का काम करती थी। वे मजदूर से मिस्त्री और मिस्त्री से ठेकेदार के ओहदों को लाँघते हुए, मकान मालिक के ओहदे तक पहुँचे थे। वे पर्याप्त अनुभवी थे। सारांशतः मजदूरी से लेकर मजबूती तक का सम्यक् अनुभव प्राप्त किए हुए।

फलस्वरूप उस गलियारे में ही नहीं, अपितु पूरे लॉज में निर्माण सामग्री इफरात में बिखरी हुई पाई जाती थी। यत्र-तत्र-सर्वत्र ईंट-रोड़ा, लोहा-लँगड़, सीमेंट-शटरिंग प्रचुर मात्रा में पड़ी रहती थीं। अशोक के दोस्त जब पहली बार उसके रूम पर पहुँचते थे, तो उन्हें दिव्य अनुभव प्राप्त होने लगता था। गलियारे के आरंभ में, वे किसी-न-किसी पदार्थ से अवश्य टकरा जाते थे। अतः उस घनघोर अँधेरे में वे

कसकर, मेजबान का हाथ पकड़े रहते थे। तत्पश्चात् दीवार टोहकर, अनुमान के सहारे आगे बढ़ते जाते थे।

हालाँकि दोबारा आने के निमंत्रण पर मेहमान अकसर सहमति देने के बजाय सहमते हुए दिखाई देते। एक दिन तो कोई सीनियर पधारे थे। वे गलियारे के बीचोंबीच रुक गए। फिर जोरों से चीखने लगे, "ए असोक! कहाँ ले जा रहे हो बे! तुम तो अपने रुमवे पे ले जानेवाले थे।"

खैर, अशोक के ऊपर तो आशीर्वाद का कवच था। थोक के भाव आशीर्वाद और संचित महत्त्वाकांक्षाओं के बोझ से वह लगभग दबा सा रहने लगा। अपेक्षाओं का बोझ तो अच्छे-अच्छों को दबा देता है। यह भावना उसे अतिरिक्त जिम्मेदारी याद दिला जाती थी। कुछ-कुछ एक्स्ट्रा एहसास जैसा।

मकान में माहौल संगीतमय रहता था। चूँकि अनवरत ठोंक-पीट चलती रहती थी। कभी खिड़की बदलती, तो कभी किचन। कई बार तो ऐसा भी हुआ कि रात तक जो दड़बा, 'स्टोर रूम' के नाम से विख्यात था, सुबह-सवेरे 'फर्स्ट क्लास रूम' में रूपांतरित पाया गया। यही नहीं, उसमें बाकायदा एक किराएदार भी उपस्थित दर्ज पाया जाता। खिड़की की जगह दरवाजा निकलना, एक कक्ष के दो कक्ष, जैसे चमत्कार अकसर देखने को मिलते थे। लड़कों को मुफ्त में मनोरंजन उपलब्ध रहता था, लेकिन यह आठों पहर की खट-खट, लड़कों के कानों में स्थायी रूप से घर कर गई थी।

अशोक सीरियस कैंडिडेट थे, जैसा कि वे अब तक खुद को लगाते आ रहे थे। अत: उन्होंने जल्दी ही यह निष्कर्ष निकाला कि यदि मकान मालिक भूतपूर्व मिस्त्री हो, तो उस मकान में भूलकर भी किराएदार नहीं बनना चाहिए। चूँकि पुनर्निर्माण के लिए, उसे न तो किसी ठोस योजना की दरकार रहती है, न डिजाइन की। इधर मन में, सुधार का विचार आया नहीं कि उधर झट से काम चालू। मजदूर, उप मिस्त्री, बिल्डिंग में प्रचुरता से उपलब्ध मिलते थे। बिल्डिंग मटीरियल के बारे में तो खैर सोचना भी नहीं पड़ता था। कुल मिलाकर, हींग फिटकरी लगे बिना ही जब चोखा रंग मिलने लगे, तो कोई ऐसा क्यों न करे?

अशोक को जब कोई विकल्प न मिला, तो वह थक-हारकर, दृढ संकल्प के साथ पढ़ने में जुट गया। पूरे एक बरस वह पढ़ता रहा। उसने ऑप्शनल पढ़ा, जमकर पढ़ा। कसकर पढ़ा, चौतरफा पढ़ा। वैसे भी उसका पास्ट रिकॉर्ड अव्वल दर्जे का था। वह कॉन्फिडेंस, बुरे वक्त में उसका साथ दे जाता था। एक साल के अनथक परिश्रम

से उसने अपने विषय में प्रायः काफी ज्ञान-प्राप्त कर लिया था। अपने मुताबिक तो उसने लगभग महारत हासिल कर ही ली थी। हिस्ट्री को अब वह 'अपना विषय' कहने लगा था। पढ़ते-पढ़ते, इतना अपनापा तो विकसित हो ही जाता है।

लॉज की ऊपरी मंजिल में एक कमरा था। उस कमरे में एक 'सिद्ध पुरुष' रहते थे। वे हर सुबह, काम-धंधे पर निकलते थे। देर शाम वापस लौटते थे। उनका महत्त्व इस बात में था कि उन्हें 'हिस्ट्री' सिद्ध बताई जाती थी। अशोक कई दिनों से उनसे मिलने की सोच रहा था। आखिर एक दिन उसने साहस बटोरा। साहस बटोरकर वह उनके पास जा पहुँचा। सकुचाते हुए बोला, "भैया! हम हिस्ट्री पढ़े हैं। आपसे अपना लेवल जँचवाना चाहते हैं। कुछ पूछ लीजिए।"

उन्होंने उस पर उचटती सी निगाह डाली। फिर लापरवाही से बोले, "कुछ और पढ़ि ल। कुछ मजबूत करि ल। अतना जल्दी का बा। फिर पूछी लेब।"

उसने लार घूँटी। फिर विनती पगे स्वर में बोला, "नहीं भैया। हिस्ट्री पढ़ते-पढ़ते एक बरस हो गया है। अब तो काफी हो चुका, कुछ तो पूछ ही लीजिए।"

वे कुछ सोचते हुए बोले, "ठीक है। अवश्य पूछेंगे, लेकिन पूरा हिस्ट्री नहीं। केवल मौर्यन। उसमें से भी केवल अशोक। हफ्ता भर केवल 'अशोक' पढ़ो। फिर तुम्हारी इच्छा-पूर्ति किए देते हैं।"

अशोक ने सिर पर कफन बाँध लिया। पूरे हफ्ते अशोक, 'अशोका' से जूझता रहा। हफ्ता बीत चला था। सही समय पर वे सिद्ध पुरुष के सामने नमूदार हुए। वे उस समय इत्मीनान से चटाई के एक कोने की तरफ बैठे हुए थे और छोटका सिलिंडर पर चाय बना रहे थे। उन्होंने अशोक को देखा और उसे कुरसी पर बैठने का संकेत किया। फिर उसे प्रेमपूर्वक चाय पिलाए, साथ में भूजा खाने को दिए।

इस अवसर पर इस तरह की औपचारिकता उसे खासतौर पर नहीं रुची। जी-जान पर खेलकर, उसने हफ्ते भर पढ़ा था और तूफानी गति से पढ़ा था। अतः वह इम्तिहान के लिए व्यग्र था। अब उसे यह आशंका सताने लगी कि कहीं फिर से कुछ दिन और पढ़ने को न कह दें। बिना असेसमेंट के कैसे मालूम चले कि हम क्वालिटी पढ़ रहे हैं या नहीं। उसने उतावलेपन के साथ कहा, "भैया! अब तो पूछ लीजिए। प्लीज।"

उन्होंने कुछ सोचने की भंगिमा बनाई। फिर हाथ का पंजा बनाकर चेतावनी के लहजे में कहा, "केवल पाँच सवाल पूछेंगे। तैयार हो।"

उसने उत्साह से कहा, "हाँ भैया।"

"तो ई बताइए! बराबर में कितनी गुफा हैं और नागार्जुन में कितनी?"

अप्रत्याशित सवाल सुनकर, शूरमा पहले ही सवाल में चारों खाने चित्त हो चुका था।

"खैर, जाने दो। ई तो जनबै करते हो कि बराबर की गुफाओं में जो पहला कक्ष है, वह हॉल है। आकार में आयताकार। अब ई बताइए कि उसका उपयोग किसमें किया जाता था।"

आकस्मिक रूप से जवाब के स्थान पर, घोर सन्नाटा छा चुका था।

उन्होंने कैंडिडेट की भंगिमा को परखा। फिर भलमनसाहत से पूछा, "चट्टानों को काटकर सबसे पहले कौन सी गुफाएँ बनाई गई थीं।"

शायद यहाँ तक आते-आते उत्तरदाता के मस्तिष्क ने सोचना भी बंद कर दिया था।

"चलो! इसे भी छोड़िए। जरा ई बताइए कि इन गुफाओं में से शिलालेख, किस गुफा में मिलता है?"

अब तक आते-आते, उसने सवाल सुनना भी बंद कर दिया था।

"ई.एम. फॉस्टर ने 'पैसेज टू इंडिया' लिखी। उसने इन गुफाओं का भ्रमण किया था। इस स्थान के विषय में उसकी कुछ खास राय थी। वह क्या राय थी?"

इन सवालों को सुनकर, नौजवान पहले तो उफ्-उफ् करता रहा। तत्पश्चात् वह फफक-फफककर रोने लगा। उसने सुबकते हुए अपने अतीत पर उदास दृष्टि डाली। दिमाग में सैकड़ों चीजें एक साथ चलने लगीं। कॅरियर, परिवार की अपेक्षाएँ, समाज की आशाएँ, जो क्रमशः आशंकाओं में बदलने लगी थीं। ये सब आशंकाएँ, अब उसे भयभीत करने लगीं।

उसका मन हुआ कि वह चीखे, चिल्लाए। एक बरस, झक मारने में निकल गया। चेहरे पर खिसियाहट उभर आई थी। एक छोटे से हिस्से ही से तो सवाल पूछे थे, लेकिन ऐसे ताबड़तोड़ हमले का उसने सपने में भी नहीं सोचा था। वह चौतरफा घिर गया था। हथियार डालने को भी उसके पास हथियार शेष नहीं थे। वह अपनी ही नजरों में गिरने लगा। बेनकाब हो चुका था। क्रमशः उसके मन में ग्लानि घर करने लगी। यह मरने की नहीं, अपितु डूब मरने की बात थी।

अब तक सिद्ध पुरुष मामले की गंभीरता को समझ चुके थे। उन्होंने उसके कंधे पर हाथ रखा। फिर सांत्वना के तौर पर कहा, "अरे! अइसा क्यों सोचते हो। दिल छोटा मत करो। अइसा सवाल पूछा नहीं जाएगा, लेकिन बाई चांस पूछ ही लिया तो

जवाब देने की स्थिति तो होनी ही चाहिए। है कि नहीं।"

इस घटना से वह सकते में आ गया। उसके कुछ दिन बेरस, बेरंग और बेउमंग होकर गुजरे। शास्त्रों में कहीं पर कहा गया है कि 'मायूसी और मोहभंग की अवस्था, अनंत काल तक नहीं चला करती।' चूँकि एकरसता से जीवन उबाऊ हो जाता है। अब वह दिन में ऊपर उनके कमरे में रहने लगा। लड़कों के मुताबिक 'एक तरह से कब्जा ही कर लिया था।' सोने के लिए कोठरिया जिंदाबाद।

क्रमशः वह इस शहर के रंग में रँग चुका था। उसने जल्दी ही राह पकड़ ली। वह जान चुका था कि 'क्या स्ट्रेटजी रखनी है।' गाहे-बगाहे चर्चा-परिचर्चा। ऊपर के कमरे में काउंटडाउन कैलेंडर था, जिस पर वह नियमित रूप से निशान लगाया करता था। डेली परफॉर्मेंस। जोश कायम रखने के लिए उसने कई तौर-तरीके अपनाए। शीघ्र ही उसकी कीर्ति चहुँ ओर पहुँच चुकी थी। इस प्रकार शीघ्र ही उसने उस परमपद को प्राप्त किया, जिसकी उसको चाह थी अर्थात् उसने मनवांछित पद पाया।

13

कल तक जो मृतप्रायः थे, वे आज सहसा जीवित हो उठे हैं। मानो मृत संजीवनी सूँघ लिये हों और सूँघकर सीधे उठ बैठे हों। जड़वत् लोगों में जीवन का संचार हो चला है। मंसूबे बँधे-बँधाए। सहज-मुद्रा परिवर्तित हो चुकी है, लेटक मुद्रा से चौचक बैठकी में। भंगिमा परिवर्तित हो चली है। पार्टटाइमर, होलटाइमर हो लिये हैं। आनन पर, स्पष्ट ओज-तेज दिखाई पड़ रहा है। चेहरे पर सुर्ख लाली।

हालाँकि यह सौंदर्य उपादानों से उपजी लालिमा नहीं है। यह विशुद्ध तनाव से उपजी लालिमा है। जो बैठा था, वह चलायमान हो चला है। कुछ लोग, चलते-चलते दौड़ने लगे हैं। अभी, काफी समेटना शेष है, जिसके लिए शेषनाग बनना पड़ेगा। धरती को फन से थामे बिना काम नहीं चलनेवाला। इस अवसर पर बोझ न उठाए तो धसक जाएगी। अकस्मात् धावन गति से, उड़ान गियर लगा लिये हैं, डायरेक्ट। जैसा संकल्प, वैसा काज।

तैयारी में इतना व्यस्त हो गए हैं कि मिलना-मिलाना बंद। लंतरानी (लंब-तरानी, लंबे-लंबे तराने छेड़ना) छोड़ दी है और डीलिंग-बैठकबाजी को तिलांजलि। बाहरी दुनिया के लिए उनके पास बिल्कुल भी समय शेष नहीं बचा था। 'वर्टिकल ग्रोथ' का यह मौका, मुश्किल से हाथ लगा है। अतः उसे किसी भी तरह से भुना

लेना चाहते हैं।

समय के मामले में किसी किस्म की कोई रियायत नहीं। चाक-चौबंद रहकर पढ़ना है। इस बार डटकर मुकाबला करने की सोची है। तीन महीना एड़ी-चोटी का जोर लगाना होगा। जड़ें गहरी होती जाएँगी। कोई कसर बाकी नहीं रख छोड़ेंगे। परीक्षा उनके लिए सबसे अहम हो चली है।

पुराने शागिर्द घूम-फिरकर आ जाते हैं, बूमरैंग की तरह। गुरु की एक झलक पाने के लिए व्यग्र रहते हैं। 'रूम पे नहीं हैं' कहलाने में, उन्हें बुरा तो लगता है, लेकिन इसके सिवा कोई रास्ता भी तो नहीं है।

रूम के दो दरवाजे हैं। बाहरी दरवाजे पर बड़ा सा ताला लटका हुआ मिलता। यह द्वार सड़क से सहज-दृश्य है। दूसरा, चोर दरवाजा है, जो जे.डी. के रूम से इंटरकनेक्टेड है। अपने कमरे में 'जेडी' के रूम से होकर घुसते हैं, अँधेरे में वहीं से बाहर निकलते हैं। उसे 'कहीं गए हैं' कहने की गंगाजली की सौगंध दिलाए रहते हैं।

फिर भी कुछ ऐसे शागिर्द हैं, जो उनकी रग-रग जानते हैं। विभीषण को मालूम था कि रावण की नाभि में अमृत है। क्या बताएँ! वे गाहे-बगाहे सेंधमारी कर जाते हैं। किसी के दिल में दर्द है, तो किसी के दिमाग में। किसी का पूरा-का-पूरा शरीर ही दर्दनाक हो जाता है। दर्दनाशक लेने के लिए गुरु का सान्निध्य खोजते हैं। "अरे भइया! दर्दनिवारक डॉक्टर बाँटता है, उसके पास क्यों नहीं जाते।" गुरु भूल गए हैं कि ये रूहानी दर्द की बातें हैं।

गुरु का स्वभाव ऐसा है कि सभी लोग पसंद करते हैं, जूनियर-सीनियर, सब। जूनियर तो जान से बढ़कर मानते हैं। जब वे झुंड में नए-नवेले आए थे, हर ओर सींग फँसाते रहते थे। सींग फँसाने की आदत अभी तक गई नहीं। यही आदत उनकी लोकप्रियता का रहस्य है। मदद करने में अथवा भिड़ने में, वे अपनी पर उतर आएँ तो उन्हें खुद पर भरोसा नहीं रहता कि वे क्या-क्या कर बैठेंगे।

'लिंडा की कहानी' जैसी कथा-व्यथा है, जो चीते की सवारी का शौक रखती थी। वही 'राइडिंग अ टाइगर'⋯अगर जिंदा रहना है, तो सवारी जारी रखनी पड़ेगी। उतरे, तो निपट जाएँगे। समय-समय पर, खास शागिर्द स्थिति की जानकारी पहुँचा जाते हैं।

□

तैयारी चाक-चौबंद चल रही है। हरसंभव इंतजाम किए जा रहे हैं। रूम में, रोशनी की प्रचुर व्यवस्था कर ली गई है। अब रूम दूधिया रोशनी से नहाता है। उनके कई गण हैं। दस-बाई-दस के कमरे की छत पर, बीचोंबीच एक रॉड की स्थापना

कर गए हैं। रॉड 'फ्यूज' है। यह प्रणाली, यहाँ का लोकल आविष्कार है। जनहित में पेटेंट नहीं कराई गई है। फ्यूज रॉड में दो रुपए का स्टार्टर लगता है। एक खाली माचिस की डिबिया खर्च होती है। ईंट-रोड़ा जोड़कर, रॉड चकाचौंध रोशनी देने लगती है। चकाचक, लइटिया।

नई रॉड 'स्टार्टिंग-टाइम' लेती है। लो-वोल्टेज में काँपती है, लहराने लगती है। प्रायः थरथराती रहती है। एक किस्म से इन नाना प्रकार के विघ्नों का समूल उपाय है, फ्यूज रॉड। 'प्रोजेक्ट कॉस्ट' कहिए या मरम्मत का व्ययभार, मात्र दो रुपए। डायरेक्ट रोशनी फेंकती है। अधिशेष रोशनी। भुट्टो को फाँसी से ऐन पहले तक सरप्लस रोशनी दी गई थी।

इस प्रयोग के कई फायदे हैं। एक तो लागत, बहुतै नोमिनल पड़ती है। फ्यूज होने से निश्चिंतता दे जाती है। बेफिक्र रहिए। फ्यूज रॉड, पुनः फ्यूज नहीं होती। यह एक शाश्वत् किस्म का सच है कि 'मृतक' की मृत्यु नहीं होती। दो बार मरने का पूर्वप्रसंग, शास्त्रों तक में नहीं दिखाई पड़ता। लौकिक कानून तो एक अपराध के लिए दो बार सजा की सख्त मुमानियत करता है। इन मिले-जुले कारणों से रॉड चकाचक जलती है। इस चकाचौंध रोशनी से पाठक उत्साह से भर जाता है। उफ्! कैसा उत्साह। कैसी प्रेरणादायी उमंग उभर आती है। ऐसी उमंग, जो वर्णनातीत हो। इस असार संसार में, निस्सार सामग्री का ऐसा अनुपम प्रयोग दुर्लभ है।

दूध लगाने की योजना है। अचानक दिमागी काम बढ़ गया है। इसलिए दूध का नियमित सेवन निहायत जरूरी हो जाता है। दूध में सारे पोषक तत्त्व, एक साथ मिल जाते हैं। शरीर में पोषक तत्त्वों की कमी नहीं होनी चाहिए। शरीर स्वस्थ रहेगा, तभी तो मस्तिष्क भी चैतन्य रहेगा। 'धारोष्ण दूध' की महिमा अनंत है, लेकिन शुद्ध दूध मिलना दुर्लभ है। खोजना पड़ेगा। खोजने से तो भगवान् भी मिल जाते हैं, लेकिन मन के किसी कोने में मिलावट का भय बना हुआ है।

रूम पर लगाए थे। ग्वाला पहुँचा जाता था। कुछ दिनों से कमजोरी महसूस हो रही थी। 'पनियो-पनियो' पहुँचा रहा था। संकोच करते-करते, ग्वाले से संकेत में कहा गया। फिर स्पष्ट रूप से समझाने के लिए जिज्ञासा जताई, "यादौजी! दो-तीन दिन से पानी जादा दिख रहा है।" ग्वाल कवि, होनहार किस्म के निकले। बड़ा ही मौलिक जवाब दिए, "का बताईं भइया! भैंसिया पोखरा गई रही। पनिया जादा पी ली रही।"

दुग्ध-पान में पारदर्शिता जरूरी है। अतः मिलावट के खतरे को टालने के लिए उपाय ढूँढ़ लिये हैं। मुहल्ले-मुहल्ले में भैंस की झाँकी निकलती है। जनपथ पर भैंस

की शिनाख्त परेड। पगहा रस्सी से बँधा रहता है, जो महिषी के कंठ में आभूषण की तरह लटका रहता है।

राजमहिषी की सवारी, बड़ी शान से निकलती है। जरूररतमंद, पंक्तिपावन होकर खड़े मिलते हैं। जनपथ के किनारे, कच्चे रास्ते पर खूँटा गड़ जाता है। ट्रांसपेरेंसी-कम-होम डिलीवरी। 'ग्रीवांस रिड्रेसल' का ठेठ जनोन्मुखी तरीका। डबल मजा एक साथ। कंज्यूमर के सामने ही दुहते हैं। साँच को आँच नहीं। दूध की नदियाँ उफान पर हैं। किसी को शिकायत का कोई मौका नहीं।

फिर भी अपवाद निकल ही आते हैं। इन्हीं दुर्लभ अवसरों को 'लोकापवाद' कहा जाता है। एक चतुर सुजान उपभोक्ता ने भंडाफोड़ कर लिया था। पठ्ठा रहस्योद्घाटन किए बिना माना नहीं। ग्वाला, सामने-सामने हाथ की सफाई दिखा रहा था। पंचों की राय थी, "सामनवे तो दुह रहा है। धारोष्ण दूध में मिलावट कैसे संभव है। दुबेजी को तो हर जगह षड्यंत्र दिखाई देता है।"

भारी हील-हुज्जत हुई। बड़ी जद्दोजहद के बाद, जामा तलाशी ली गई। उस समय सब अचंभे में पड़ गए, जब उन्होंने देखा कि साइकिल की ट्यूब उसकी कमर पर, करधनी की तरह बँधी हुई थी। ढीले कुरते से ढँकी-छुपी। गुनगुने पानी से आप्लावित। उकड़ूँ बैठकर दुह लेते थे, 'फोकसाँग' गाते हुए। उधर कंज्यूमर लंबे आलाप में उलझा नहीं कि इधर काज संपन्न।

दृष्टि बचाकर थोड़ी सी चतुराई बरती जाए तो यह नीर-क्षीर मिलन क्षण भर में संपन्न हो जाता है। ऊष्ण जल, धवल दूध में गजबै फेन पैदा करता है। उपभोक्ता गद्गद हो जाता है। साक्षात् नंदिनी-कामधेनु का अमृत रस। फेनिल दूध, अमृत रस जैसा आभास दे जाता है। इस क्षणभंगुर संसार की महिमा निराली है।

शर्मा-गुप्ता की जोड़ी दूध लेने जाती है। वे हर चीज ठोंक-बजाकर लेते हैं। चूँकि उनकी खरीद-फरोख्त 'स्पेशल' रहती है। सब्जी के साथ धनिया, जो कि मुफ्त मिलता है, वह भी 'स्पेशल' ही लेते हैं छाँटकर सो उन्होंने ग्वाला-चयन में एहतियात बरती। उनके ग्वाले निहायत सरल और सहृदय इनसान थे। विशुद्ध, देशज समझिए। चार भाई थे। सभी प्रौढ़, किंतु अविवाहित।

धंधा चोखा करते थे। इस गुण से उनकी कीर्ति फैलने में देर न लगी। सो, उनके तबेले में आमदरफ्त लगी रहती थी। गृहस्थी तो थी नहीं। समय-ही-समय रहता था। अत: खाली समय में वे जमकर टी.वी. देखते थे। तबेले में बड़ा सा कलर टी.वी. लगवाए हुए थे। मिनी वीडियो हॉल की सुविधा, वह भी कार्यस्थल पर। इससे साबित होता था कि वे सच्चे-सरल होते हुए भी अत्यंत प्रगतिशील थे।

चारों जन, फिल्में चाव से देखते थे। मन लगाकर आँखें गड़ाकर। पलक तक नहीं झपकाते थे। उस दिन गुप्ताजी ने गौर किया। वापस लौटकर, उन्होंने आँखों देखा हाल बयान किया। उनके ग्वाल-बाल, श्रद्धा भाव से फिल्म देख रहे थे। आपसदारी में कह रहे थे, "ई तो मरि गवा रहा। फिर से कइसे पैदा भया।" प्रश्न अनसुलझा सा रह गया था। चारों दर्शक घनघोर माथापच्ची कर रहे थे।

दरअसल पिछले हफ्ते भी ऋषि कपूर की फिल्म आई थी, जिसके किसी एक दृश्य में उसकी मृत्यु हो गई थी। इधर पुनर्जन्म के सिद्धांत में 'दर्शकों' की अंधमान्यता थी, पर इस तरह की सुपरफास्ट स्पीड, उन्हें हजम नहीं हो पा रही थी। "हफ्ता भर में, बाँका जवान कइसे तैयार हुई सकत है।" इस किस्म की आशातीत प्रगति से वे भौंचक थे और विस्मय में पड़े हुए थे।

गुप्ताजी ने दर्शकों को संपूर्ण समाधान दिया। दृष्टांत देकर उन्हें समझाया कि "सनीमा को आप बस नौटंकी समझिए। रामखेलावन, सुल्ताना डाकू बनता है कि नहीं। फाँसी पे झूले के बाद, अगली भोर भैंसिया दुहता है कि नहीं।" उदाहरण साक्षात् था और सामने के ही तबेले का था। अत: उन्होंने इस दुर्लभ पहेली को झट से समझ लिया। श्रद्धालुओं ने श्रद्धाभाव से सिर हिलाकर, बात मान ली।

हालाँकि फ्लैशबैक फिल्मों का समाधान गुप्ताजी भी नहीं दे पाए थे। ऐसी फिल्में जिनमें फ्लैशबैक हो, को देखने के बाद दर्शकों का मूड कुछ उखड़ा-उखड़ा सा रहता था। वे इस तरह के 'खेला के डायरेक्टर' को देशज गालियाँ देते हुए पाए जाते। कहीं मिल जाए, तो 'उसकी खोपड़िया खोलना चाहते थे' अथवा उसका स्वागत, 'तेल पी हुई लाठी से' करना चाहते थे। यह हसरत उन चारों के मन में अगली फिल्म आने से पहले तक बनी रहती थी।

अविवाहित स्टेटस को लेकर उन्हें सिनेमा से कभी-कभी सांत्वना मिल जाया करती थी। किसी फिल्म में नायिका के खूब 'स्टंट सीन' थे। दर्शक भाव-विभोर हो रहे थे। हाथोंहाथ 'सिनेमेटिक क्रिटिक' भी जारी थी। त्वरित टिप्पणी, "ढेर खबसूरत हय, पर भइया! मेहरिया ई खतरनाक है। देखे कि नाहीं। ममवे को कइसे पटक-पटक के मारे रही। ठकुरवा के तो उछल-उछल के मारिस।"

पंडितजी दू लीटर दूध लगवाए थे। चाय बाहर पीते थे, खोमचे पर। दूध में किसी तरह की हिस्सेदारी उन्हें बरदाश्त नहीं थी। वे इसे अफोर्ड नहीं कर पाते थे। किसी भी तरह का कोई रहम नहीं। समाज में सदा से एक ऐसा तबका पाया जाता है, जो किन्हीं मुद्दों पर कभी किसी की बात नहीं मानता। पंडितजी दूध के मामले में उस तबके के सरदार होने के काबिल थे।

वैसे भी वे स्वभाव से एकांती थे। शायद किसी एकांकी सीन में दूध पी जाते थे। संभवत: मध्यरात्रि के आस-पास। जेबी जासूस के मुताबिक, "सोने से पहले पीते थे। दो लीटर का भगोना, डायरेक्ट मुँह से लगाते थे। साँस लिये बगैर, एक ही साँस में खींच जाते थे। फिर मुँह पोंछकर, चौकी पर औंधे लेट जाते थे। फिर उनकी आँखें सुबह रेडियो सुनने के लिए ही खुलती थीं।"

इस प्रकार किसी ने कभी उनके यहाँ दूध का बरतन तक नहीं देखा। बहुत पोशीदा रखते थे। लाते हुए तो सब देखते थे। उसके बाद कहाँ ठिकाने लगा लेते थे, यह जिज्ञासा, बरसोंबरस बनी रही।

ठाकुर साहब उनके परममित्र होते थे। पड़ोसी भी थे। ठाकुर को कुछ समय तक तो आस लगी रही कि पंडितजी कभी-न-कभी तो दूध देबे करेंगे। क्रमश: समय बीतता गया। उनका यह निष्कर्ष, अनुमान के विपरीत निकला। फिर उन्होंने एक राय कायम की 'जनता की राय में पंडित स्वार्थपरता देखते हैं। लोकमत अब पंडितजी पर जादा भरोसा नहीं करता।'

अब सवाल यह उठता है कि यह लोकमत बना कैसे? अंतरंग मित्रों द्वारा की गई टीका-टिप्पणी को ही लोकमत की मान्यता दे दी जाती थी। दो दोस्त, एक जैसा सोच रहे हों, फिर इस सोच को लोकमत बनने से कोई नहीं रोक सकता। ठाकुर ने लोकापवाद प्रसारित करना शुरू कर दिया, "का दोस्ती निभइहैं। पंडित हमको एक चम्मच दूध तक के लिए नहीं पूछता।"

पंडितजी समाचार सुन रहे थे। रात्रि का एक बजना चाहता था। छोटका सिलिंडर पर दूध गरम किया जा रहा था, धीमी आँच पर। दूध उबलकर, चूल्हे पर नहीं गिरना चाहिए। पूरी सतर्कता बरतते थे। राहु दूषित नहीं करना है। बड़ी जद्दोजहद से उसे अनुकूल किया गया है।

सहसा उनके रूम में ठाकुर साहब की एंट्री हुई। शिमला समझौते के किसी नुक्ते पर बहस करने आए थे, अपने ज्ञानी मित्र के पास। जब किसी मुद्दे को लेकर उनकी सुई अटकती, तो वे पंडितजी का मुख देखने लगते थे। पंडितजी को लाख कंजूस कहो, पर ज्ञानी मानते थे। जुलाई बहत्तर से पहले की चर्चा छिड़ी हुई थी। मुक्ति सेना और टिक्का खान के कारनामों पर प्रकाश डाला जा रहा था। एक किस्म से बहस परवान चढ़ने लगी।

अकस्मात् ठाकुर अन्यमनस्क सा जवाब देने लगे। उनके लॉजिक में अब वह खनक नहीं थी, जिसके लिए वे जाने जाते थे। कुतर्क के लिए तो वे लगभग कुख्यात

थे। वस्तुत: उनका ध्यान कहीं और था। वे कनखियों से दूध के भगौने को निहार रहे थे। शायद काफी देर पहले दूध के भगौने ने उनकी एकाग्रता हर ली थी। तत्पश्चात् वे, पंडितजी को, दोस्ताना नजरों से निहारने में व्यस्त हो गए।

मनोरथ पूर्ण होने पर, चेहरे पर जो भाव आने चाहिए, वे भाव उनके चेहरे पर चस्पा हो चुके थे। दो बज चुके थे। ठाकुर के सब्र का बाँध टूटने लगा। इधर से कोई पहल ही नहीं की जा रही थी। ठाकुर को वक्तव्य देना ही पड़ा, "आज तो दूध पिलाओगे! मित्रवर?" पंडितजी शातिर किस्म के निकले। मुसकराते हुए बोले, "देखो मित्र! है तो यह छोटी सी बात, पर एक बात बताओ, तुम किसी क्षणिक पदार्थ की सत्ता मानते हो या दिए गए वचनों की।"

ठाकुर अभिमान के साथ बोले, "यह भी कोई पूछने की बात है। स्वाभाविक रूप से वचनों की। जुबान के लिए तो हम क्या न कर दें। यह तो तुम जानते ही हो।"

पंडितजी अपनी योजना को कामयाब होते देखकर मासूमियत से बोले, "मित्र! दूध पिलाने में मुझे कोई हर्ज नहीं। मैत्री में एक-दो गिलास दूध के कोई मायने नहीं होते, लेकिन एक बात आड़े आ रही है। तुम! नुक्कड़-चौराहों पर मुनादी पिटवाए थे कि पंडित चिरकुट है। मित्र होकर भी हमको एक चम्मच दूध के लिए भी नहीं पूछता। पूरा दो लीटर दूध अकेले पी जाता है। बोले थे कि नहीं।"

जुबान पर कायम रहकर ठाकुर बोले, "हाँ-हाँ, हम बोले थे, अउर डंके की चोट पे बोले थे।"

पंडित जुबान में मिठास लाकर बोले, "क्षमा करना मित्र! मैं तुम्हें दूध के लिए नहीं पूछ पाऊँगा। इस तुच्छ से लोभ के लिए, मैं तुम्हें वचन-भंग का अपराधी नहीं बना सकता। मेरे मित्र पर मिथ्यावादी होने का लांछन लगे, किसी भी स्थिति में, मैं यह सहन नहीं कर पाऊँगा।"

इस शास्त्रीय बहस के बाद उन्होंने आपसदारी की बातें कीं। फिर धीरे से पूछा, "दूध पिय ब? तोहरा खातिर! एक गिलास दूध ले आईं?"

ठाकुर ने आत्मविश्वास के साथ, निश्चयात्मक स्वर में कहा, "नाहीं! रहे दे मरदे!"

अगली भोर, लोकमानस में यह प्रवाद प्रचलित हो चुका था कि पंडित ने फिर से ठाकुर को झाँसा दे दिया है अर्थात् हाथ आने पर भी वह ऐन मौके पर ठेंगा दिखा गया है। इस प्रकार वे एक बार फिर से चकमा देने में सफल रहे।

परीक्षा के अब कम ही दिन बचे थे। समय सरपट भागा चला जा रहा था।

इधर, दबाव लगातार बढ़ता जा रहा था। चौबीस घंटा कम पड़ने लगा है। इसलिए डेली का टारगेट रखते हैं। बैल की तरह पढ़ते हैं। अपनी कमजोर पड़ती स्थिति, इस सख्ती की वजह है।

तब भी जितना लक्ष्य रखते हैं, उसमें से अधिकांश छूट जाता है। लक्ष्य साधना, असंभव हो जाता है। हँफनी छूट जाती है। बचे हुए हिस्से को कल के टारगेट में शामिल किया जाता है। अगले दिन का टारगेट पाने के लिए, जी-जान लड़ा देंगे। हश्र वही रहता है, जो कल हुआ था, ढाक के वही तीन पात।

हफ्ता भर निकल चुका है। अगले हफ्ते का शेड्यूल 'बहुतै टाइट' है। बीच का एक दिन 'पिछलका' रिवीजन के लिए आरक्षित रखा गया था। उस दिन रिवीजन के दौरान, पहले तो उन्हें अचंभा हुआ। फिर घोर निराशा हुई। उनका दिल बैठा जा रहा था, जब उनका इस कटु सत्य से साक्षात्कार हुआ कि पिछला सब साफ हो चुका है। स्क्रीन-टोटल क्लियर। उन्हें अब यह चिंता सताने लगी थी कि 'अइसा चलता रहा तो वे बैकलॉगै का बोझ नहीं सँभाल पाएँगे।'

इस तरह से तो वे अपने नीति-सिद्धांतों से भटकते चले जाएँगे। समस्या पूर्ति के लिए वे 'मिसिर' के पास गए। वे अपनापे से बोले, "गुरु! जितना झोंके थे, सब मिसफायर हो रहा है। इतना स्मृति-बल भी शेष नहीं रहा कि एक पन्ना भी याद रहे।" मिसिर ने खुफिया अंदाज में राजफ़ाश करते हुए कहा, "यह बच्चों का खेल नहीं है। बड़े-बड़े शूरमा चित्त हो जाते हैं। मन में चिंता तो सबको लगी ही रहती है। इस फेज में तन की भी चिंता हो जाती है। 'स्ट्रेस-मैनेजमेंट' करना पड़ता है।"

उन्होंने दोबारा आगाह करते हुए कहा, "हम खुदै इतने कमजोर हो गए थे कि साँस लेने में डाइरेक्ट चार कदम का धक्का खाते थे। बिल्कुलै नागमती हो गए थे। दवा लेकर सँभल पाए। गिरती पोजीशन सँभालने के लिए तुम भी दवा का सहारा लो। लेना पड़ता है। बन जाइए-टोटल मेडिकेयर।"

उन्होंने गुपचुप तरीके से यह सूचना भी दी कि वे नियमित रूप से 'जिनसेंग' और शंखपुष्पी का सेवन शुरू कर दिए हैं, जो क्रमशः पुल्लिंग और स्त्रीलिंग श्रेणी की औषधियाँ हैं। 'मेमोरी बूस्टर' का काम करती हैं। दोनों, स्वास्थ्य लाभकारी औषधियाँ हैं। समग्र स्वास्थ्य को दुरुस्त तो रखती ही हैं, 'स्मृति-सुधार' भी कर जाती हैं। वे खासतौर से यह नोट कराना न भूले कि 'शंखपुष्पी सफेद फूलों वाली ही लेना।' 'ज्यादा कमजोरी महसूस हो, तो 'रिवाइटल' ले लेना। उसमें लोहा-प्रोटीन-मिनरल सब एक्कैसाथ मिल जाता है। फिर अभिभावकीय अंदाज में बोले, "आजमाकर

देखना, फुरतीला बनाती है।"

जुआरी की सी बड़ी-बड़ी उम्मीदें लगाए, उम्मीदवार ने सभी उपाय अपना लिये। उस दिन 'भौंकाल' आया था। मेज पर शीशियाँ बिखरी हुई थीं। शीशी टटोलकर, उसने लेबल पढ़ लिया। छूटते ही बोला, "तुम्हारा तो साला डोपिंग टेस्ट होना चाहिए।"

कड़ी साधना चल रही थी। दो महीने के नियमित सेवन से कुछ लाभ तो महसूस हो रहा था, लेकिन दुर्बलता गई नहीं। बराबर महसूस होती रही।

14

अंग्रेजी से लड़के प्राय: भयाक्रांत रहते थे। जिस तरह आजादी से पहले, अंग्रेजों से रहते थे। लड़के अकसर साँसत में फँसे रहते थे। डरे-सहमे से रहते थे। अंग्रेजी का परचा कंपलसरी रहता था। हिस्ट्री-फिलॉसफी और अन्य मानविकी विषयों को खूब साधा गया। साधते-साधते ये विषय जितने मजबूत होते गए, अंगरेजी उतनी ही मजबूर। इंटरमीडिएट में पढ़ा हुआ अंग्रेजी-ज्ञान, कब तक चलता। जब उसकी सबसे ज्यादा जरूरत पड़ती थी, तब तक तो वह प्राय: विलुप्तप्राय: अवस्था को प्राप्त हो जाता था।

वैसे तो अंग्रेजी का परचा क्वालीफाइंग स्तर का ही रहता था, जिसके अंक प्रधान परीक्षा के अंकों में शामिल नहीं किए जाते थे, लेकिन इसे उत्तीर्ण करना अनिवार्य रहता था। फलस्वरूप इसे उत्तीर्ण करने के लिए लड़कों को नाको चने चबाने पड़ते थे। हालाँकि लाख जतन करके भी विरले ही सफल हो पाते थे।

अंग्रेजी क्वालीफाई न होने पर प्रधान परीक्षा के अन्य परचे बिना जाँचे ही रह जाते थे। चाहे उनमें आपने लाख स्वर्णिम प्रदर्शन किया हुआ हो। जंगल में नाचे मोर का प्रदर्शन, अदृश्य-का-अदृश्य धरा रह जाता। मंडप में आभूषणों से लदी उस दुल्हन की तरह, जो बाट जोहते-जोहते थक जाए, लेकिन उसकी बरात न आए।

इन्हीं वर्षों में से किसी एक बरस संपूर्ण भारत में चार हजार अभ्यर्थी प्रधान परीक्षा में बैठे थे, जिनमें से ढाई हजार कैंडिडेट, केवल प्रयाग केंद्र पर थे। नतीजा क्या रहा। साक्षात्कार में बमुश्किल सौ ही शामिल हो पाए। निष्कर्ष यह बताया गया था कि उनमें से अधिकांश, 'अंग्रेजी में खेत रहे।' संक्षेप में अंग्रेजी को दैवी-प्रकोप का दर्जा प्राप्त था।

'ग्रामर-पोर्शन' से लाख कोशिशों के बाद भी नाउम्मीदी रहती थी। कारण अधिकांश लड़कों की ग्रामर, गठिया-ग्रस्त थी। 'वोकब्लरी' भी प्राइमरी के आस-पास। सो, बची-खुची उम्मीदें 'अनसीन पैसेज' और 'ऐस्से' पर केंद्रित हो जाती थीं। अनसीन पैसेज से ज्यादा उम्मीद करना, ज्यादती ही कहलाएगा। कितना दिला देगा। उसमें भी दक्ष लोग, ज्यादा उठा ले जाते हैं।

अंतरात्मा की आवाज पर लिख तो दें, पर बेड़ा पार होने से रहा। गुरु लोग, अपने ऊपर इस बात का इल्जाम नहीं लगने देना चाहते थे कि वे 'अंगरेजिया में ढेर हो गए'। इन मिले-जुले कारणों से गुरु लोगों ने एक रास्ता ढूँढ़ निकाला। 'चार ठो ऐस्से रट मारो,' कॉमा, फुलस्टॉप सहित। इनवायरमेंट, वीमंस इंपावरमेंट, इंडियन डेमोक्रेसी ऐंड इलेक्टोरल रिफॉर्म्स, टेररिज्म। सर्वे के आधार पर उन वर्षों का ट्रेंड यह बताता था कि इनमें से अथवा इनके आस-पास का कोई-न-कोई तो फँस ही जाता था। हू-ब-हू छापो, बेड़ा पार।

उस बरस भी यही नुस्खा आजमाया गया। क्यों न आजमाते। इस राह पर चलकर, कई तर गए। परीक्षा हॉल में सबसे पहले निबंधवा पर नजर डालें। आँखें मींचकर, फिर से देखें, फिर तो पथराई आँखों से परचा देखते भर रह गए, एक्को नहीं फँसा था। अकस्मात् उनकी विचारधारा ने यू-टर्न ले लिया। 'मानवता और उच्चादर्शों' से उनका भरोसा सदा के लिए जाता रहा। रह-रहकर पश्चात्ताप होने लगा—हाय-हाय! रिन्यूएबल एनर्जी काहे नहीं रटे। रट लिये होते तो…

फिर उन्होंने कलेजा कड़ा किया। एक किस्म से कड़ा रुख अपनाया गया। इस उपाय से जैसे-तैसे, प्रकट-अप्रकट विचार, मन में उभरने लगे—अगर कल्पना पर जोर दिया जाए, तो निबंध आसानी से लिखा जा सकता है। अगर थोड़ा ज्यादा जोर दिया जाए, तो किसी भी विषय पर लिखा जा सकता है। बिखरे विचारों को समेटकर, उन्होंने छँटाई की। फिर उनकी स्क्रीनिंग की। तत्पश्चात् उनको 'प्रायोरिटी वाइज' प्रायोजित करने की ठानी। अब तक वे सिचुएशन को काफी हद तक समझ चुके थे। उन्होंने लिखना शुरू ही किया था कि कलम फँस गई। ऐन मौके पर इन विचारों को शब्दों में व्यक्त करने में उन्होंने स्वयं को निरुपाय पाया। 'भाषाओं में अंग्रेजी को अनूठापन यों ही प्राप्त नहीं है।' यह रहस्य आज उनको साक्षात् समझ में आ चुका था।

उन्होंने फिर से साहस बटोरा। फुटकर विचार कलमबंद करने शुरू ही किए थे कि 'रेजगारी-विचार' खलास होने लगे। लिखे गए वाक्यों के अर्थ वाकई उन्हें

रूठे-रूठे से लग रहे थे। फिर भी निजी समझ-बूझ के आधार पर उन्होंने पूरे आकार का एक फुलस्केप निबंध लिख मारा। फिर उसे गौर से देखा। निबंध उन्हें स्वयं जब्त करने लायक लगा। अब उनकी अंग्रेजी की संपूर्ण योग्यता-दक्षता, 'एग्जामिनर की गुणग्राहकता' पर निर्भर हो चली थी।

परीक्षा छूटने में अभी पंद्रह मिनट शेष थे। अंतरीक्षक ने हॉल में एक विचित्र सी घटना देखी। लड़के, उठ-उठकर, बाथरूम जा रहे थे। एक के बाद एक। थामने पर कूदकर भाग जाते हैं। एक को थामो, तो दो और खड़े हो जाते हैं। दो वापस आते हैं, तो तीन और चले जाते हैं। उन्हें सख्ती दिखानी पड़ी। तत्काल व्यवस्था बनाई कि एक 'रो' से दो नहीं भेजे जा सकते। इस बात की सख्त मुमानियत कर दी गई।

फिर भी कोशिशें जारी थीं। अब यह नजारा दिलचस्प और दर्शनीय हो चला। 'यादो' ऐसे उठ खड़े हुए, जैसे डायरेक्ट रणभूमि में उतरना चाहते हों। अंतरीक्षक ने रोकना चाहा, तो धमकाकर बोला, "नेचुरल कॉल है, कइसे रोकें, अउर क्यों रोकें।" संयोगवश उस 'रो' की अंतरीक्षक कोई मैडम थीं। उन्होंने उसे सिर से पैर तक देखा। फिर पैर से सिर तक देखा। थक-हारकर उन्हें अनुमति देनी पड़ी।

वस्तुत: उसने झूठ नहीं बोला था। आधा घंटा पहले पाँच गिलास पानी पिया था। सच ही तो बता रहा था। संकेत-भाषा का सूत्रपात जब-जब होता है, उसे विरले ही समझ पाते हैं। इधर ये बोर हो रहे थे। उधर कोने की 'रो' के लास्ट में बैठे हुए 'मिसिर' कब का निपटा चुके थे। दुस्साहसी तो वे थे ही, ब्वॉयज के पासआउट भी थे। यह उनका अतिरिक्त गुण था। अत: दोनों में दृष्टि-विनिमय होना नियत था, जो इस दुर्लभ घड़ी में, अवश्यंभावी हो चुका था।

ऊहापोह और असमंजस की स्थिति ज्यादा देर नहीं चलनी चाहिए। संशय से बुद्धि, द्वंद्वात्मक हो जाती है। संशय न रहे, तभी उचित निर्णय लिया जा सकता है। अत: दोनों को एक साथ, नेचुरल कॉल आई। दोनों अलग-अलग, किंतु साथ-साथ निकले। बोरियत मिटाने को लेकर निकले थे। उससे ज्यादा ग्रामर का आकर्षण था। ऐसे मौके पर एक-एक नंबर की ग्रामर, हर किसी को आकर्षित करती है। बड़ा पवित्र मकसद था।

दोनों काफी देर से लौटे थे। 'उद्देश्य सध गया हो,' ऐसा लगता था। ऐसा प्रतीत होने लगा था। चूँकि यादो के चेहरे से नूर बरसने लगा। वे काफी भाव-विभोर से लग रहे थे। अच्छा-खासा विचार-विनिमय होने पर ऐसी भंगिमा बननी स्वाभाविक थी। 'डबल जीरो की डबल डोज' मुँह में दबाए हुए थे। ईंधन-आपूर्ति के बाद अब

कोई फिकिर नहीं। इंजन, धकाधक चल रहा है।

इधर रिन्यूएबल एनर्जी पर अंदाजी लिहाज से विचार व्यक्त करनेवाले सज्जन बाहर निकले। उन्होंने अन्य मित्रों के अनुभव सुने। फिर तो उनकी चिंता और व्यग्रता के लक्षण जाते रहे। अभी-अभी उन्होंने एक 'अति उत्तम और नायाब तरीके' के प्रदर्शन को सुना। गुरु बड़े कॉन्फिडेंस से बता रहे थे, "हमरो नहीं फँसा था, लेकिन आपन एक असूल धरे हैं; चार में से कौनो फँस जाई तो, फँस जाई। न फाँसे तो हम तौ चारों को फेंट-फाँटकर, एक नवाताजा तैयार कै लेत हैं। अउर नयापन पैदा करे के खातिर, ओका रैंडम सीक्वेंस बदल देत हैं।" उनके अनुसार यह आजमाया हुआ नुस्खा था और सफल भी हुआ था।

यह विवरण सुनकर इनकी जान-में-जान आई। वापसी में वे मोटरसाइकिल पर सवार थे, पीछे दोस्त बैठे हुए थे। निबंध की चर्चा हुई। दोस्त को रिन्यूएबल एनर्जी के सोर्सेज बता रहे थे।

उन्होंने टोका, "एयर एनर्जी के बजाय विंड एनर्जी लिखते तो ज्यादा दुरुस्त रहता।" महाशय यह सुनकर सकते में आ गए। फिर हताशा में चले गए।

मोटरसाइकिल सड़क के किनारे खड़ी किए और बोले, "तुम पहले काहे नहीं बताए।"

फिर निराशा भरे स्वर में बोले, "अब हम जान गए हैं, हमरा कॉल नहीं आएगा।"

15

विषय-परिवर्तन कर लिया गया था, भरपूर अध्ययन सामग्री जुटाई गई। अब बस, 'परिवर्तन' की विचारधारा का ही भरोसा शेष रह गया था। काररवाई तेज हो चली है। आँख बचाकर पढ़ रहे हैं। खामोशी से एक्शन लिया जा रहा है। ढेरों फोटोस्टेट। अंबार लगा हुआ है। सिद्ध पुरुषों के नोट्स का फोटो स्टेट। उनमें खास-खास स्थलों पर लगे-लगाए निशान मिल जाते हैं, जिससे 'निशाना' साधने में सहूलियत पड़ती है। यह विषय, विगत वर्षों की भरपाई कर देगा। ऐसा नेक विचार है।

गण उनके पास पर्याप्त रहते थे। सब-के-सब, आस-पास ही रहते थे। आस-पास ही मँडराते रहते थे। गणों की महिमा विचित्र है। गणों के कारण, शिव की संहारक-शक्ति कारगर रहती है। शिव, स्वयं कुछ खास नहीं करते। सालोंसाल में,

एकाध बार तीसरा नेत्र भर खोल देते हैं। कई युगों का 'एवरेज फिट' कर जाते हैं। कारोबार चौचक। अधिकांश कारोबार तो उनके गण निपटा देते हैं। युद्ध-विध्वंस हो या यज्ञ-ध्वंस। उनके गण, किसी का भी मस्तक 'फोरफिट' कर सकते हैं। बरात का मैनेजमेंट भी सँभाल लेते हैं।

पँड़वा (कमल पांडे) कुंजबिहारी सर का हनुमान है। एकदम संकटमोचक। वह दिखाई नहीं देता। सहसा क्षितिज से प्रकट होकर पूछता है, "भइया! कुछ लाना-लवाना हो तो बताइएगा।" सर भी उसके प्रति वात्सल्य भाव रखते हैं। भक्तवत्सल हैं, कुंजबिहारी सर। अपने आराध्य के लिए मात्र आधे घंटे में वह समस्त सामरिक साधन जुटा गया। पूरे सरंजाम कर गया। पीठ पर लादकर लाया चौकी और एक अदद कुरसी। एक पटरा अर्थात् हार्डबोर्ड, कुरसी के हत्थे पर रखने के लिए।

पटरा, लेखन-अभ्यास के लिए लाया गया है, जो इग्जाम हॉल में लिखने की फीलिंग दे जाता है। कुरसी 'एस' आकार की प्लास्टिक से बुनी हुई, इंटैक्ट। बैठने पर ऐसा प्रभाव दे रही थी, मानो बुनियादी तौर पर सर का माप लेकर बनाई गई हो, स्पेशल ऑर्डर पर।

वे उस पर किसी को नहीं बैठने देते थे, हालाँकि बैठने से किसी को कभी स्पष्ट रूप से बरजा भी नहीं। रोका-टोकी भी नहीं की। वस्तुतः वे एक पल के लिए भी उससे दूर नहीं होते थे। जब भी देखे जाते, सवार-भंगिमा में देखे जाते। चंगेज-हलाकू की परंपरा में अहर्निश सवार।

अर्नेस्ट हेमिंग्वे, चार्ल्स डिकेंस, वर्जीनिया वुल्फ प्रसिद्ध साहित्यकार थे, जो खड़े होकर लिखते थे। इनके अलावा, लेविस कैरोल और डॉ. नगेंद्र भी। हरिवंशराय बच्चन तो बीच-बीच में खड़े होकर लिखते थे। जॉर्ज ऑरवेल, मार्क ट्वेन व विंस्टन चर्चिल, बिस्तर पर लेटकर लिखने के लिए चर्चित थे।

आचार्य रामचंद्र शुक्ल तकिए को पेट से सटाते थे। उसके बाद लिखना चालू करते थे, तब जाकर उनका आलोचना-कर्म आगे बढ़ पाता था। ये महान् लेखक स्वतंत्र रचनाकार थे। किसी भी विषय पर, किसी भी भंगिमा में लिखने को स्वतंत्र थे।

सर स्वतंत्र नहीं थे। वे रचनाकार न होकर, एस्पिरेंट थे। जो पूछा गया हो, वही लिख सकते थे। असंगत-अनर्गल लिखने पर, कुछ अंकों की कटौती का निर्देश, प्रश्न-पत्र के शीर्ष पर मुद्रित रहता था। मिलते ही गिनती के अंक थे। उनमें भी कटौती हो जाए तो···नहाएगा क्या, निचोड़ेगा क्या, वाली स्थिति बनने

में देर न थी।

लाख सावधानी बरतने पर भी उनका परिणाम प्रतिवर्ष बैठता जा रहा था, तो भी वे उठ–उठकर, परीक्षा में बैठते जा रहे थे। इन संयुक्त कारणों से सर कुरसी पर सवार होकर लिखते थे। फुलस्केप पेपर पर। जो भी लिखते थे, लिखकर फेंकते जाते थे।

टाइमर से टाइम–मैनेजमेंट भी रखते थे। सघन क्षेत्रों पर सघन काररवाई। रेड अलर्ट पर हैं। गुरिल्ला युद्ध छेड़ा जा चुका है। एक अहोरात्र में वे सत्तर–अस्सी पेज लिखकर फेंक देते थे। इस प्रकार कमरे के कोने पर कागजों का ढेर लगा रहता था। सुबह उन्हें सोई हुई अवस्था में जानकर, मुरीद अपने पीर के बिखरे नोट्स व फेंके गए पदार्थ को समेट जाते थे। जागरण होने पर वे अपने 'किए–कराए' को प्लास्टिक की बाल्टी में संग्रहीत–संकलित पाते थे। एकदम व्यवस्थित। वात्सल्य उमड़ने का चांस बनता था।

दरअसल वे स्टडी को देर रात तक खींचते थे, ट्रक ड्राइवर की तरह रातोंरात एक प्रांत से दूसरे प्रांत का सफर पूरा। पढ़ाई समेटते हुए, अध्ययन सामग्री समेटनी होती थी। वार्डरोब तक पहुँचने में वक्त जाया होने की आशंका जताई जाती थी। सो इसका भी उपाय खोज लिया गया, निद्रा के अवसर पर प्लास्टिक की बाल्टी का आश्रय लिया जाने लगा। नोट्स कलेक्शन का उनका यह बाल्टी–आविष्कार, समकालीनों में खूब सराहा गया। समय के साथ यह आविष्कार, क्रमशः लोकप्रिय फैशन में तब्दील हो चुका था।

इस अवधि में उनके दस–बाई–दस के कमरे में तीन दिशाओं में मकड़े के जाले विकसित हो चुके थे। मुरीदों ने कई बार, अनुनय–विनय की कि 'हम साफ किए देते हैं।' इस अवांछित प्रस्ताव पर, वे रूठ बैठे। संभवतः वे मुकद्दस हिरा गुफा में लगे मकड़जाल का महात्म्य जानते थे।

सो इसे ईश्वरीय विधान मानते थे। गैबी इल्म की राह पर तो वे थे ही। चिरौरी किए जाने पर, उनका पारा सातवें आसमान पर था। जाला उन्हें निरंतर परिश्रम की प्रेरणा दे जाता था। वे कहीं से भी सुधार की प्रेरणा ले लेते हैं, भगवान् दत्तात्रेय की तरह। कहीं से भी कुछ भी सीख लो। बस सीखने का हुनर भर चाहिए। यह एक ऐसा प्रतीक था, जो उनके लिए उद्दीपन का काम कर जाता था।

हालात बदल सकते हैं। इधर बियाबान अँधेरा है, उधर उजाला–ही–उजाला और शोहरत भी। ख्याति भी और सुख–समृद्धि भी। डबल मजा। कठिन तो है, लेकिन शुक्र है, उसके बाद सब आसान हो जाएगा। थोड़ा सतर्क होकर, बेहतर परिणाम दिया

जा सकता है। आप बस एक बार अच्छा प्रदर्शन करो। सारी-की-सारी कमजोरियाँ एक साथ ढँक जाती हैं। जिस एरिया में सुधार की गुंजाइश है, उन पर ज्यादा ध्यान केंद्रित किया गया है।

देखते-देखते, कक्षार्द्ध जाले से आच्छादित हो चुका था। कमरे में अगरु-चंदन की खुशबू महकती रहती थी। जालों के मध्य लटका हुआ धुआँ, साक्षात् रहस्यमय गुफा का अनुभव दे जाता। कक्ष-सज्जा के सुधार के सुझाव पर डपट देते थे। कहने लगते, "इस योनि में भटक रहे हैं। मुक्ति, अभी तक मिली नहीं है। अब तो भाने लगा है, यह निर्जन-वीरान।"

शिष्यों को वे ब्रह्मराक्षस जैसे लगने लगे थे, ज्ञान की छपाछप डुबकी लगाते हुए।

इधर परीक्षा संपन्न हुई। उधर कुरसी की जीवन-यात्रा भी पूर्ण हुई। कुरसी का अंग-प्रत्यंग भंग हो चुका था। प्रत्येक कील-कब्जा, अपना मूल स्थान छोड़ चुका था। सुहृदों ने हर पहलू से जाँच की। भग्न कुरसी के हाल-चाल देखे, लक्षण देखे। भग्नावशेषों को उलटा-पलटा। जानकार पूरी नब्ज जान चुके थे। मर्ज समझकर भी दवा नहीं कर पा रहे हैं। चूँकि रोग असाध्य था। कुरसी मरणासन्न थी। अब तो गंगाजल-तुलसी की रस्म भर शेष थी। पाए-बैकरेस्ट, ताँत सब छिन्न-भिन्न हो चुका था। अनुमान लगाया गया था, सर इस बार···।

कुरसी की एक निश्चित औसत आयु बताई जाती थी। शास्त्रों में कहा गया है कि पहले प्रारब्ध लिखा जाता है, फिर शरीर रचा जाता है। कुरसी का कर्मफल और भाग्य भी लिखा जाता होगा। सबका लिखा रहता है। किसके चंगुल में फँसेगी। इधर काल-कवलित कुरसी का, दुरूह व्यक्ति से पाला पड़ा था। एक दुर्धर्ष योद्धा से। किसी प्रबुद्ध गण ने तो कार्य-कारण संबंध खोजने की चेष्टा भी की। उनका निष्कर्ष, 'ओवर कंजम्पशन' निकला।

निंदकों की राय भिन्न थी, "वे कुरसी से उठे नहीं। कौन माई का लाल बचाता, कुरसी को। ई तो जहाँ बइठ जाएँ, नाश पक्का समझो।" उधर भोक्ता की राय किंचित् भिन्न थी। वे स्वयं को क्षणभंगुर मानते थे, निर्जीव कुरसी की क्या बिसात।

चश्मदीदों के मुताबिक, इतनी जल्दी कुरसी की हालत बिगड़ते किसी ने कभी नहीं देखी थी। वे कुरसी पकड़कर, मजबूती से बैठे रहे। अहोरात्र, अनवरत। भग्न-शरीर कुरसी पड़ी है कोने में। स्थानापन्न कुरसी की आवश्यकता महसूस नहीं की गई।

तख्त पर सलवट पड़ी चादर बिछी रहती थी, तुड़ी-मुड़ी। बासंती रंग की थी। "सिनेमा में इंटरवल के बाद देवदास की चादर ऐसी ही दिखाई गई थी।" कोई

शिष्य बता रहा था। बासंती रंग, प्रेम का रंग है। उल्लास का रंग है। यह रंग, उदासी का रंग नहीं है, पतझड़ का रंग भी नहीं है, तो फिर यह उदासी क्यों गहराई हुई है। उन्होंने इंटरव्यू के लिए, हॉबीज की तैयारी आरंभ कर ली, शेषशायी मुद्रा में, तख्त पर लेटकर।

16

कुछ विद्वानों की राय 'सेलेक्टिव स्टडी' के पक्ष में रहती थी। इसके अंतर्गत, चुनिंदा अध्ययन किया जाता था। इससे पूर्व के, विगत दस वर्षों के प्रश्न पत्रों का, गहन सर्वेक्षण किया जाता था। जिनकी आवृत्ति अधिक हो, वे हिस्से 'निशाने' पर आ जाते थे, अर्थात् उन पर निशान लगा दिया जाता था, बोल्ड मार्कर से।

हालाँकि कुछ विलक्षण प्रतिभा के धनी अभ्यर्थी भी थे। इस किस्म के अभ्यर्थी, भिन्न तरीके भी आजमा लेते थे। ढेर सारी पाठ्य-सामग्री देखकर, उन पर क्रमशः मूर्च्छा छाने लगती थी। इससे बचाव का उपाय कुछ यों खोजा गया। किसी सेलेक्टेड सीनियर के नोट्स का प्रबंध करो। यहाँ पर डौल बैठाना निहायत जरूरी हो जाता है। इससे विशेष लाभ होता है, अंडरलाइंड हिस्सा तैयार मिल जाता है—परीक्षण किया हुआ, गुणवत्ता पूर्ण उत्पाद। इसमें कुछ कतर-ब्योंत करनी पड़ती है—पिछले बरस पूछे गए हिस्से को, एक सिरे से खारिज कर डालो। ऐसा न था कि उसे 'स्किप' करके आगे बढ़ जाते हों।

उन हिस्सों को नोट्स से नोचकर अलग कर दिया जाता। अवांछित सामग्री को समूल उखाड़ फेंकने से सामग्री हल्की लगने लगती थी। समाधान दिखना ही नहीं चाहिए, अपितु प्रतीत भी होते रहना चाहिए। पाठ्य-सामग्री में कुछ हिस्सा दुष्कर लगने लगता है, जो लाख यत्न करने पर भी दिमाग में घुसने से साफ इनकार कर देता है।

होनहार विद्यार्थी, कुछ देर संशय में रहता कि आखिर समझ में क्यों नहीं आ रहा है। फिर वह चौकन्ना होकर सोचने लगता। फिर एक ठोस निर्णय ले लेता, "ऐसे हिस्से पर समय व्यर्थ करने से क्या लाभ।" वैसे भी समय कीमती है और उस मौके पर, समय की 'शॉर्टेज' जानलेवा साबित हो सकती है। शेष मैटेरियल पढ़ते-पढ़ते अच्छी-खासी सोच, स्वतः विकसित होती चली जाती है, जिससे अभ्यर्थी अंत:प्रज्ञा व अंतर्ज्ञान से यह जानने में समर्थ हो जाता है कि यह हिस्सा तो किसी भी कीमत पर पूछे जाने लायक नहीं है। इतनी सटीक 'ऐलिमिनेशन' से कुछ होनहार किस्म के

निष्कर्ष निकल आते थे। कुछ कुशाग्र किस्म के लोगों ने तो ऐसी महीन छँटाई की थी कि केवल मुखपृष्ठ भर पढ़ने को शेष रह गया।

बहरहाल डेढ़ से दो दर्जन सवाल खास निशाने पर रहते थे, जिनको महीन घोंटकर, चूर्ण करके, लुग्दी बना डालते थे। तत्पश्चात् कॉमा, फुल स्टॉप सहित हजम। रटाई, इतनी धाराप्रवाह वांछनीय रहती थी कि यदि सवाल, सोई हुई अवस्था में भी पूछा जाए तो यांत्रिक ढंग से, यहाँ तक कि स्वप्न में भी निर्दोष ढंग से दोहराया जा सके। इतना कौशल होना, जरूरी माना जाता था। हर हाल में इस स्तर की सतर्कता बरतने की परिपाटी रहती थी।

कभी-कभी मिसिंग लिंक अर्थात् गायब कड़ीवाले हिस्से से सवाल पूछे जाते थे। ऐसा पूछकर, चकमा दिए जाने की प्रथा, जोर-शोर से लागू थी। इधर पिछले वर्ष पूछे गए प्रश्नों को अनिवार्य रूप से ड्रॉप किए जाने की प्रथा थी। ऐसे में कभी-कभी गुगली भी हो जाती थी। उस वर्ष अप्रत्याशित रूप से 'रिपीट' महसूस किया गया। ऐसी घटनाओं को प्रत्यक्ष 'वज्रपात' की श्रेणी में गिना जाता था।

फलतः उन वर्षों में, भस्मीभूत, सर्वक्षार टाइप का निष्कर्ष निकलना तय रहता था। सामूहिक रूप से, जले-भुने-झुलसे और फुँके हुए दावेदार। ऐसी स्थिति में अज्ञात 'पेपर सेटर' व ज्ञात संस्था को मन-ही-मन कोसकर, मन हलका कर लेते थे। यदि टीस ज्यादा उठे तो प्रकट में भी वर्नाक्यूलर संज्ञाओं से नवाज लिया जाता था। इस क्रिया से कुछ हद तक भड़ास निकल जाती थी। मन बहलाव तथा भाव, प्रकटीकरण का यह एक लोकप्रिय तरीका बताया जाता था, जो अवसाद से बाहर निकलने में जादुई प्रभाव पैदा करता था।

सर्वज्ञानी पद्धति के अंतर्गत, संपूर्ण पाठ्यक्रम देखा जाता था। इस तरह से विषय की सरसरी जानकारी रखने की प्रथा थी। चुनिंदा अंशों का बारंबार एवं बारीक दोहराव किया जाता था। इतनी बार कि अवसर पड़ने पर मस्तिष्क का प्रयोग किए बिना सामग्री जादुई तरीके से जादुई अक्षरों में छप जाए।

टिप्पणी लेखन का चलन आरंभ होने से पठन-पाठन की गति में एक किस्म का गतिरोध उत्पन्न हो चुका था। पहले से चली आ रही पद्धति, खासी लोकप्रिय थी। लड़के, उसका खूब अभ्यास किए हुए थे। अकस्मात् पैटर्न-परिवर्तन कर लिया गया। संस्थाओं की यह बड़ी खराब आदत है। कटरा में एक जूनियर ने सीनियर से जिज्ञासा प्रकट की, "सर! यह बताइए! यह जो कंपल्सरी हुआ है, उसे करना जरूरी है क्या।"

उसे स्नेह-मिश्रित उत्तर मिला, साथ ही मार्गदर्शन भी, "नहीं! वइसे जरूरी

तो नहीं है, पर नई परंपरा पड़ रही है, तो कर लेने में भी कोई खास बुराई नहीं है।"

इस व्यवस्था पर पुनः कोप प्रकट किया गया, कोसा गया, किंतु कोपभवन जाने का साहस, कोई न जुटा सका। तत्पश्चात् चुप्पी मारकर, संपूर्ण पाठ्यक्रम से लोहा लिया जाने लगा। चूँकि टिप्पणी, 'अथ से इति तक', कहीं से भी उठाई जा सकती थी, चूँकि वह उठाए जा सकने योग्य कही जाती थी। 'स्कोरिंग' तो मानी ही जाती थी। उस पर तुर्रा यह कि कंपलसरी भी कर दी गई। इधर कुछ लोगों में 'स्कोर' ज्यादा उठाने की लालसा थी। उनके लिए तो टिप्पणी 'हिट' करना, नितांत जरूरी हो उठा।

कुछ लोलुप किस्म के दावेदार भी पाए जाते थे, जिनमें अधिक स्कोर करने की लालसा रहती थी। लोभ के वशीभूत होकर, उन्होंने टिप्पणी 'अधिक सोच-समझकर' लिखने की 'सक्रिय चेष्टा' की। मनोयोगपूर्ण लेखन व सायास इन्वॉल्वमेंट में अधिक समय लगना लाजिमी था। अतः इस विधि से वे टिप्पणीवाले हिस्से को ज्यादा समय दे बैठे। अब क्या हो। एक ही उपाय शेष रहा—कम समय की पूर्ति, लेखन गति बढ़ाकर व लेंदी क्वेश्चंस के समय में कटौती करके पूरी की जा सकती थी। फलस्वरूप, मनवांछित प्रस्तुतीकरण में उन्होंने स्वयं को असमर्थ पाया। बाकायदा लिखने के लोभ में परचा बेकायदा हो गया। पर्चा समाप्त करने के पश्चात् वे असहज थे, आश्वस्त नहीं हो पा रहे थे। वे परिणाम आने तक दुविधा में झूलते रहे। वह स्ट्रेटजी उन्हें रह-रहकर अखरती रही। भविष्य में भी खटकती रही।

चतुर-सुजान किस्म के सयाने, भिन्न पद्धति अपनाने में विश्वास रखते थे; बड़े प्रश्न पहले, टिप्पणी अंत में। इस प्रणाली के कई लाभ गिनाए जाते थे—लेंदी सवाल लिखने में, दिमाग यकायक 'वार्म अप' हो जाता है और मस्तिष्क एकदम चैतन्य। वैचारिक क्षितिज का सहसा विस्तार हो उठता, तो नेत्र विस्फारित होने लगते थे। अब उन्हें पिच सीधी व सपाट दिखाई पड़ती। अंत में टिप्पणी लिखते समय विचारों में काट-छाँट की जरूरत महसूस नहीं होती थी। 'क्रिस्टल क्लियर इमेज' दिमाग में चित्र की तरह छा जाती थी। 'बॉल, फुटबॉल की तरह दिखाई पड़े तो उसे बाउंड्री से बाहर भेजना बहुतै आसान रहता है।

परीक्षा-भवन में कभी-कभी, कुछ विचित्र स्थितियाँ भी प्रकाश में आई। एक दावेदार, बेहद जोशीले थे। अतः वे जोशोखरोश से लबरेज ही नहीं, वरन् लदे-फँदे भी थे। शीर्ष पर लिखे अनुदेशों को पढ़े बिना ही वे आक्रामक गति से फौरन पर्चे से जूझने लगे। वे कुछ ज्यादा ही व्यग्र थे, अतः बेतहाशा ढंग से सवालों से दो-दो हाथ करने लगे। प्रश्न पत्र को हल करने में वे युद्ध स्तरीय तरीकों से जुटे रहे।

वे पूरे तीन घंटे तक लिखते रहे। सिर उठाकर तक नहीं देखा। दाएँ-बाएँ भी नहीं झाँका। साँस तक नहीं ली। वे निरंतर लिखते रहे, अविरल गति से। जिस तरह से गणेशजी ने लिखा था, वे तो वेदव्यास से डिक्टेशन ले रहे थे। डिक्टेशन की पहली शर्त यही थी—अविरल गति से लिखना, रुकना नहीं, साथ ही दिमाग लगाकर कंटेंट का मर्म समझकर लिखना। बहरहाल इस विधि से वे संपूर्ण प्रश्न-पत्र हल कर चुके थे। बाहर आकर उन्होंने तूफानी साँस ली, जो सिर से भारी बोझ उतरने पर ली जाती है, जो अकसर कार्य-समापन के अवसर पर ली जाती है और जिसे कुछ कथाकार संतोष की साँस भी कहते आए हैं। तत्पश्चात् उन्होंने तिरछे होकर, बदन को तोड़ा एवं अंगुलियाँ चटकाईं।

संयत होकर, सहज भाव से मित्रों को आपबीती सुनाई, "पेपरवा बहुतै लेंदी आया था।" एक दोस्त ने पलटकर कहा, "पहले जैसा ही तो था। पाँच ही तो करना था।"

यह सुनकर उन्हें पहले अचंभा हुआ, फिर अविश्वास। वे पूरे दस करके आए थे। अनजाने में किसी अज्ञात प्रेरणा से वे बाबू राजेंद्र प्रसाद व सुभाष बाबू की पाँत में शामिल हो चुके थे, "चेक ऐनी फाइव।"

यह सुनते ही उन्होंने कन्फर्म करना चाहा। इस कड़ी में उन्होंने झपटकर पर्चा देखा। इस विधि से उन्होंने उस शर्त को अंततः पूर्ण किया, जिसे 'पर्चारंभ' में करना जरूरी बताया गया था अर्थात् परीक्षा निपटने के पश्चात् उन्होंने निर्देश पढ़े, आँखें गड़ा-गड़ाकर पढ़े। परिणाम आने तक उनका चिंतित रहना लाजिमी बनता था, "इंटरव्यू कॉल आएगा भी या टापते ही रह जाएँगे।"

इससे भी जोरदार घटना कुछ यों घटी। पर्चा शांतिपूर्ण तरीके से चल रहा था। दो घंटे बजे थे। दावेदार उस समय न जाने किस भावलोक में था कि इस 'नाद ध्वनि' को वह 'वार्निंग बेल' मानने की भूल कर बैठा। यह भूल, उसके दिमाग में घर कर गई। उसके पर्चे का अधिकांश हिस्सा अभी तक शेष पड़ा हुआ था।

इस कठिन घड़ी में, उसे घड़ी देखने का भी होश न रहा। अतः इसे जीवन-मरण का प्रश्न जानकर उसने साहस बटोरा। प्राणायामवाले जैसा बताते हैं, वैसा कुछ करके, उसने 'कुंभक' को स्किप किया और सीधे अगली स्टेज में जा पहुँचा। चूँकि समय की कमी थी। फिर डायरेक्ट 'रेचक' जैसा कुछ करके, उसने अपने में ऊर्जा-संचार किया। फौरन अपने इष्ट देवता को स्मरण किया। अकस्मात् वह रॉकेट-गति से लिखने लगा। बिजली की गति से प्रश्न हल करने लगा। उसकी त्वरा दर्शनीय थी, अप्रत्याशित लेखन गति। ऐसी आतुरता, फिर कभी नहीं देखने को मिली।

कार्य संपन्न होने पर, उसने गहरी साँस ली। संपूर्ण प्रश्न-पत्र, वह हल कर चुका था। इस घड़ी में, अब उसका घड़ी देखने का मोह जाग्रत् हो उठा। उसने घड़ी देखी, अभी पूरे पच्चीस मिनट शेष थे। अब जाकर उसे वस्तुस्थिति समझ में आई। अत: उसने पूर्वपृष्ठों पर दृष्टिपात कर लेना उचित समझा।

जैसे ही उसने पहला पृष्ठ पलटा, वह वितृष्णा से भर उठा। उसने अपने किए-कराए से दृष्टि फेर ली। सहसा वह करुणा से भर उठा। अंत तक, वह अपने हस्तलेख को पहचानने का साहस न जुटा सका, लेकिन 'लेखे को कौन मिटा सकता है।' इस नाजुक घड़ी में भूल-चूक, लेनी-देनी भी लागू नहीं की जा सकती थी। इस लोकप्रिय सिद्धांत ने भी उसके किए-कराए में खपने से इनकार कर दिया।

दरअसल फुल एक्सीलेटर की गति से लिखने के कुछ दुष्परिणाम गिनाए जाते थे। उनमें से एक यह बताया जाता था कि इससे 'पहचान का संकट' उपस्थित होने का खतरा बना रहता है। हैंडराइटिंग के मामले में तो 'अनकंट्रोल्ड ओवरस्पीड' को दर्दनाक हादसे की मान्यता प्राप्त थी। क्रिकेट के खेल में 'आस्किंग रेट' ज्यादा होने पर, दमदार खिलाड़ी क्या करते हैं। यही न कि लंबे-लंबे शॉट्स खेलते हैं। क्रिकेट प्रेमी होने के नाते यह पूर्वज्ञान इन्हें था ही। हालाँकि तब तक क्रिकेट में, 'ट्वेंटी-ट्वेंटी फॉर्मेट' का प्रादुर्भाव नहीं हुआ था। लोकमत के अनुसार, इस फॉर्मेट के श्रीगणेश का श्रेय, सिद्धांतत: इनको ही मिलना चाहिए।

कंपलसरी हिंदी का पेपर था। पर्चा शुरू हो चुका था। उमस भरा दिन था। पानी का गिलास लिये कर्मचारी, कक्ष के बाहर खड़ा था। इन्विजलेटर ने उससे कहा, "भई, इन्हें पानी-वानी दिखाओ।" पीछे से एक गंभीर घोष गूँजा, "पनिया दिखाया नहीं जाता, पिलाया जाता है।" यह कहने के पश्चात् वह मूर्ति देखते-देखते, तीन गिलास खाली कर चुकी थी। व्यस्त रहने के बावजूद सबने इस संवाद का नोटिस लिया।

एक कैंडिडेट के साथ तो और मजेदार वाकया घटित हुआ। दावेदार, कॉन्वेंट से पढ़े हुए थे, 'ब्वॉयज' से। सवाल के रूप में तद्भव शब्द 'गँवार' का तत्सम पूछा गया था। विलोम शब्द तो उन्हें अच्छे से रटा हुआ था—नागर। तत्सम उन्हें मालूम न था। इस घड़ी में उन्होंने मदद की दृष्टि से इधर-उधर देखा। फिर भी आशा की कोई किरण न दिखाई दी। वे आलसी तो थे, किंतु थके हुए इनसान न थे। मात्र एक प्रश्न की वजह से, वे पिछड़ना नहीं चाहते थे।

पिछड़ने की तो वे सोच भी नहीं सकते थे। अत: उन्होंने पीछे मुड़कर देखा। उन्हें एक 'गँवार सा' अभ्यर्थी दिखाई दिया। दृष्टि मिली, फिर जैसा कि ऐसे मौकों पर अकसर हो जाता है, दृष्टि-विनिमय हुआ। इन्होंने अघोष स्वर में प्रश्न किया

अर्थात् फुसफुसाकर पूछा, 'गँवार।' उत्तर मिला, 'ग्रामीण।' दैवी प्रेरणा से 'प्रश्न' उन्हें स्वयं उत्तर बता रहा था। 'समस्या' स्वत: हल सुझा गई।

इसी पर्चे में नायिका-भेद से संबंधित प्रश्न पूछा गया था। वाक्यांश के लिए एक शब्द के अंतर्गत 'लज्जाशीला किशोरी नायिका' के लिए एक शब्द पूछा गया था, दो नंबर खरे। जनता-जनार्दन, 'षोडशी' लिखकर जश्न मनाने लगी। कॉन्वेंटी दावेदार, 'मुग्धा' लिखकर आए थे।

उस दौर में वहाँ कई मठाधीश पाए जाते थे। स्वेच्छा से सबने अपने-अपने विरोधी पकड़े हुए थे। कोई किसी से प्रभावित नहीं होना चाहता था, प्रभावित करना जरूर चाहता था। भारी शास्त्रार्थ के बीच सभी मठाधीशों के तमाम तर्क, मिथ्या साबित हुए। 'वेरीफिकेशन' में कॉन्वेंट शिक्षित का उत्तर सही व सत्य पाया गया। अनजाने में वह मार्केट को झटका दे चुका था। कुछ रकीब सन्नाटे में थे, तो कुछ सदमे में।

इस हैरतंगेज कारनामे से सभी लोग हैरत में पड़ गए। पहले, माहौल अशांत हुआ, फिर टकराव की स्थिति बनी, सो इस चमत्कार से उत्पन्न विस्मय और उत्तेजना को शांत करना अब उन्हें अवश्यंभावी जान पड़ा। यह उनका नैतिक दायित्व भी बनता था। अत: उन्हें स्वयं रहस्योद्घाटन करना पड़ा। उन्होंने बताया कि इस तथ्य को वे अनुभव से जानते थे। स्पष्ट शब्दों में कहा जाए तो उन्हें एक तरह से मित्र-लाभ हुआ था।

इनके एक मित्र थे। वे रीतिकाल के रीति-रिवाजों के घोर प्रशंसक थे। अत: इस हॉबी की वे जमकर प्रैक्टिस किया करते थे। वे दूरदर्शी थे। अत: छत से एक नॉटिकल मील की दूरी तक का दृष्टि लाभ कर लिया करते थे। दृष्टिकोण उनका स्पष्ट रहता था, चूँकि नायिका-भेद में उन्हें विदग्धा व मुदिता के प्रसंग अधिक रुचिकर लगते थे।

उनकी छत की, उत्तर दिशा में एक अट्टालिका थी। अट्टालिका की छत पर एक आंटी व उनकी किशोरी पुत्री, उन्हें अकसर दिखलाई पड़ती थीं। रीतिकाल की रीति से, वे उन्हें क्रमश: प्रौढ़ा व मुग्धा नायिका कहा करते थे। इस प्रसंग से यह सीख मिली कि अभ्यर्थी धैर्यधन्य होना चाहिए, कॉन्वेंटी कैंडिडेट की तरह। किस्मत कभी भी पलट सकती है। अपनी किस्मत पर रश्क करनेवालों की कमी इन्हें कभी महसूस नहीं हुई।

अंग्रेजी से हिंदी अनुवाद में भी ये असहज हो उठे। 'इंडिया इज ए ग्रेट कंट्री' का अनुवाद, 'भारत एक बड़ा देश है' लिख चुके थे। फिर इन्हें अपने अनुवाद-कर्म पर शंका हुई। 'ग्रेट' के लिए उपयुक्त शब्द नहीं सूझ रहा था। ताक-झाँक की। 'व्हिस्पर' कर मदद की गुहार लगाई। बाईं तरफ इनके रीतिकालीन मित्र, अद्भुत आभा के साथ

विराजमान मिले। चूँकि संपूर्ण रीतिकाल, संदेशों के आदान-प्रदान से अटा पड़ा है।

दूत-दूतियों का चोरी से संदेश पहुँचाने का कारोबार, उन्होंने खूब पढ़ा था। वह हिस्सा, उन्हें अतिशय प्रिय था, सो वे कहाँ चुप रहनेवाले थे। स्केल पर मार्कर से 'महान्' लिखकर मित्र को मदद के लिए संदेशा पहुँचा चुके थे। स्केल देने पर अंतरीक्षक को आपत्ति नहीं हो सकती थी और 'महान्' शब्द सेंसर की श्रेणी में शामिल किए जाने योग्य नहीं समझा गया।

17

'निबंध को स्कोरिंग कैसे बनाएँ' विषय पर काफी परिचर्चा हुई। इस मामले में कई तरह की युक्तियाँ आजमाने का रिवाज था। एक पुरातन सिद्ध पुरुष की मान्यता थी कि 'आधा घंटा रूपरेखा बनाओ, शेष समय, उसको मूर्तरूप देने में लगाओ।' 'चूना कम, कत्था बोलता हुआ होना चाहिए।' इस फॉर्मूले को वे निबंध में अपनाने के घोर हिमायती थे—तथ्य कम, विश्लेषण ज्यादा। तत्पश्चात् समझाइश देते हुए कहते थे, "निबंध में प्रौढ़ लेखन झलकना चाहिए। अधिकांश लड़के, परीक्षा में लिखते-लिखते, प्रौढ़ तो हो जाते हैं, लेकिन लेखन उनका बचकाना ही रह जाता है। नंबर कहाँ से उठेगा। आसमान से तो टपकने से रहा।"

फिर वे गुरुमंत्र दे जाते थे, "असंयत और उच्छृंखल लेखन से बचना चाहिए। प्रभाव जमाने के लिए चुनिंदा किस्म के वाक्य हों। चौंकानेवाले तथ्य तो निबंध में जान डाल देते हैं। संक्षेप में आपके लेखन में समझदारी और जिम्मेदारी झलकनी चाहिए, साथ ही उदारवादी और प्रगतिशील सोच भी।"

इधर 'मिसिर बाबा' का फंडा कुछ अलग किस्म का रहता था। फेमिनिज्म उनकी रुचि से मेल खाता था। अध्ययन उनका विशद था—मेरी वोलाटोन से लेकर सिमोन डि बोवा, वर्जीनिया वुल्फ, जूडी केनेथ, टोनी मॉरिसन, फायरस्टोन के नॉवेल, वे पढ़ते हुए मिलते थे। कृष्णा सोबती, प्रभा खेतान, मैत्रेयी पुष्पा, नासिरा शर्मा, क्षमा शर्मा, महाश्वेता देवी और अमृता प्रीतम के समस्त उपन्यास। प्रभाव जमाने के लिए थेरीगाथा की स्टोरीज और कमला दास के आर्टिकल्स भी खूब पढ़ते थे।

उनका दूसरा पसंदीदा विषय कांस्टीट्यूशन था। फंडामेंटल राइट्स, ह्यूमन राइट्स, यू.एन. चार्टर को वे कंठस्थ किए रहते थे। कंसेप्ट ऑफ वेलफेयर स्टेट, प्रोविजंस फॉर वीकर सेक्शंस, डिप्राइव्ड क्लासेज, इक्विटी और वीमंस इंपावरमेंट

जैसे टॉपिक वे रेडी रेकनर की तरह तैयार रखते थे।

गांधीवाद तो उन्हें अत्यंत प्रिय था। साधन-साध्य की पवित्रता से लेकर ग्राम स्वराज और सर्वोदय तक का गहन अध्ययन। गांधीजी के आदर्श, विश्वास और दर्शन से उद्‍भूत विचार उन्हें कंठस्थ रहा करते थे।

'बाई चांस' उनके इन चुनिंदा टॉपिक्स में से न भी पूछा जाता तो वे जरा भी विचलित नहीं होते थे, क्योंकि उनका नजरिया काफी स्पष्ट था। इन स्थितियों में, जहाँ और लड़के झटका खा जाते थे अथवा औंधे मुँह गिर पड़ते थे, वहीं मिसिरजी का एजेंडा, बिल्कुल 'क्रिस्टल क्लीयर' रहता था। कहते थे, "जब कभी मुश्किलों में फँस जाओ अथवा संकटों से बुरी तरह घिरे हों, तो कौन याद आता है।"

अपने दाएँ हाथ की तीन उँगलियाँ खड़ी करके गिनाने लगते थे, "तीन लोग याद आते हैं। तीनों आपकी सुरक्षा की गारंटी दे जाते हैं। माँ (नारीवाद), बापू (गांधीवाद) और कांस्टीट्यूशन कैसी भी जटिल परिस्थिति हो, ये आपको शर्तिया प्रोटेक्ट करेंगे।"

इस प्रकार विषय-चयन के मामले में, वे निश्चिंत रहते थे। यदि उनके टॉपिक हू-ब-हू आ जाते तो इस आकस्मिक प्राप्ति को वे दैवी कृपा मान लेते। न भी आए तो, परेशान नहीं होते थे। जहाँ इस दशा में औरों के चेहरे लटके मिलते थे, वहीं ये एकदम बेफिक्र होकर रहते थे। 'जो नहीं है, उसका क्या गम।' सोचकर वे उपाय खोज लेते थे। मिलते-जुलते विषय को एकाग्रता से देखते थे।

उनकी स्पष्ट धारणा थी कि कोई भी मानविकी विषय, उनके ट्राई कॉम्बिनेशन से बचकर नहीं निकल सकता, "नारीवाद, आधी आबादी का सच है। किसी भी विषय पर पूछा गया हो, आप उस मुद्दे पर, आधी आबादी के विषय में जमकर लिखें। आधा निबंध हल हो जाएगा। फिर उस विषय पर कांस्टीट्यूशन के नजरिए से लिखना चालू रखो। संवैधानिक पक्ष और लेजिस्लेटिव इंटेंट, स्वत: स्पष्ट होता चला जाएगा। तत्पश्चात् उस विषय को गांधीजी के आदर्श, विश्वास और नजरिए से परखो। उसे सर्वोदय की कसौटी पर कसो।"

पुन: स्पष्ट करते हुए कहते थे, "वंचित वर्ग, किसान, मजदूर और माइनॉरिटी के पहलुओं पर लिखो। सब अल्टर्न, ट्रांसजेंडर्स के लिए यदि कुछ हो सकता है तो जरूर लिखो।"

इन विषयों में उनकी प्रतिभा अनजाने में ही स्थापित हो चुकी थी। "न फँसें तो धैर्य न खोएँ। संतुलित दृष्टि अपनाएँ। न पसीना बहाना है, न खून सुखाना है, बस झमाझम लिखते चले जाओ। निष्ठा और परिश्रम से दायरे के भीतर लिखते चले

जाओ। सुंदर और शिष्ट भाषा में लिखो। शैली प्रांजल हो तो क्या कहना!"

"निबंध लिखने का एक सलीका होता है। ऐसा नहीं कि लठ्ठ सा मारते हुए, सीधे-सीधे मुद्दे का खुलासा कर बैठो। ऐसा करने से तो वो आंसर बन जाएगा, निबंध नहीं कहलाएगा। निबंध को तो बस यूँ समझिए कि धीमी आँच पर पकनेवाली कोई खास डिश। रुख से नकाब आहिस्ता-आहिस्ता उतरने पर ही तो कविता बनती है। धड़ाम से लिखोगे तो नंबर भी धड़ाम करने में देरी नहीं करेंगे।"

इस प्रकार, परिमित शक्ति और सीमित साधनों के साथ मिसिर बहुत ज्यादा नंबर उठाते थे। खास बात यह थी कि वे अपने लेखन में, परीक्षक की उम्र और मनोदशा का भी खास खयाल रखते थे। फलस्वरूप वे बढ़-चढ़कर नंबर उठाते थे।

□

जी.एस. का पर्चा था। लड़के परीक्षा हॉल में बैठ चुके थे। अभी तीन-चार मिनट शेष थे। 'स्टार्ट बेल' की व्यग्रता से प्रतीक्षा की जा रही थी। इन्विजलेटर 'स्टार्ट लाइन' पर तैयार थे, गोली दगे तो परचा बाँटें। सील्ड क्वेश्चन पेपर, हाथों में तैयार करके सजाए हुए थे। जिस तरह से जुआरीवृंद अंगुलियों के बीच, करीने से पत्ते सजाए रहते हैं, साथ-ही-साथ, ढँकाए-छुपाए भी रखते हैं।

अकस्मात् उनकी निगाहें एक पंक्ति पर गड़ चुकी थीं। वह पंक्ति, ढँके होने के बावजूद तर्जनी और मध्यमा के बीच से बड़ी मासूमियत से झाँक रही थी। दूरदर्शी तो वे थे ही। अतः एक ही निगाह में चिह्न लिये—'जैव प्रौद्योगिकी के अनुप्रयोग।' बीस नंबर का सवाल था। वह भी पहला सवाल। उन दिनों, जैव प्रौद्योगिकी का नया-नया फैशन शुरू हुआ था। संवर्धित जीन की खूब चर्चा चल रही थी।

इन्होंने 'बीटी' सुना तो था, पढ़ा नहीं था। अतः इस सवाल को देखकर वे हिल गए। पहली ही बॉल डॉट जानेवाली थी। मूड 'झन्न' हो चुका था। उनकी भावनाएँ जितनी ऊँची थीं, संभावनाएँ उतनी ही कमजोर पड़ती जा रही थीं। दीवाने आम से दीवाने खास में जाने की गहरी हसरत थी। इधर एक-एक नंबर के मोहताज होते जा रहे थे। इस कंगाली में बीस नंबर का सवाल कैसे छोड़ सकते थे। उन्होंने मन-ही-मन संकल्प किया। इस सवाल को छोड़ने का, सवाल ही पैदा नहीं होता था। बस, 'बोहनी' खराब नहीं होने देंगे।

फिर उन्होंने घड़ी देखी। अभी दो मिनट शेष थे। सहसा उन्हें विस्मय और आनंद का मिला-जुला अनुभव होने लगा। विस्मय इस बात पर था कि उन्हें इस पॉप्युलर सवाल का जवाब तक मालूम नहीं था और आनंद इस बात का था कि भले ही दो मिनट पहले पता चला हो, लेकिन सवाल वे परीक्षा से पूर्व ही जान चुके

थे। परीक्षा अभी शुरू कहाँ हुई थी। यह तो परीक्षा की पूर्व-पीठिका भर थी। एक तरह से संधिकाल था।

उन्होंने फौरन एक निर्णय लिया। वे पानी पीने के बहाने उठे और सनसनाते तीर की भाँति बाहर निकल गए। किसी ने टोका भी नहीं। निर्णायक संघर्ष में इनकी आस्था थी, है और बनी रहेगी। वे बेताबी के साथ पेयजल के मटके के पास पहुँचे। 'गाहे-बगाहे कुछ मिल ही जाए' की आशा के साथ। कुछ दूरंदेश वहाँ पर पहले से खड़े थे और परस्पर बतिया रहे थे।

वे शायद वक्त के ज्यादा पाबंद थे। एक भी मिनट, बरबाद न करनेवालों में से रहे होंगे। समय से पहले क्यों बैठें, शार्प टाइम पर जाएँगे। खैर, इन्होंने छूटते ही सवाल पूछा, "यह बायोटेक क्या बला है और यह फायदेमंद क्यों है।" उनमें से एक सज्जन सिद्ध पुरुष जैसे दिखाई दिए। उन्होंने बिना भूमिका के डेफिनेशन बताई। फिर जीव-जगत् और पादप-जगत् में, 'एप्लीकेशंस' गिनाए। वे धाराप्रवाह बोल रहे थे। फसल-फल-सब्जी में इसके लाभ गिनाए और चिकित्सा पद्धति में रोग-निदान भी सुझाए।

इधर इनकी पढ़ने की आदत कुछ विचित्र किस्म की थी। वे कभी आराम से नहीं पढ़ पाते थे। उछल-उछलकर पढ़ते थे। कूदते हुए पढ़ते थे और दौड़ते हुए भी पढ़ लेते थे। यह दिव्य-ज्ञान सुनकर उनका चेहरा प्रकाशमान हो उठा। उश! उश! कैसा उत्साह था, कैसी उमंग थी। तत्त्व की सारी बातें खींच लिये थे। तभी घंटी बजने लगी। यह कारोबार, वे दो मिनट में समेट चुके थे।

वे सिर पर पैर रखकर भागे। कूदते हुए अपनी सीट पर जा पहुँचे। निर्णायक संघर्ष शुरू हो चुका था। मन में ढोल-ताशों की ध्वनि एक साथ गूँजने लगी। सबसे पहले, उन्होंने पहला सवाल उड़ेला। चूँकि यह भय बदस्तूर बना हुआ था कि उड़ गया तो फिर वापस नहीं आएगा। उड़े, उससे पहले उड़ेलना अनिवार्य हो चुका था। उन्होंने जैसे-तैसे परचा पूरा किया।

वे हलके मन से बाहर निकले। प्याऊवाले दूरंदेश, उनकी प्रतीक्षा कर रहे थे। इनको देखते ही लपक लिये, "का हो गुरु! कहाँ से लहाए थे।" अब इन्हें लंबी कातने की सूझने लगी। इन्होंने धीमे से कोई मंत्र बुद्बुदाया। फिर धीरे से कहा, "हमें कर्ण पिशाचिनी सिद्ध है।"

☐

'गरीबी की परिभाषा और उन्मूलन के उपाय' पर सवाल पूछा गया था। जहाँ और लोगों ने लकड़ावाला समिति और योजना आयोग के मुताबिक परिभाषाएँ लिखीं। तत्पश्चात् गरीबी उन्मूलन के लिए, संचालित योजनाओं का विवरण भी लिखा।

वहीं इन्होंने 'डिफरेंट' सा जवाब लिखा। चूँकि इनकी निजी मान्यता थी कि डिफरेंट जवाब पढ़ने से, परीक्षक का ध्यानाकर्षण हो जाता है। एक जैसा परंपरागत जवाब पढ़ते-पढ़ते, उनका मन उचटने लगता है। किसी का भी उचट जाएगा। 'मोनोटोनी' छा जाने पर ऐसा ही होता है। उन्हें बोरियत से उबारने के लिए उनका 'टेस्ट चेंज' होना चाहिए, इसलिए 'आंसर्स' में विविधता झलकनी चाहिए।

मौलिक और अप्रकाशित जवाब लिखने में वे अनूठे थे। इस दिशा में उन्होंने एक मिसाल कायम की हुई थी। एक अनुमान यह भी लगाया जाता था कि इस मामले में इनकी कीर्ति, स्वर्ग तक पहुँचते-पहुँचते रह गई थी। बहरहाल गरीबी की रेखा को उन्होंने सोदाहरण लिखा था, "जिस प्रकार महीने के पहले हफ्ते में, मेरी जेब टाइट रहती है। मैं धन-धान्य से परिपूर्ण रहता हूँ। अतः इस अवधि में, मैं गरीबी की रेखा से काफी ऊपर रहता हूँ।"

"इस राशि से मैं, मकान-भाड़ा, दूध-अखबार का बिल चुका देता हूँ और महीने भर का राशन भर लेता हूँ। अतः दूसरे सप्ताह में, मैं गरीबी की रेखा के मध्य में टँगा रहता हूँ, न ऊपर, न नीचे, ठीक बीचोंबीच।"

"तीसरे सप्ताह में और काम निकल आते हैं, किताबें, मैगजीन वगैरह। उधारी करनी पड़ती है, जो मिल भी जाती है। जरूरतें पूरी करने के लिए परमुखापेक्षी बनना पड़ता है, अर्थात् औरों का मुँह ताकना पड़ता है। इस तरह से मैं गरीबी की रेखा के नीचे पहुँच जाता हूँ।"

"चौथे सप्ताह में तो दिन काटना मुश्किल हो जाता है। उधारी बंद हो जाती है। 'दाता' खुद कड़की में चल रहे होते हैं। मेरे वे दिन, घोर विपन्नता में गुजरते हैं। अंत्य अवस्था को प्राप्त हो जाने के कारण, इस अवधि में, मैं अंत्योदय कैटेगरी में पाया जाता हूँ।"

इसी प्रकार गरीबी उन्मूलन के तो उन्होंने विलक्षण उपाय सुझाए—

"वर्तमान परिदृश्य में मानव की जीवन-शैली में बड़ी तेजी से परिवर्तन आया है। इधर शहरीकरण भी तीव्र गति से हुआ है। नागर-जीवन में, दिनचर्या अब पहले जैसी नहीं रही। बेहद, आरामतलब होती जा रही है। शारीरिक श्रम कम हो चला है, उसका स्थान अब मशीनी श्रम ने ले लिया है। अतः न्यूनतम कैलोरी के मानक में संशोधन प्रस्तावित किया जाना चाहिए।"

"कोई भी संस्था अथवा दल, इस परिवर्तन का विरोध नहीं करेगा। लोग स्वयं 'हेल्थ कॉन्शस' होते जा रहे हैं। उन्हें तो अपार प्रसन्नता होगी। अतः इस परिवर्तन

को वे हाथोहाथ ले लेंगे। इस तरह से गरीबी घटकर दस परसेंट के आस-पास आ जाएगी। इतनी रहनी जरूरी है। किसी भी प्रवृत्ति को पूर्णतया नष्ट नहीं किया जाना चाहिए। अविनाशी सिद्धांत के अनुसार, नष्ट की भी नहीं जा सकती।"

"हाँ, परिवर्तन किया जा सकता है, नष्ट नहीं किया जा सकता। इसलिए कोई भी प्रवृत्ति, कुछ मात्रा में बनी रहनी आवश्यक है। चूँकि हम कल्याणकारी राज्य हैं। 'वेलफेयर' को हम 'टॉप प्रायोरिटी' पर रखते आए हैं। यदि गरीबी शून्य हो जाती है, तो फिर 'वेलफेयर' किसका करेंगे। ऐसी दशा में, एक तरह का नया संकट उत्पन्न हो सकता है।"

इनके द्वारा अद्‌भुत उपाय सुझाए गए थे, एकदम नवोन्मेषी विचार। इस उत्तर से प्रभावित होकर, उन्हें जो अंक मिले थे, वे गरीबी की रेखा के नीचे के प्रतीत हो रहे थे। इससे ज्यादा गिरावट आ भी नहीं सकती थी। न्यूनतम नंबर लाने का एक लाभ यह रहता था कि अगले साल तो नंबर बढ़ेंगे ही, चाहे एकाध ही बढ़ें।

□

एग्जाम हॉल से नई उमर का एक सजीला नौजवान बाहर निकला। उसने रोनी सूरत बनाकर दसों दिशाओं को सूचना दी, "फोट्टी परसेंट छूट गया।" इस उपलब्धि पर वह कातर दृष्टि से चारों ओर देखने लगा। फिर व्यथित होकर मूड ठीक करने की चेष्टा में व्यस्त हो गया। अनुभव सिद्ध पुरुषों ने इस कातर पुकार को सुना। फिर उनकी निगाहें ध्वनि के उद्‌गम स्थल को खोजने लगीं।

नौजवान को उन्होंने बचकानी निगाह से देखा। गुरु सलाहियत की भावना के साथ बोले, "बचवा! सिक्सटी परसेंट करने का साहस जुटाए। पहले इसका शुकर मनाओ और सुनो! जितना किए हो, उसका फोट्टी परसेंट भी सही हुआ तो तोहरा सेलेक्शन ब्रह्माजी भी न रोक पईहैं।"

दरअसल, जी.एस. का सेकेंड पेपर कुछ वर्षों से बहुत असामान्य सा आ रहा था। पूछे गए सवाल मार्मिक किस्म के रहते थे। परचा रहता भी बहुत लेंदी था। परचम लहराना तो दूर, आधा परचा पढ़ने में ही पसीना बहने लगता था।

सभी सवालों पर निगाह डाली तो अधिकांशत: सुलगते हुए सवाल पूछे गए थे, जिन्हें देखकर ऐसा लगा कि ये सवाल, उनके भविष्य पर जरूर सवालिया निशान लगा देंगे।

कैंडिडेट ने साहस बटोरा। फिर यह तय पाया गया कि लिखना तो है ही। जब कभी, साख दाँव पर लगी हो और दैहिक-दैविक-भौतिक शक्तियाँ एक साथ, साथ छोड़ दें, तो कोई भी इनसान क्या कर सकता है, ऐसे में उसे वे सब उपाय

आजमाने की छूट मिल जाती है, जिनसे बेड़ा पार लगने की गुंजाइश दिखती हो। फिर ये वाले कैंडिडेट तो बहुत अनुभवी थे। घबराना कैसा? 'ओरिजनल' लिखेंगे। निजी, समझ-बूझ के आधार पर लिखेंगे। जरूरत पड़ी तो छठी इंद्री का सहारा लेने में भी संकोच नहीं करेंगे।

वे महान् आशावादी थे। उद्यमी और परिश्रमी तो थे ही। तभी तो प्रश्नपत्र कठोर परिश्रम से पढ़ पा रहे थे। खैर, त्वरित प्रयत्न करने में वे लाजवाब थे। वे पूर्व अनुभव से जानते थे कि एग्जामिनर ओपिनियन बनाते हैं। इसलिए पहला पेज और खासतौर से उसका पहला पैराग्राफ फड़कता हुआ होना चाहिए। आठ लाइन से बड़ा वाक्य न बनाएँ और आठ वाक्यों से लंबा पैराग्राफ न हो। यह ज्ञान, खुशवंत सिंह के किसी इंटरव्यू से उड़ाया गया था।

पहले सवाल के जवाब में तो उन्होंने कलेजा निकालकर रख दिया। इससे आगे के सवालों की उन्होंने रत्ती भर परवाह न की। अगर परवाह करने पर आ जाते तो फिर लिखने का साहस न जुटा पाते। अतः उन्होंने सब आशंकाओं को दरकिनार किया। अब वे पूरी शक्ति, दक्षता और पराक्रम से लिखने में जुट गए। वे बेरहमी से लिखते रहे।

'वार्निंग बेल' बजने पर भी पूरी सक्रियता से जुटे रहे। क्रमशः समय पूरा हो चुका था, लेकिन इनके जवाब पूरे नहीं हुए। इन्विजलेटर शीट लेने आए तो इन्होंने आग्रह किया, "थोड़ा सा समय और दे दीजिए, बस खत्म हुआ जाता है।"

वे न माने। बोले, "टाइम ओवर होने के बाद, टाइम नहीं दिया जा सकता।" इन्होंने अनुनय की। विनय की। इस पर भी वे न माने। अतः ये सक्रिय विरोध पर उतर आए। इन्होंने बाएँ हाथ को ढाल बनाई और दाएँ हाथ से लिखते रहे। स्पीड, शताब्दी एक्सप्रेस से ऊपर की रही होगी।

जब वे बाहर निकले तो परम प्रफुल्लित थे। अपने मन की कर लेने पर, ऐसा अनुभव होना स्वाभाविक था। हालाँकि इनके जवाबों का प्रश्नों से कोई खास संबंध नहीं बन पा रहा था। वाक्यों का भी परस्पर संबंध नहीं बन पा रहा था, हालाँकि इस पर इनकी मान्यता थोड़ा भिन्न थी। उनके अनुसार, "कालजयी लिखने पर मतवैभिन्य तो उपजता ही है।"

फिर शास्त्रीय लहजे में बोले, "हर्षचरित एक गद्य रचना है, लेकिन अपनी काव्यमय शैली और भाषा के कारण, आलोचकों ने उसे सदा काव्य ही स्वीकार किया है।"

जब परिणाम निकला तो इस परचे में इन्हें इकाई में अंक मिले थे। फिर भी इनकी धारणा काफी स्पष्ट थी। वे अपने प्रदर्शन से संतुष्ट थे। कम अंकों के बारे में उनका सफाई-पक्ष कुछ इस तरह से था, "परीक्षक हमारे जवाबों से निश्चित रूप से इतना पुलकित हुआ होगा कि पूछिए मत। पहले पन्ने के बाद, वह नंबर देना ही भूल गया होगा।"

मुगलों के उत्तराधिकार युद्ध पर सवाल पूछा गया था। ये तथाकथित ही सही, विद्वान् तो थे ही। अत: उन्होंने जवाब लिखते हुए, अपनी सारी प्रतिभा उलटकर रख दी। बड़ा ही नायाब किस्म का जवाब लिख मारे थे। ऐतिहासिक वृत्तांत कुछ ज्यादा ही सफाई से लिख आए थे—

"तत्कालीन परिस्थितियों में, उत्तराधिकार का युद्ध होने का अनिवार्य रूप से चलन था। कभी छद्‍म रूप से, तो कभी प्रकटत:। प्रश्नगत युद्ध तो कायदे से और बड़े जोर-शोर से लड़ा गया। इस तरह की घटनाएँ, उस दौर के पॉलिटिकल पैटर्न में कायदे से रच-बस गई थीं। इसे सुदीर्घ प्रक्रिया का सुफल कहना, अधिक उचित होगा। कालांतर में तो यह लगभग फैशन ही बन चुका था। यदि यह रस्म न होती तो गद्‍दीनशीनी मुश्किल ही नहीं, नामुमकिन हो जाती। गद्‍दी के लिए छीना-झपटी करना, शहजादों के लिए पुनीत-कर्तव्य बन चुका था।"

"यदि किसी शहजादे को अपनी क्षमता पर अविश्वास रहता, तो वह या तो युद्ध में भाग नहीं लेता था, या कहीं दूर दक्कन में या बंगाल में अथवा बदख्शाँ में अपनी सूबेदारी सँभालने में व्यस्त हो जाता। यदि वह थोड़ा सा होनहार हुआ तो वह अधिक होनहार शहजादे को हलका-फुलका सहयोग कर देता था। संक्षेप में वह स्वयं पर कम-से-कम आँच आने का पुख्ता इंतजाम किए रहता था। हालाँकि ऐसे उत्तराधिकारी को तख्तोताज मिलने की गुंजाइश, स्वत: कम होती चली जाती थी। वह एक तरह से 'विदड्रॉ' किया हुआ दावेदार मान लिया जाता था।"

"औरंगजेब फौलादी किस्म का किरदार था, साथ ही वह कड़े संकल्प लेने का शौकीन भी था। युद्ध-कला तो उसकी रग-रग में समाई हुई थी। बस यूँ समझ लीजिए कि उसके व्यावसायिक गुणों में शामिल थी। इस युद्ध में उसने अपनी प्रतिभा का संपूर्ण और जबरदस्त इस्तेमाल किया। उसने अपना सबकुछ झोंक डाला। अत: उसे तो जीतना ही था।"

"चूँकि ऐसी स्थिति में प्रभावी इलाज उसके पास ही था। यदि वह अपने सहोदरों के साथ वैसा न करता, तो वे उसके साथ वैसा करते। अली वहद, अकसर उसकी चालों से परेशान रहता था। लगभग व्यथित हो चला था। फिर भी उसने कोई ठोस

उपाय नहीं किया। मात्र अपनी व्यथा, बादशाह तक पहुँचा दी। शिकायत से तख्तोताज पाने का न तो कोई आईन (कानून) था, न ही कोई पूर्व दृष्टांत। अत: शिकायत दर्ज करने पर तख्त हासिल करना असंभव सा लगता था। मयूरासन हासिल करने के लिए, पुरुषार्थ और उद्यम की जरूरत पड़ती थी।"

रही बादशाह शाहजहाँ की बात, तो वे इसे सहज रूप से ले रहे थे। उन्होंने भी परिजनों से संघर्ष करके ही सत्ता हासिल की थी। उन्होंने पहले ही जान लिया था कि पछताने के अवसर तो जीवन में आते ही रहते हैं। जल्दबाजी किस बात की। आराम से पछताएँगे। एकमुश्त पछताएँगे। वे लगभग आठ बरस, मुसम्मन बुर्ज में एकांत-लाभ करते रहे, साथ-साथ पछताते रहे।

आलमगीर में काबिलीयत थी। उसने ऐन मौके पर वह दिखाई भी, जो दाराशिकोह न दिखा सका। सबसे बड़ा साम्राज्य और सर्वाधिक शासनकाल औरंगजेब का ही रहा।

18

साँझ का झुटपुटा होते ही मन उदास होने लगता है। यह उदासी मन में घर करे, उससे पहले उजाले में ही कुछ उपाय कर लेना चाहिए, नहीं तो अंतकाल में पछताने का भरपूर चांस बन आता है। डूबते सूरज से घड़ी भर पहले का समय, इस कारोबार के लिए आदर्श समय बताया जाता था। मन रुदाली हो, उससे पहले वे अकस्मात् छत पर प्रकट हो जाते।

छत पर मुदित होने का सुभीता रहता है। इसके लिए कुछ खास आयोजन भी नहीं करना पड़ता। दसों दिशाओं में दृष्टिपात करो, ऊर्ध्व-अधर की ओर देखो। इसमें गाँठ से कुछ भी नहीं जाता और मन भीग जाता है, हालाँकि यह सुविधा केवल भावुक व्यक्तियों के लिए उपलब्ध रहती है। 'स्पेशल ऑफर' की तरह। कुछ खास अवधि तक ही उपलब्ध।

भावुक व्यक्ति, भावनाओं का कारोबार जानता है। वह अधिक आनंद-रस 'खींचना' जानता है। मौकानुरूप यदि देव-बिहारी, जयदेव-चंडीदास एक साथ याद कर लिये जाएँ तो फिर क्या कहने, सोने पे सुहागा। शर्तिया मौसम और भी सुहावना हो उठेगा। वैसे भी रीतिकाल के विषय में वे शास्त्रीय किस्म के धुरंधर थे। उन्होंने इधर-उधर निहारा, काफी दिलचस्प माहौल था। इस तरह के कारोबार में वे बड़ा

सुख पाते थे।

पहले उदास रहते थे। कुछ समय से स्वयं को बड़भागी मानने लगे हैं, कुटिल-खल-कामी होने के बावजूद उन्हें मनुज-देह जो मिली है। 'प्रेरक-शक्ति' बड़े-बड़े काम कर जाती है, इसलिए वे प्रेरणा पाने में अकसर कामयाब हो जाते थे। पठन-पाठन अनिश्चित काल के लिए स्थगित।

बसंत पंचमी से ये लक्षण, उनमें तीव्रता के साथ प्रकट होने लगते थे। थे भी शृंगार रस मार्का व्यक्ति। शृंगार की लिप्सा उनमें हमेशा से 'सरप्लस' रही।

फ्रॉयड के अनुसार, यह विपरीत आकर्षण और कुछ नहीं, बस एक आदिम प्रवृत्ति भर है। यह अनादिकाल से चला आ रहा, एक चिर-परिचित विचार है। उन्होंने जोर देकर यह भी कहा कि यह विचार ऐसा-वैसा विचार नहीं है, वरन् यह परम सत्य की टक्कर का विचार है, जिसकी खास बात यह है कि यह पहला और आखिरी विचार है, जो कीट-पतंगों से लेकर समस्त जीव-जंतुओं में आमतौर पर प्रचुर मात्रा में पाया जाता है।

'आर्थोपोडा' जंतु-जगत् का सबसे बड़ा परिवार माना जाता है। इसलिए इस परिवार के सदस्य, इस दिशा में सबसे ज्यादा गुणी बताए जाते हैं। उर्दू कविता का अधिकांश हिस्सा, इस वर्ग के कीट-समुदाय ने खींचा है। कीट-वर्ग के परवाना-पतंगा, भौंरा इत्यादि, कुछ सदस्य तो खासतौर पर रेख्ता में नायक होकर उभरे, जिन्हें उस काव्य में रोमानी नायक के साथ-साथ, शहीद का दर्जा भी हासिल है। हाँ, शाकुंतलम् में दुष्यंत-शकुंतला के प्रथम परिचय के दृश्य में, भ्रमर जरूर गेस्ट अप्पीयरेंस दे जाते हैं। हालाँकि भ्रमरगीत और पद्मावत में भी भ्रमर महाशय चर्चा के काबिल रहे हैं, लेकिन मात्र विरह के दृश्यों में। अन्य भाषाओं में रेख्ता जैसा नतीजा क्यों नहीं निकला, यह सवाल जिज्ञासा पैदा करता है। संभवत: कीटनाशकों के प्रयोग से इस प्रवृत्ति को खासा नुकसान पहुँचा।

बसंत ऋतु उल्लास और उमंग की ऋतु मानी जाती है। संवेदनशील जातकों की तो पूछिए मत। उनमें यह ऋतु, मादकता और उन्माद पैदा कर जाती है। बाग-बगीचों में जैसे-जैसे बौर आता है, वैसे-वैसे संवेदी जातक बौराने लगते हैं। मीठी और मादक बासंती हवा, अच्छे-खासों को उन्मत्त कर जाती है।

जंतु-जगत्, कीट-जगत् पर तो यह प्रभाव दिखता ही है, मनुष्य-जगत् भी इस प्रभाव से अछूता नहीं रह पाता। थोड़ा-बहुत तो सभी प्रभावित होते हैं, हालाँकि कबूल, सब नहीं कर पाते। अधिकांश तो इन जज्बातों को जज्ब कर जाते हैं। वैसे

भी, मनसा-वाचा-कर्मणा का जज्बा तो विरलों में ही रहता है।

इस ऋतु में भँवरे व्यस्त हो जाते हैं। 'नेक्टर' इकट्ठा करने में दौड़-धूप मचाए रहते हैं। इतना ज्यादा कि वैयाकरणों को विवश होकर इस प्रवृत्ति को व्याकरण में स्थान देना पड़ा। 'भ्रमण' शब्द की व्युत्पत्ति 'भ्रमर' से हुई है। उसके लगातार इधर-से-उधर, उधर-से-इधर के दौरों को देखकर, विद्वानों को आखिरकार उसका नोटिस लेना पड़ा। फलस्वरूप, शब्दकोश में भ्रमण शब्द को गरिमा मिलना पहले से तय था।

विश्वजीत भाई वैसे निहायत सरल इनसान थे। मानवीय संवेदनाओं में से एक संवेदना, उनमें बढ़-चढ़कर दिखाई पड़ती थी। भावनाओं का आवेग, वे अपने तक सीमित नहीं रख पाते थे। लाख छुपाने का यत्न करते, उनकी कोशिशें खुद-ब-खुद, चुगली कर बैठती थीं। जो कुछ भी उनके मन में आए, विशेषकर 'कोमल भावनाएँ', जल्द ही वह आम खबर बन जाती थी। उनका 'गुप्त मेनिफेस्टो' कब सार्वजनिक हो जाता, उनको पता ही नहीं चल पाता था।

आसमान साफ है। मौसम खुशनुमा हो चला है। सुबह के प्रोग्राम, रात से ही तय थे। अगले दिन, सबकुछ सुचारु रूप से चल रहा था, सिवाय अध्ययन के। फुटनोट्स और नोट्स जहाँ-तहाँ अलसाए पड़े थे। अध्ययन के सिवा, आहार-निद्रा-भय वगैरह का कारोबार ऐन ढर्रे पर चलता रहा। वे समस्त दिशाओं में क्रियाशील हो उठे। सहसा, मामूली सी बातें एजेंडा में शीर्ष स्थान कैसे बना लेती हैं। यह क्योंकर होता है, इसका जवाब प्रकृति के सिवा शायद शायरों के पास रहता हो। ऐसे मामलों में, सामान्य जन की क्या बिसात।

इस प्रकार उनकी दिनचर्या काफी व्यस्त रहती थी। छत पर ड्यूटी बजाते-बजाते, थक जाते तो नीचे कक्ष में आ जाते। थककर, चौकी पर पसरे रहते। आँख मुँदते ही, उनके कानों में, श्रृंगार-श्रृंगार का कोलाहल गूँजने लगता था। चित्त में दुचित्तापन हावी होने लगता। चित्तशुद्धि के लिए पंडितजी ने पहले उन्हें कुंडलिनी जागरण के फायदे गिनाए। फिर कुछ स्टेप्स भी सिखाए।

उन्होंने बहुतेरी कोशिशें कीं, लेकिन हा हंत! कुंडलिनी तो स्टार्ट न हुई। अलबत्ता उसके स्थान पर कमलिनी-कुमुदिनी की स्मृतियाँ जरूर ताजा होने लगीं। जयदेव-चंडीदास तो जमकर हावी होने लगे। चिंतन में व्यतिक्रम पैदा होता जा रहा था, जिससे सात्त्विक चिंतन को रोज-ब-रोज गहरा धक्का लगता रहता था। संक्षेप में, उनके चिंतन की ऐसी-तैसी हुई जा रही थी।

पंडितजी ने उन्हें अपराध-बोध से बाहर निकालने की लाख चेष्टा की। आखिर

वे हितैषी थे और मित्र भी। उन्होंने सलाह दी, "चित्त को अस्थिर मत करो। चित्त का स्वभाव ही है चंचल करना। फिर 'स्त्री' तो शक्तिस्वरूपा है, 'शक्ति' के चिंतन में कैसा पाप। इसके लिए मन छोटा मत करो।"

अधिक खुलासा करते हुए वे बोले, "चलो सांसारिक जगत् को ही लिये लेते हैं। 'सरकार' कितनी पावरफुल होती है। 'सरकार' शब्द स्वयं में स्त्रीलिंग है। यही नहीं, सरकार के तीनों अंगों की भी यही नियति है और-तो-और, पुलिस और फौज की भी। इससे बढ़कर और क्या उदाहरण दें। इसलिए मन छोटा न करो। शौक से कल्पना शक्ति का उपभोग करो। जी भर के करो। 'नौकरी' नामक जिस साधन के लिए आप साधनारत हैं, वह भी स्त्रीलिंग है। मृत्यु, जिसका सबको भय सताता है, जबकि उससे सबकी मुलाकात होनी तय है, भी इसी श्रेणी में आती है।"

उनकी यह भी राय थी कि "चिकित्सीय लिहाज से भी यह उचित पड़ता है। हृदय अगर किसी 'दीगर' के पास रेहन अथवा गिरवी पर रखा हो, तो हृदयाघात का सवाल ही पैदा नहीं होता। दौरा पड़ने का टंटा खत्म। जो चीज आपके पास हइए नहीं है, उसका नुकसान आप कैसे और क्योंकर उठाएँगे।"

उनकी आज की उदासी समझ से परे थी। उदासी का रहस्य भी उद्घाटित नहीं हो पा रहा था। वैसे व्यक्ति वे शालीन और कार्य-तत्पर थे, दिन-रात अध्ययनरत। यह भी कहा जाता था कि किसी दौर में दारागंज में निरालाजी, शेक्सपीयरियन ड्रामा-संकलन का तकिया बनाकर, शीतलपाटी पर लेटे रहते थे। इधर टेलियरगंज में इनका भी यही हाल था। रीतिकालीन ग्रंथों को भरपेट पढ़ते थे। फिर उनका सिराहना लगाकर, खोए-खोए से लेटे रहते।

बीच-बीच में गीत गोविंद और सतसई की झलकियाँ। सादृश बिंब विधान देखने में तो वे प्रतिभावान थे ही। कोई फिकिर नहीं। एक व्यक्ति के रूप में वे नितांत कलाप्रेमी और संवेदनशील थे। न जाने कब से और क्यों, उन्हें यह लगने लगा था कि 'द्वितीया और द्वादशी का चंद्रमा ईश्वर ने खासतौर पर उनके लिए ही बनाया है, स्पेशल ऑर्डर देकर।

इन नानाविध कारणों से उन्हें अकसर नानी याद आती रहती थी। सुबह की व्यग्रता और साँझ की उदासी उन पर अकसर तारी रहती, लेकिन इतने आकुल-व्याकुल तो वे कभी नहीं देखे गए थे।

'दिल का हाल सुने दिलवाला।' मित्र, मित्र का दर्द नहीं समझेगा तो कौन समझेगा। हालाँकि इन हालातों में मित्र कर कुछ भी नहीं सकते थे। फिर भी, मिजाजपुर्सी करते हुए, उनकी व्यथा पूछी। ज्वलंत समस्या पर गहन विचार-मंथन का

आश्वासन दिया। इधर 'व्यथित' ने जुबान तक नहीं खोली। मित्र चतुर थे। सो अंत में, उन्होंने 'मधुमास में सत्यानाश' नामक 'ट्रंप कार्ड' फेंका, वैसे प्रारंभिक लक्षण उन्होंने शुरू में ही चिह्न लिये थे। चूँकि वे उनकी अंत: प्रकृति जानते थे—'विक्टिम' किताबों का जमकर सेवन करते थे, स्पेशली काव्य। काव्य माने रीतिकाल।

वे किताब को वहाँ से पढ़ना शुरू करते थे, जहाँ पर हॉलोग्राम चस्पा रहता है, असली-नकली का भेद जतानेवाला। हॉलोग्राम की त्रिविमीय आकृति वे परखना जानते थे। उसमें भी यूनानी देवी-देवताओं की आकृति खोज लेते थे, खासकर वीनस की आकृति तो देर तक निहारते। फिर ऑफसेट प्रिंटिंग प्रेस वगैरह से पारायण शुरू करते थे और वहाँ तक, जहाँ पर बारकोड नंबर, आई.एस.बी.एन. नंबर छपा रहता है।

पढ़ते क्या थे, उस कालखंड को लगभग जीते थे। ठोस ढंग से जीते थे। 'मर्मस्पर्शी प्रसंगों' का तो विधिवत् सेवन करते थे। तत्पश्चात् आगे बढ़ते। शृंगार का संपूर्ण रस खींच लेने में तो वे विलक्षण थे, लगभग सांस्कृतिक-दस्यु। हालाँकि यह ओवरडोज अकसर उन्हें विपरीत फल दे जाती थी।' 'एडिक्शन' बुरी आदत है।' उन्हें कई बार समझाया गया, लेकिन वे कहाँ माननेवाले थे। अत: कसकर सेवन करते थे, जिससे उनकी दावाग्नि और अधिक भड़क उठती।

आज जब उनके कक्ष में मित्र की 'एंट्री' हुई, उस समय वे लेटे हुए थे। खादी आश्रमवाला कंबल ओढ़े हुए। 'गुड़ी-मुड़ी' होकर, एक खास मुद्रा में लेटे हुए थे। मानो 'सर्वांगासन' कर रहे हों। उनकी इस भावभीनी मुद्रा पर, एक्सपर्ट्स के एकाधिक मत हो सकते थे। इस आसन में वे कभी 'सुडोकू' की, तो कभी क्रॉसवर्ड पजल की आभा दे रहे थे। संक्षेप में, कक्ष से कई किस्म के बिंब एक साथ उभर रहे थे।

बीच-बीच में वे 'का होई' अथवा 'अब का होई' कहकर लगभग समाधिस्थ होते जा रहे थे। रुक-रुककर, एक-दो अदद सी आहें भी भरते जा रहे थे। 'आह से उपजा होगा गान।' मित्र ने उनकी एकरसता में हस्तक्षेप किया, लेकिन वे अनमने होकर यथावत् उसी भावलोक में बने रहे। फिर हाँ-हूँ से लेकर, कोंचने-परखने के स्तर तक का वार्त्तालाप हुआ। शंका हुई तो उनका माथा छुआ। फिर उलटी अंगुलियों से तापमान लिया। वे जितनी भी, एनाटॉमी-फिजियोलॉजी बूझते थे, उस लिहाज से सबकुछ सामान्य पाया गया।

आखिर वे मित्र थे। उन्हें यह अनुमान लगाते देर न लगी कि कुछ तो असामान्य घटित हुआ है। निष्कर्ष, असंदिग्ध रूप से सामने पड़ा था। इधर कथोपकथन एकाक्षरी शैली में जारी रहा, यानी हाँ-हूँ, न-न स्तर का। 'विक्टिम' के पास भी इसके सिवा, अब कोई चारा शेष न रहा कि वह 'कन्फेशन' कर ले। उन्होंने अपराध

की स्वीकारोक्ति कर ली। संकुचित मन व भारी आवाज से उन्होंने स्वीकार किया, "हाँ-हाँ वे 'विरहाकुल' हैं।" यह सीधे-सीधे नहीं बताया गया, बल्कि स्पेशली, एक अदद काव्य-पद गाकर बताया गया। जिसका अभिप्राय यह निकलता था, "वही चंद्र-किरणें, जो कल तक उनका मन बहलाव का साधन हुआ करती थी, वही ज्योत्स्ना आज बैरन बनकर, उनको ताप दे रही थी। दग्ध करती जा रही थीं।" सो उन्हें समझते देर न लगी कि यह विरह आज अपने उच्चतम स्तर को प्राप्त कर चुका है।

पूर्व में, वे जब भी छत पर जाते थे, पोशीदा तरीके से जाते थे। 'जूनियर' परस्पर कनखियों से संकेत करते। मौन-कलरव करते। एक तरह का मौन शोर का वातावरण बन जाता था, 'सर निकले।' इस प्रकार, उनकी 'गुप्त-छत-यात्रा' की खबर, समस्त चराचर जगत् को अनायास ही उपलब्ध हो जाती थी।

मार्गशीर्ष का महीना चल रहा था। भयंकर ठंड, कोहरा। इस बार गलन-कोहरे की दोहरी मार पड़ी। लंबे समय तक 'दीगर लोग' छतों पर न निकले। इस मौसम में कपड़े सुखाने का कोई खास औचित्य भी नहीं बनता था। विश्वजीत भाई, इस अनुपस्थिति-विधान को दिल पर ले बैठे। चाँद के न निकलने पर, चकोर पर क्या-क्या बीतती है, यह उन्होंने निजी अनुभव से जानने का दावा किया। जाड़े के मारे, उन्हें बड़ा क्लेश मिला। फलस्वरूप, वे विकल से रहने लगे।

दुःखड़ा किससे रोएँ, व्यथा किससे साझा करें। आखिर वे सीनियर थे। सीनियरिटी को इस नगर में गजब महिमा प्राप्त थी। उन्होंने प्रतिष्ठा भी गजब की अर्जित की हुई थी। उज्ज्वल छवि बनने में, काफी लंबा समय लगता था। अतः इस गरिमा-भाव को, यों ही कलंकित नहीं होने दिया जा सकता था।

वे सायंकाल, उपखिड़की खोलकर, न जाने क्या-क्या निहारते रहते थे। एक तरह से वे परंपरा का निर्वाह कर रहे थे। अतः कई दिनों के संचित ताप को, वे अपने हृदयरूपी 'क्लोक रूम' में जमा किए हुए थे। इधर उनके हितैषी मित्र का आना भी, लंबे समय के बाद हुआ। डायग्नोसिस बताती थी कि ज्वर तो नहीं है, फिर निश्चित रूप से विरह ज्वर रहा होगा। इधर 'विरही' चुप्पी साधे रहे।

बहुतायत में कुरेदने पर वे भारी कंठ से खुलासा कर बैठे, "क्या बताएँ गुरु, दुर्गावती, दुर्गीकृत हो गई है।" यह घोषणा कर उन्होंने सलाह पूछनेवाली भंगिमा बनाई। इधर से संक्षिप्त, किंतु सारगर्भित सलाह मिली, "फौरन दुर्ग की रसद-बिजली-पानी काट डालिए। शत्रु, बौखलाहट में दुर्ग से बाहर न दिखाई पड़े, तो कहना।"

विरही बौखलाकर बोले, "पगला गए हो का ?"

सलाहकार मित्र, इतिहास पढ़ते थे। ऐसे-वैसे नहीं, 'झोर' के पढ़ते थे। उनके पूर्व-ज्ञान के अनुसार, कष्ट देना तो शत्रु का ही काम हो सकता था। विरही ने समस्या भी 'किलेबंदी' जैसी ही बताई थी। अतः उन्होंने गंभीरता से सोचा-समझा। तदुपरांत खुलासा करते हुए कहा, "सर, जदुनाथ सरकार और सरदेसाई तो यही तरीका बताए हैं। मराठा वॉरफेयर में इसके सिवा कोई और तरीका तो नहीं दिखाई पड़ता। दुश्मन को बिल से बाहर निकालने का एकमात्र शर्तिया रास्ता तो यही बताया जाता है।"

निस्संदेह, सुझाव बहुत ही मौलिक था। हालाँकि इस राय को अंजाम देने में बस एक अड़चन पड़ती थी। अड़चन कुछ टेक्निकल टाइप की थी। सुझाव, ठेठ वीर रस मार्का था, जिसमें यह जीवन 'सफल' होने की प्रबल संभावना बनती थी। शृंगार में वीर रस का प्रयोग, ओज-तेज का प्रभाव तो अवश्य पैदा करता था, किंतु यह मार्ग सीधे-सीधे, कारागार की दिशा में जाता था। विरही भाई, सरकारी बंदा बनने की चाह रखते थे, सरकारी बंदी होने की नहीं, सो इस मौलिक सुझाव को मानने में उन्होंने कोई खास दिलचस्पी नहीं दिखाई।

मित्र, पूर्व अनुभव से जानते थे कि 'दुर्गावती' नामक प्राणी को इस विरही के अस्तित्व का भान तक न होगा। टोटल एक्स पार्टी मामला जो बनता था। ऐसे मामलों में अकसर ऐसा ही होता है। विरही ने भी किसी किस्म का दुराव-छिपाव नहीं किया। स्पष्ट खुलासा करते हुए कहा, "हाँ! हम अलौकिक स्तर का स्नेह रखते हैं। करेजा में रखते हैं, पर रखते बहुत हैं।" इकतरफा प्रेम-व्यापार को कुटीर उद्योग की तरह चलाना, उनकी पुरानी आदत थी। कुटैव कहना अधिक उचित होगा। इससे पहले वे 'रूपमती' सर्ग में भी बुरी तरह विफल हुए। उस आघात से उबरने के बाद, तो उन्होंने एक अदद शेर भी कहा था, 'किस्मत पर उस मुसाफिर खस्ता की रोइए, जो बैठ गया हो थककर, ऐन मंजिल के सामने।'

उनका यह कारोबार, कलात्मक स्तर तक ही सीमित रहता था। अतः वे सदैव 'जाने क्या तूने कही, जाने क्या मैंने सुनी' स्तर का ही स्नेह-व्यापार करते थे। जिससे करते, उसे कानोंकान खबर तक नहीं हो पाती। मारक क्षमता जरूर उनकी गजब की थी। सैकड़ों मील दूर, किसी 'नील परिधान' को देखकर, वे पलक झपकते ही डायरेक्ट अवलंब स्थापित कर बैठते थे। कांतिमय मुख पर सौ-दो-सौ काव्य-पद, उन्हें हर क्षण कंठस्थ रहते। सयानापन, बाँकपन, नैनन, कानन जैसे शब्द, उन्हें अंतःस्तल तक गुदगुदा जाते थे। भीषण गरमी में भी वे ठंडी-ठंडी आहें भरने का शगल रखते थे। मर्मस्पर्शी विरह गीत, अकसर गुनगुनाते रहते थे। इस तरह से विरह,

उनके जीवन का स्थायी भाव बन चुका था।

अंतर्मुखी तो वे पहले से ही थे। अब तीव्रता बढ़ जाने से इस मायने से, वे लगभग चरमपंथी हो चुके थे। अतः इस प्रभाव में आकर, वे घनघोर अंतर्मुखी बन गए। हाँ! इस बीच उनमें एक नवीन प्रवृत्ति अवश्य उभरकर सामने आई। सहसा वे 'कलामुखी' हो चुके थे। इस तरह से उनका विरह-वियोग, क्रमशः बौद्धिक-वियोग में परिवर्तित हो चुका था। इस कड़ी में वे कुछ 'खास तरह की अभिव्यक्ति' करने लगे थे, कभी उदास मन से अट्टालिकाओं को निहारते, तो कभी-कभार अँधेरे सूने आसमान को घूरने लगते। शेष समय में अकसर, उप-खिड़की खोलकर, अनजाने क्षितिज को एकटक निहारते रहते थे।

इन सब कार्यों से थोड़ा सा अवकाश मिलता था। उन क्षणों में वे डायरी अथवा नोटबुक के अंतिम पृष्ठ पर 'तिरछे नैन कटारे' नामक कलाकृति उकेरने का काम किया करते थे। चूँकि वे क्षणवादी थे, अतः क्षण भर में ही कलाकृति पूर्णता को प्राप्त हो जाती थी। 'तिर्यक-चितवन' नामक यह प्रसिद्ध पेंटिंग, उनके सभी नोट्स के अंतिम पृष्ठ पर अनिवार्य रूप से पाई जाने लगी।

कुछ कला रसिकों ने तो उनमें साम्य ढूँढ़ने का स्तुत्य प्रयास भी किया। कुछेक ने नामचीन सिने-तारिकाओं की छवि पाने की असफल कोशिशें कीं, तो कुछ ने दूर न जाकर, इर्द-गिर्द ही इस आशय की संभावनाएँ तलाशीं। एक प्रखर कलापारखी ने तो मोहल्ले में ही इन प्रतिभाओं को पहचानने का दावा किया।

ज्यादा पढ़े-लिखों ने नायिका-भेद का आश्रय लेना उचित समझा। इस प्रकार भिन्न-भिन्न निष्कर्ष निकलना लाजिमी था। एक तरह से उनकी कला का क्रमिक विकास हुआ था। कुछ विद्वानों की राय में शुरुआती दौर में उन्होंने इस प्रसिद्ध कलाकृति को सायास उकेरा होगा। क्रमशः समय बीतने पर, स्वैच्छिक अनुक्रिया (रिफ्लैक्स ऐक्शन) के प्रभाव में आकर वे इसे अनायास ही उकेरने लगे। शनैः-शनैः वे इसमें सिद्धहस्त हो चुके थे।

भावात्मक स्तर पर वे भावुक किस्म के प्राणी थे। जरा सा भावुक हुए नहीं कि 'तिरछी चितवन' नामक कलाकृति झटपट तैयार। भावनाओं के आवेग में बस यों ही बैठे-ठाले, अथवा बातचीत करते-करते, वे कब सृजन कर बैठते थे, औरों को तो क्या, उन्हें स्वयं भी पता नहीं चल पाता था। कलम खुद-ब-खुद खिंची चली जाती थी। समस्त नोट्स के अंतिम पृष्ठ पर कंपलसरी वही अमूल्य कलाकृति।

कुछ लोग नोटबुक के प्रथम पृष्ठ पर 'ओ३म गणेशाय नमः' लिखते हैं, तो

कुछ 'लक्ष्मी सदा सहाय'। ये अंतिम पृष्ठ पर ऐसा क्यों करते थे। इस संदर्भ में अटकलबाजियों का दौर जारी था। ज्यादा संभावना यह जताई जाने लगी कि हो-न-हो, यह रीतिकालीन प्रवृत्ति ही है। बहुत संभव है कि वहीं से उड़ाई गई हो। वैसे ग्राम्य गीतों और विशेषकर, उनमें वर्णित ग्राम्य-रूपसियों के प्रति वे अतिरिक्त कोमल भाव रखते थे। निष्कर्ष इन दोनों छोरों के बीच में जाकर, कहीं पर टिक जाता था। इस तरह से वे अपनी सीमित प्रतिभा का विधिवत् बँटवारा, विभिन्न विधाओं में करने में निपुण थे।

विश्लेषकों का मानना था कि वे पिकासो की कला को आगे बढ़ा रहे थे। पिकासो के चित्रों को मानव वेदना का सच्चा दस्तावेज कहा जाता है, तो इनकी विषय-वस्तु, वेदना के पश्चात् उपजे कल्पित सुखद-संयोग का संकेत दे जाती थी। हालाँकि 'एविगनिन की महिलाएँ' चित्र बनाने में पिकासो को पूरा एक बरस लगा। वे तो चुटकियों में कला-प्रस्तुति देने का हुनर जानते थे। वैसे वॉन गॉग, रंग और संवेदना के चितेरे थे, किंतु आस-पास के लोगों की छवियों ने उनका ध्यान भी खूब खींचा। मसलन 'द पोटेटो ईटर्स' नामक कलाकृति।

कलाप्रेमियों का तो यहाँ तक दावा था कि बाँस-बल्लियों के सहारे, यदि इन कृतियों को एक व्यवस्थित स्वरूप दे दिया जाता तो एक अच्छी-खासी कला-दीर्घा विकसित की जा सकती थी, नहीं तो मरी-गिरी हालत में भी कम-से-कम, एक अदद आर्ट गैलरी तो बनाई ही जा सकती थी। 'बारहमासा' में भी इन्हें अद्भुत महारत हासिल थी। इस लिहाज से वे कभी-कभार, मौसम पर फतवे देने का काम भी कर डालते थे। दिमागी कसरत भी और विशुद्ध मनोरंजन तो था ही। एक पंथ, दो काज। हालाँकि मात्र दो अदद नेत्रों के सहारे, बारहमासा जैसी महीन प्रवृत्ति पर टीका करना उचित नहीं जान पड़ता। इसके लिए कुछ अन्य खास अवयवों की दरकार भी बताई जाती थी।

इस उफनती हुई काव्य-भावना ने बरसों तक उनका पीछा न छोड़ा। यह सिलसिला सालोंसाल जारी रहा। उमस भरे मौसम का कोई दिन था। कुछ ठंडा पीने की लालसा बलवती हो चली, सो उन्होंने पंडितजी को अपनी लालसा बताई। उनके आवास से ईशान कोण की दिशा में, 'ईशान मार्केट' पड़ता था। दोनों जने, शीतल पेय के लिए खोमचे पर खड़े हुए ही थे कि 'विरही कवि' को पास ही एक युगल दिखाई पड़ा। जहाँ चाह, वहाँ राह। अत: उनकी दृष्टि वहीं जाकर स्थिर होकर रह गई। बकौल कवि, "हम दावे के साथ कहते हैं कि यह जोड़ा विधिवत् नहीं है। हमें तो प्रोविजनल लग रहा है।" यानी 'ब्रह्म' और 'जीव' की परस्पर वैधानिक स्थिति

पर उन्होंने गंभीर सवाल खड़े किए थे।

नायक को उन्होंने विकृत निगाह से देखा। संभवतः नायक उन्हें रुचा नहीं। इमेजिनेशन में उन्होंने शायद स्वयं को फिट करके, जाँच-परख भी की। खासतौर पर हीरो, उन्हें अपने बनिस्बत, कमतर-हीन ही लगा। सो, उन्होंने उसे धीरोदात्त, धीर-ललित, धीर-गंभीर जैसे, किसी भी खाँचे में फिट करने से इनकार कर दिया, यहाँ तक कि पीठमर्दनायक होने लायक भी नहीं समझा। लस्सी पीकर जब लौटने लगे, तो वे अचानक चौराहे पर रुक गए। सहसा वहीं पर स्थापित हो गए। उन्होंने लगे हाथ काव्य-पाठ चालू कर दिया। दाहिना हाथ लंबा करके, उस दिशा में लहराया और उच्च स्वर में कविता की पहली पंक्ति गाई, "श्वानों को मिलता दूध-भात।" तत्पश्चात् अपना दामन झकझोरते हुए, छाती पीटनेवाली शैली में पद पूरा किया, "भूखे बालक अकुलाते हैं।" इस तरह से भावप्रवण दृश्य देखते ही वे कहीं भी, कभी भी चालू होने लगे थे। बकौल पंडितजी, "वे अब ऑटो मोड में आ गए हैं। प्रिय प्यारे तिहारे निहारे बिना अँखियाँ दुःखियाँ नहिं मानती हैं।"

19

एबी तिवारी पुत्र श्रीयुत बीए तिवारी। वे कुछ-कुछ होनहार किस्म के नौजवान थे। किराये पर, उसी लॉज में रहते थे। पिता-पुत्र दोनों, नाम संक्षिप्ताक्षर में लिखने के शौकीन थे। फलस्वरूप उनके नामों में परस्पर विरोधी छटा देखने को मिलती थी। उनके प्रसिद्ध खुलासा नाम, क्रमशः अवध बिहारी तिवारी व बालकेश्वर अवध तिवारी थे।

'एबी' प्रकृतिवादी थे, अर्थात् विशुद्ध देशज। प्रायः आदिम तरीके से रहते थे, जिससे यह लगभग तय था कि वे प्राकृत जीवन जीते थे। जीवनशैली, उनकी हमेशा ठेठ ही रही।

उनके पिता किसी बड़े शहर के किसी उच्च प्रतिष्ठित संस्थान में सेवारत थे। ऐसा संस्थान, जिसके नाम के स्मरण मात्र से हृदय में सम्मान-भाव जग जाता है। लगभग श्रद्धा भाव एवं मन ऑटोमेटिकली स्तुतिगान करने लगता है।

एक बार 'एबी' को पिता के शहर जाने का सुनहला मौका मिला। अवसर निकालकर, वे उस संस्थान का दौरा कर आए, चप्पा-चप्पा छान डाले। चूँकि वे समस्त काम, बुनियादी ढंग से करते थे। संस्थान की आबोहवा उन्हें खूब रास

आई। अतः वे अभिभूत थे, प्रायः मंत्रमुग्ध। उन्होंने वहाँ गिटर-पिटर अंग्रेजी बोलते प्रोफेशनल्स देखे। स्थूल नेकटाई पहने, पृथुल एक्सपट्र्स देखे। सभी, ऊँची तनख्वाह उठाते थे। मजे की बात यह थी कि वहाँ तनख्वाह-पगार जैसे दकियानूसी शब्दों को दरकिनार कर 'पैकेज' कहा जाता था। जहाँ एक ओर, पगार से भीख जैसी अनुभूति होती थी, वहीं पैकेज, शानदार ऑफर का प्रभाव पैदा कर जाता था। अतः जितनी भी देर, वे वहाँ रहे, दाँतों तले अंगुली दाबे रहे।

वे प्रयाग वापस लौटे। लौटने पर उनके साथ, वहाँ की स्मृतियाँ तो थीं ही, वे दो स्मृति-चिह्न भी साथ लेकर आए—संस्थान का नाम छपी, एक अदद टी-शर्ट, जिसका उन्होंने बढ़-चढ़कर प्रदर्शन किया। भीषण ठंड से, इस 'नाम' मात्र की महिमा के सहारे, उन्होंने कसकर टक्कर ली। शीत-घाम-बरसात में, वे अनवरत उस 'नाम' मात्र की महिमा के सहारे जूझते रहे।

दूसरा, अमूल्य प्रभाव, जो उन पर आजीवन पड़नेवाला था, वह था, एक अदद नाम। वे स्वयं के लिए एक अदद नाम भी लेकर लौटे। दरअसल, संस्थान में उन्हें बड़े-बड़े ओहदों की नाम-पट्टिकाएँ दिखाई दीं। नाम से पहले, 'सरनेम' देखकर, सहसा उन्हें अनुभव हुआ, "अच्छा! अइसा भी होता है।" वस्तुतः यह लास्ट-फर्स्ट-मिडिल, नेम की परंपरा थी।

पुस्तकालयों के कैटलॉग्स एवं शोधपत्रों में लेखक के नाम से कृति सहजता से खोजी जा सकती है। इसलिए यह पद्धति आजमाने का रिवाज रहता है। फ्रांस, इटली, स्पेन, बेल्जियम और लैटिन अमेरिकी देशों में तो सरकारी काम-काज में व दरख्वास्त लिखने में, यह फैशन आमतौर पर चलन में रहता है। सरनेम और फर्स्ट नेम के मध्य में, कॉमा लगाना, निहायत जरूरी बताया जाता है। 'एबी' को यह तकनीक बहुत सुहाई। वे इस पैटर्न पर वारे-वारे जाते रहे।

सहसा इस प्रभाव में आकर, उनका रातोंरात 'सैंस्क्रिटाइजेशन' हो चुका था। एक खास किस्म के सांस्कृतिक उत्थान के साथ, वे प्रयाग लौटे थे—तिवारी, एबी बनकर। समस्त किताबों पर दरो-दीवारों पर, कतरनों पर, अखबारों पर, उन्होंने रातोंरात अपना नाम बदल डाला। संक्षिप्ताक्षर, 'तिवारी, एबी।' इस नए कायिक परिवर्तन से, अब वे जोश में लबालब भरे पड़े थे। अब वे अपरिचित लड़कों से भी तपाक से मिलने लगे। बिन पूछे आत्मपरिचय देने लगते, "माइसेल्फ! तिवारी, एबी।"

जैसा कि आमतौर पर होता आया है, यथास्थितिवाद का परिवर्तनवाद से सदा का विरोध रहा है। यह प्रथा, सनातन काल से जारी है। अतः 'नो चेंजर्स' उनके इस

तरह के 'चेंज' से अचंभित थे। प्रतिक्रियावश, उनसे हाथ मिलाकर, नाम-प्रदर्शन के दौरान, वे मुँह बिचकाकर ठंडी सी प्रतिक्रिया देने लगे अथवा पीठ पीछे, इस प्रसंग पर, नाक-भौंह सिकोड़ते रहते। इतने से भी उनका कलेजा ठंडा न हुआ तो प्रतिशोधवश उन्होंने उनके नाम से कॉमा एलिमिनेट कर सरनेम को भी संक्षिप्त कर डाला। इस विधि से, अब उनका नाम 'टैब' ब्रैंड से प्रसिद्ध होकर चहुँओर प्रतिष्ठित हो चुका था।

परीक्षा-काल चल रहा था, अर्थात् परीक्षा सिर पर थी। अभी तक सबकुछ पढ़ने को शेष पड़ा हुआ था। इधर टैब की बड़े शहर की खुमारी, उतरने का नाम ही नहीं ले रही थी। सायंकालीन विमर्श चालू था। दिग्गजों में चर्चा छिड़ी हुई थी, जो होनेवाली परीक्षा का तिलस्म तोड़ना जानते थे, सो उन पद्धतियों का जिक्र छिड़ना स्वाभाविक था, जिनके सौजन्य से गुरु लोग, लगातार मैदान में बने हुए थे।

टैब को इन पद्धतियों पर सहसा विश्वास न हुआ। उन्होंने आँखों को सिकोड़ा और विषय-वस्तु को संदेह के साथ सुना। अकस्मात् उनके कान चौकन्ने हो गए।

रूम पर लौटकर उन्होंने निष्कर्ष निकाला कि विजेता बनने के लिए, मार्ग-भ्रष्ट होने में कोई बुराई नहीं। आखिर व्यक्तित्व, उनका कुछ आग्रही किस्म का तो था ही। 'नशाखोरी के प्रभाव से एकाग्रता बनती है।' यह तिलस्म तोड़ने का रहस्य, आज उन्होंने पहली बार सुना था। इस झटके के प्रभाव में वे अकस्मात् प्रगतिशील हो उठे। कुल मिलाकर, वे कई शताब्दी आगे निकल चुके थे।

उन्होंने यह भी सुना कि इसके प्रभाव से दिग्गजों की 'गरिमा' आज तक बदस्तूर कायम थी। समालोचकगण, ताड़ी-सेवन के परिणामों पर जिन तरीकों से राय व्यक्त कर रहे थे, वह भाव-पक्ष उन्हें बहुत प्रबल लगा। वे शीघ्रता से, इस विचार के प्रभाव में आ गए। फलत: आकस्मिक रूप से ताड़ी के प्रति, उनके दृष्टिकोण में यकायक बदलाव आ चुका था। हालाँकि यह परिवर्तन, परीक्षा के मिथक को तोड़ने के लिए, एक औजार के रूप में प्रतीक भर ही सोचा गया था।

"संयम से काम लिया जाए तो नशे की अनिवार्यता नामक पहलू पर विचार किया जा सकता है। आपद्धर्म के तौर पर इसे परखा जा सकता है।" इस विषय पर उन्होंने एकांत में गहन आत्ममंथन किया।

पुनर्विचार करने के पश्चात् थोड़ा सा संशोधन किया, "बेहतर भविष्य के अच्छे संकेत मिलें, तो इसे जारी भी रखा जा सकता है।" इस तरह से उन्होंने विमर्श के सार-तत्त्व को तत्काल ग्रहण कर लिया। फिर इस बात का मलाल हुआ कि यह 'ट्रेड-सीक्रेट' उन्होंने पहले क्यों नहीं जाना। 'जनता-जनार्दन' संघर्ष में क्यों पिछड़

जाती है, का रहस्य, अब वे जान चुके थे। देर से ही सही, आखिर आज उनमें 'पर्सनैलिटी-कल्ट' की समझ विकसित हो चुकी थी।

सो सोचने-विचारने में समय गँवाए बिना, उन्होंने 'नशाखोरी के आयोजन' की योजना बनाई। पूर्व भूमिका बाँधे बिना उन्होंने साइकिल उठाई और शीघ्रता में, 'फाफामऊ' की दिशा में प्रस्थान किया।

वहाँ पहुँचकर देखा, तो पंक्तिवार झोंपड़े बने हुए थे। बहुत ही अनुकूल जगह लगी। 'स्माल स्केल इंडस्ट्री' के रूप में, कारोबार, बदस्तूर जारी था। 'ऊर्जादायक पेय' डिमांड पर उपलब्ध था। वे तो अनंत काल तक, उस 'एनर्जी ड्रिंक' को ढूँढ़ने का संकल्प लेकर, मैदान में उतरे थे। आश्चर्यजनक रूप से, वह 'मठ्ठे' जैसा पेय, सहज ही उपलब्ध था, जिससे वे कुछ ज्यादा ही आतुर हो उठे। अत: उन्होंने बिना समय गँवाए दाम चुकाया और उतावली के साथ, लोटा गट-गटकर उदरस्थ भी कर लिया।

फौरन वापसी की योजना बनी। एक पैर से, खट्-खट् पैडल मारते हुए, दूसरी टाँग, सीट के उस पार हवा में उछाली ही थी कि अकस्मात् उन्हें 'दिव्य-अनुभव' होने लगा। जैसे अभी-अभी, झूला झूला हो। थोड़ी ही देर में कनपटी के पास, जुगनुओं की सी चमक महसूस होने लगी। फिर आँखों के आगे दीया टिमटिमाने लगा। उन्होंने हैंडल कसकर पकड़ा और आँखें मिचमिचाईं।

इस तरह के प्रयोग का उनको कोई पूर्वानुभव नहीं था। सो, आश्चर्यजनक परिणाम आने शुरू हो गए। वे साइकिल पर सवार ही थे कि धूम-धड़ाम के साथ, उनके सिर में असहनीय दर्द उठने लगा। उन्होंने कनपटी के पास सिर थामा ही था कि वे लहराते हुए, सशरीर धराधाम पर स्थापित हो गए, मानो कण-कण में समाना चाहते हों।

इस अप्रत्याशित घटनाक्रम से ऐसा दृश्य बना कि यातायात में व्यवधान उत्पन्न हो चुका था। बाधित यातायात को दुरुस्त करने के लिए नागरिकों को आगे आना पड़ा। इसी क्रम में, किसी नागरिक ने 'सवार व सवारी' को सरकाकर, सड़क की पटरी की ओर ढकेल दिया। घड़ी भर की मूर्च्छा रही होगी।

सहसा उन्हें प्रौढ़ स्वर में मिली-जुली आवाजें सुनाई दीं। उन्होंने आँखें खोली ही थीं कि एक उलझन भरा दृश्य सामने दिखाई पड़ा। एक वृद्धा, उनके सिर पर लोटे से पानी उड़ेल रही थी, दूसरी गमछे से पंखा झल रही थी। पहले तो वे हैरत में पड़े रहे, फिर उन्हें अविश्वास भरी नजरों से देखने लगे। पाहुन को होश में आया जानकर

वृद्धा पहले तो प्रसन्न हुई। फिर अभिभावकीय किस्म की डाँट पिलाई, "दहिजरा के नाती! जब तोहका हजम नहीं होत है, त काहे पीयत हो।"

अब जाकर, उन्हें समूचा वृत्तांत स्मरण हो आया था। सिनेमा-इफेक्ट। दुर्घटना या सदमे से उबरने के बाद नायक की स्मृति लौट आती है। क्रमशः 'पतित' होने से लेकर, 'भूपतित' होने तक की। 'भोग लगाकर, ढेर होने तक' का चलचित्र, समूचा-का-समूचा याद हो आया। कुछ देर वे चुप्पी साधे रहे और शालीनता से इस अपमान को हजम कर गए। फिर वे अपने स्थान से तकरीबन उछले और साक्षात् खड़े हो गए। अचानक साइकिल पर सवार होकर, वे उड़नछू हो चले। 'सिद्धों' के इस तरह के अनुकरण से, वे बाज आए और उन्होंने किसी के कहे बिना ही अपने कान पकड़ लिये। यह संयम और आत्मानुशासन का एक दुर्लभ क्षण रहा होगा।

समय तेजी से बीत रहा था। कुछ दिन ही बीते थे कि उनके दोस्तों की मार्फत 'टैब' के हाल-चाल मालूम हुए। समाचार सुखद नहीं थे। उन्हें दुआओं की सख्त जरूरत बताई जाने लगी, क्योंकि उनको कोई 'रोग' लग चुका था। बीमारी 'असाध्य' थी, जिसके विचित्र से लक्षण बताए जा रहे थे। वे नित्य, सुबह-शाम, छत पर एक टाँग पर खड़े पाए जाने लगे।

किन्हीं खास क्षणों में, वे सड़क को एकटक निहारते हुए मिलते थे। शेष अवधि में, मुँह औंधे पड़े रहते। दिन-रात की घनघोर उदासी, जो क्रमशः मनहूसियत की ओर बढ़ती जा रही थी। वे या तो शून्य में ताकते हुए मिलते थे अथवा कुछ-न-कुछ बुद्बुदाते रहते। इन अबूझ मंत्रों को 'डिकोड' करने में खासी जद्दोजहद हुई, जिसका निष्कर्ष कुछ ऐसा निकला कि 'उन्होंने 'ब्रह्म' के भौतिक दर्शन कर लिये हैं।'

खबर निकलकर आई कि कुछ दिन पहले, विश्वजीत सर, मुद्गल पुराण आख्यान सुना रहे थे। टैब को कथा इतनी भाई कि वे वहीं जमे रहे। कामना के देवता, पुष्पधन्वा का फॉर्मेट, उन्होंने पहली बार सुना था—गजब व्यवस्था किए रहता है। उसके धनुष की कमान, गन्ने की बनी रहती है। मीठे-रसीले गन्ने की। प्रत्यंचा हनी-स्ट्रिंग की। रथ-हवा के शीतल झोंके का।

पुष्पबाण मारता है। फिर छुप जाता है। इस क्रम को लगातार दोहराता रहता है। खास बात यह थी कि उसके हथियारों में साइलेंसर लगा रहता है। बिल्कुल आवाज नहीं आती और हमला पेड़ की ओट से करता है। तरकश में केवल पाँच बाण, वे भी तिकोने। उसके लिए, इतना काफी रहता है।

शिकार को तो एक-दो में ही बेसुध कर डालता है। फिर भी स्टॉक में हरदम

पाँच बाण रखे रहता है। हर इंद्री के लिए, सेपरेट मिसाइल। वे बसंत को, कामदेव का मित्र बता रहे थे। मौसम भी ऐसा चुना है, जिसमें प्रकृति आनंद से झूम उठती है। सबमें, रंग-रोमांच उमड़ने लगता है।

इस बीच, एक जेबी जासूस पुख्ता खबर लाया, पूरे रहस्य-अनावरण के साथ। 'टैब' सड़क से गुजरती, किसी 'सफेदपोश' रमणी को निहारते थे। चूँकि वे श्वेतवसना थीं, अतः उनकी सवारी, श्वेत रंग की स्कूटी हुआ करती थी। इन मिले-जुले कारणों से 'टैब' नियमित पहरा देते हुए पाए जाते थे। आते-जाते दोनों समय, पूरी मुस्तैदी के साथ।

हालाँकि ऐसे प्रसंगों में कवि सहस्रों बार चेता गए हैं। फिर भी 'टैब' ' की दशा क्रमशः बिगड़ती गई। 'वह' उनके जीवन में क्या है, 'क्यों है 'और' क्या हो सकती हैं, जैसे दार्शनिक प्रश्नों से दिन-रात जूझने लगे।

लड़के इस सोच में पड़ गए कि आखिर इस फिलॉसफी के पीछे कौन सी विचारधारा काम कर रही है। अटकलों का दौर जारी था। जब वे जरूरत से ज्यादा खड़े रहने लगे, तो सयानों को चिंता हुई। उन्हें यह डर लगने लगा कि इतने गहन अभ्यास से तो वह कुछ ही दिनों का मेहमान रह जाएगा। कदाचित् मूर्तिमान ही हो जाए, 'मिडास टच' की तरह। उनके समकक्षों से गहन पूछताछ की गई। इस खोजबीन में, एक नया खुलासा हुआ कि 'टैब' उनके हृदय में घुसपैठ की गहरी हसरत रखते हैं।

'एकदम्मे फ्राड है, टैबुआ' जैसी ध्वनियाँ वायुमंडल में गूँजने लगी थीं। विरोधियों का तो यह भी आरोप था कि वे निजी हितों के लिए इस अबूझ फिलॉसफी का गलत इस्तेमाल कर रहे हैं, जिसे अनुचित ठहराया गया। चोरी से सौंदर्यशास्त्र के मूल्यों को बीनना, अनैतिक माना गया। संक्षेप में, उनके मन-मंदिर में, प्रवाह-प्रसाद व माधुर्य नामक तत्त्वों की भरमार बताई जाने लगी।

जेबी जासूस के अनुसार 'वे' जहीन थीं और एमडी कर रही थीं। बकौल जासूस, "टैबुआ, उनके कंपाउंडर होने के काबिल भी नहीं था।"

उस लॉज में कई अनुभव सिद्ध पुरुष रहते थे, जो सलाह देने के अधिकार का भरपूर लाभ उठाते थे। उन्होंने 'टैब' को सलाह दी, "उपयुक्त अवसर देखकर, भाव-प्रदर्शन क्यों नहीं कर लेते।" जिसका अभिप्राय था कि 'मौका देखकर कह मारो।' वे मौकापरस्त इनसान नहीं थे। सो, उन्होंने इस सलाह का आंशिक लाभ उठाने से भी इनकार कर दिया।

किसी ने तो उन्हें 'घुन्ना किस्म' का प्राणी भी घोषित कर दिया। निष्कर्षतः वे

समझदार किस्म के प्राणी निकले। चूँकि इस विधि से रीतिकाल के वीरगाथाकाल में 'कन्वर्ट' होने की पूरी सुविधा थी, साथ ही क्षणभंगुर देह को क्षति पहुँचने की शर्तिया गारंटी भी।

उनके कुछ दिन भारी ऊहापोह में बीते। भावनाओं को काबू में रखने में नाकाम रहने पर उन्हें सहसा अपने गुरु का स्मरण हो आया। उनके गुरु थे, सीनियर तिवारी। टैब पर, उनका गहरा असर रहता था। उलझने पर, वे उनका हवाला देते थे और उन्हें मार्गदर्शक के रूप में देखते थे। वे फौरन सीनियर तिवारी के पास गए। मन में चल रहे घमासान को खत्म करने का रास्ता तलाशने की प्रार्थना के साथ। तकनीकी मार्गदर्शन देने में उन्हें कोई एतराज नहीं हो सकता था। वैसे भी वे मुक्तहस्त होकर, किस्म-किस्म का मार्गदर्शन बाँटते रहते थे।

उन्होंने मामले की पेचीदगियाँ सुनीं। मामला उनके स्तर का नहीं निकला। यह उन्हें उच्च स्तर से निपटने लायक दिखाई पड़ा। अतः वे उनको अपने गुरु के पास ले गए। गुरु ने कई उतार-चढ़ाव देखे थे। वे कई-कई इंटरव्यू दे चुके थे। अतः सामुद्रिक शास्त्र भी जानते थे और भविष्य को आईने की तरह बाँचते थे।

विशालक (मैग्निफाइंग ग्लास) से उन्होंने 'टैब' की हस्तरेखाएँ परखीं। संभवतः मामला उन्हें संगीन लगा। साँस खींचकर बोले, "बालक! तुम्हारे जीवन में कोई विशेष घटना घटित होना चाहती है। अभूतपूर्व घटना, सावधानी बरतना। स्त्री जातक जैसा कुछ दिखाई दे रहा है। कारण वही बनेगी।" वे गुरु की दूरंदेशी पर मुग्ध हुए बिना न रह सके। अतः उनके मन में लड्डू फूटा। छोटा-मोटा नहीं, बड़े आकार का जोधपुरी लड्डू।

"वह शक्तिस्वरूपा है। महामाया है, जो रोग-शोक से मुक्ति देगी।" यह सुनते ही श्रोता के मन में लड्डू फूटने का सिलसिला चल निकला। रुकने का नाम नहीं ले रहा था। लगभग आतिशबाजियाँ, वे भी पूरी चकाचौंध के साथ।

उनके 'अतींद्रिय अनुभव' का सामुद्रिक शास्त्र से अद्भुत मेल हो चुका था। चूल-से-चूल भिड़ चुकी थी। उनका हृदय इतनी जोर से धड़का कि उछलकर लगभग बाहर को आने लगा। 'मन बल्लियों उछलने की भावपूर्ण दशा में, ऐसा ही होता है।' कई मौकों पर कवियों ने ऐसा बताया है। ऐसी वाणी सुनकर, वे मंत्रमुग्ध हो उठे। आज जीवन में पहली बार, उनके जीवन का ध्येय स्पष्ट हो चुका था।

दक्षिणा टिकाकर वे लगभग दौड़ते हुए सीढ़ियाँ उतरे। मन में उमंग का बोलबाला था। हाँफते हुए स्वर में, 'गुरु' से एक्सपर्ट ओपिनियन ली, "अब का

होई। कुछ तो करैक पड़ी।" 'गुरु' ने एक-दो चलताऊ मशविरे दिए, जो स्तरहीन लगने के कारण, उनके द्वारा नामंजूर कर लिये गए।

गुरु ने सहसा सवाल दागा, "कबीर किसके शिष्य थे।"

"रामानंद के।"

"डाइरेक्ट एडमिशन दिए थे।"

"नहीं!"

"ई तो सब जनबै करते हैं कि मुँह अँधेरे घाट की सिढ़िया पे लेट गए थे, चुप्पैचाप। गुरु के पैर से जा टकराए। गुरु के मुँह से निकला, राम-राम। चेलवा चतुर रहा अउर टखना पकड़े रहा, छोड़बै नहीं किया। बोला कि आप तो गुरुमंत्र दे दिए हो। अब कइसे छोड़ें। नतीजा क्या निकला।"

"गुरु-शिष्य परंपरा कायम हुई।"

"परंपरा नहीं, अटूट परंपरा कहना चाहिए। तुम यही फारमूला लगाओ।"

टैब ने कुछ संकोच दिखाया तो गुरु ने कहा, "शिव-धनुष टूटेगा नहीं तो बियाह कइसे होगा।"

क्रमशः वे इस सलाह की चपेट में आ चुके थे। आखिर वे सीनियर तिवारी को, 'पिता-बंधु-सखा-मित्र-सहायक' की मान्यता देते चले आ रहे थे। फिर सोचा, 'हम कहाँ कुछ करने जा रहे हैं। यह तो ईश्वरीय इच्छा मात्र है। निमित्त बनने में कोई बुराई नहीं।' इस विधि से उन्हें वही संबल मिला था, जो सुग्रीव को राम से मिला था। राम से जोरदार संबल पाकर, सुग्रीव के मन में बाली को ललकारने का भाव जाग्रत् हो उठा था, वही हुंकार-टंकार का भाव।

फिर उन्होंने एक वाजिब सा सवाल दागा, "ओसे कहेंगे का?"

सवाल, लाख पते का था। गुरु अनुभवी तो थे ही। अतः अनुभव बटोरकर, अनुभवहीन से बोले, "सड़क के बीचोबीच लेट जाइएगा। गड़िया रुकेगी। फौरन हॉरन बजेगा। कुछ बोले तो कहना, 'हमारा प्रणय स्वीकार कर कृतार्थ करें, अन्यथा हमारे प्राण ले लें।'

शिष्य ने भावी योजना पर भावमुग्ध होने के स्थान पर संकोच जताया, तो गुरु को उसे कोंचना पड़ा। बोले, "बगैर लाग-लपेट के बात रखी जानी चाहिए। मुख्तसर। जो संदेशा जहाँ तक पहुँचाना हो, वहाँ तक बिना लाग-लपेट के सटीक पहुँचे।"

बात का असर पड़ते देख, फिर बोले, "घबराओ मत! जान की बाजी लगानी पड़ती है, तब जाकर दीदार होता है। क्या कहते हैं उसे। हाँ! याद आया, फना होना।

यह शौक की चीज नहीं, 'इक आग का दरिया है, डूब के जाना है।"

रूम पर जाकर टैब ने अपना बचा-खुचा संकोच दूर किया। बाकायदा अभ्यास किया। फर्श पर लेट-लेटकर, भाव-भंगिमा के साथ, स्क्रिप्ट को सैकड़ों बार दोहराया।

वह निर्णायक घड़ी आ पहुँची। परचम लहराने में, उन्हें अब देरी कबूल न थी। सो, 'रामानंद' के टाइम-टेबल के हिसाब से, वे सिर पर कफन बाँधकर, तेजी से लपकते हुए निकले। वे सड़क के बीचोबीच स्थापित हो चुके थे और लक्ष्य को लुभाने की चेष्टा करने लगे। 'जमीनी स्तर' से, वे एक-दो अदद प्रार्थनाएँ ही करना चाहते थे कि शोर मचने लगा। जैसा कि ऐसे मौकों पर अकसर होता ही है, शोर सुनते ही भीड़-भाड़ इकट्ठा होने लगी। वे कुछ ज्यादा ही गहरे उतरे थे, प्रेम में पड़कर, पड़े ही रह गए। जश्न अभी शुरू भी नहीं हुआ था कि रणभेरी बज उठी।

जालिम दुनिया ने नफरत करने की ठान ली। पहले भीड़ का ध्रुवीकरण हुआ और फिर भीड़ ने उनका सिर तोड़ने की जिद ठानी। संसार निर्मम यूँ ही नहीं कहलाता है। पलक झपकते ही यह सामूहिक निर्णय ले लिया गया—कलयुगे संघेशक्ति। फिर जो अंजाम हुआ, उसे दुनियावालों ने ही अंजाम दिया था। फ्रेंड-फिलॉसफर-गाइड, जब तक घटनास्थल पर पहुँचे, तब तक वे जमींदोज हो चुके थे। मलबे के ढेर में तब्दील किए जा चुके थे। प्राणी को 'यांत्रिक अवस्था' में प्राप्त किया जा सका।

किसी अज्ञात विधि से, उन्हें बमुश्किल बटोरकर, लॉज में वापस लाया गया। अलौकिक धारणा के विपरीत उनकी माँग, कायदे से सुनी तक नहीं गई, अस्वीकार होनी, तो पहले से ही तय थी। टैब का तिलस्म तो टूटा ही, टैब स्वयं अच्छा-खासा टूटे थे।

शोर तो काफी मचा। फिर परिणाम उलझन भरा क्यों निकला। 'सदियों पुराना, आजमाया हुआ नुस्खा, अचानक फेल कैसे हो गया।' इस पहलू पर गहन विचार-मंथन हुआ। डी-ब्रीफिंग जैसा।

दृश्य में संबोधन और संवाद तो शालीन ही थे, फिर उलट-परिणाम क्यों निकला। विद्वानों के मुताबिक, यह तरीका गुरु-शिष्य परंपरा तक तो उचित था। उससे आगे, जानलेवा साबित हो सकता था। जासूस के मुताबिक, "उन्होंने प्रेम में पड़ना तो सीखा। बढ़ना यानी रफूचक्कर होना नहीं सीखा। अधूरी तैयारी संग, यह तो होना ही था।" एक साथ इनकलाबी और रूमानी होने में यह खतरा तो हमेशा बना रहता है। वह कुरबान होते-होते, शेष रह गए थे।

फिर कबीर का मतलब महान् होता है। इसीलिए उनकी टाइमिंग अचूक रहती

थी। मुँह-अँधेरे, भीड़ इकट्ठा होने का सवाल ही पैदा नहीं होता। कबीर के सारे काम 'फोरफिट' होकर रहे। इस पर टैब आँखों में आँसू भरकर, रुँधे हुए गले से बोले, "इहाँ रामानंद की टाइमिंगै इग्यारह बजे की है। हमरे भोरे में लेटने से भी कुछ नहीं उखड़नेवाला था।"

तिवारी गुरु घटना का सहानुभूति से जिक्र करते थे। वे अकसर 'फोरकास्ट' का बचाव सा करते हुए नजर आते थे—

"'विशेष घटना' तो घटित हुई ही। यह घटना 'अभूतपूर्व' थी, पहले कभी अइसा हुआ है तुमरे साथ? 'शक्तिस्वरूपा' आधि-व्याधि का नहीं तो काहे का कारोबार करती है, बताओ जरा!"

इस तरह से लोकमत में उस भविष्यवाणी का सत्य सिद्ध होना बताया जाने लगा। इस घटना का सबसे बड़ा लाभ यह हुआ कि टैब का हृदय-विकार सदा के लिए दूर हो चुका था। उनके मन का कलुष, सदा के लिए जाता रहा। ऐसे आख्यानों का शोकपूर्ण अंत तो सदा से होता चला आया है।

इस मामले में तो उमर खय्याम का फारमूला भी नहीं चला, "जहाँ-जहाँ पर बादशाहों का खून गिरा था, उन स्थानों पर उगे गुलाब, ज्यादा लाल थे।" बकौल जासूस, "उहाँ फूल तौ छोड़ा, ससुरी घासौ नहीं उगी।"

सहानुभूति पाने के इरादे से वे लंबे समय तक अपना भोगा गया यथार्थ दुनिया से साझा करते रहे और स्वयं को लुटा-पिटा घोषित करते रहे, लेकिन खैरख्वाह, उनके इस तर्क से 'अर्द्ध-सहमत' ही नजर आए। बकौल जेबी जासूस, "पिटे तो वे घोषित तौर पर थे, पर लुटने का यह 'प्रगल्भ प्रलाप' अर्थात् नौटंकी ठीक नहीं है।" यह लाँछन किसी को भी रास नहीं आया। सभी को क्लाइमेक्स जल्दी निपटने का मलाल बना रहा। एक बात आखिर तक अखरती रही, 'हा हंत! आख्यान का यह कैसा अचानक अंत।'

20

जयशंकर मिश्र उपाख्य 'मिसिर', बेहद संवेदनशील व्यक्ति थे। लगभग सुबुक-सुबुकवादी। अतः वे कोमल हृदय थे और भावुक भी। वे हर रोज, बस से यात्रा करते थे, सुबह-शाम। भोर होते ही, नहा-धोकर तैयार। इधर कुछ दिनों से इत्र-फुलेल, सुगंधित तेल का प्रभाव बढ़ा-चढ़ा सा दिखने लगा। सिर के अवशेष बालों की

देखभाल सहसा बढ़ आई थी।

वे नित्य प्रातः जागरण करते थे। आए थे तैयारी करने, लेकिन तैयार होते ही, उनके कदम खुद-ब-खुद बस स्टैंड की ओर चलने लगते थे। विज्ञान कहता है कि मानव मन न्यूरांस से संचालित होता है। मनुष्य का इन पर कोई खास नियंत्रण नहीं रहता। इस प्रकार एक तरह से मिसिर बेबस थे। सो इस बेबसी में वे बस में सवार होकर, नित्य कटरा तक जाते और कारपेंटरी चौराहे पर उतर जाते।

उतरते ही आलस्य भगाते। आलस्य छिटकने के लिए अंगुलियों को चटकाने लगते थे। फिर थोड़ी देर बदन को दाएँ-बाएँ तोड़ते। लगे हाथ कुछ दीगर अफसाने भी सोचते रहते। तत्पश्चात् पलट-पलटकर निहारते रहते। फिर एक-दो अदद आहें भरते। प्रकट में मुसकराते। जैसा भाव, बोधिप्राप्त संतों के चेहरे पर रहता है। अगली कड़ी में वापसी के लिए बस में सवार हो जाते। सायंकाल यही क्रम, पुनः दोहराया जाता था। 'जीवन जीने का नाम, चलते रहो सुबहो-शाम।' पता नहीं यह क्रम कब से चल रहा था और कब तक चलनेवाला था।

दरअसल उनकी हसरत, 'दो टिकट' लेने की हुआ करती थी। 'उसका' किसी वोकेशनल कोर्स में दाखिला था। इधर, मिसिर का दूर-दूर तक, किसी कोर्स से, किसी तरह का कोई लेना-देना नहीं था। वे तो मात्र, अभिभावकों के अरमानों को पूरा करने के लिए अर्थात् स्पर्धा-परीक्षाओं में बैठने के लिए, मोक्ष-नगरी में स्थापित किए गए थे।

न जाने कब मिसिर के 'निजी अरमान' परिजनों के अरमानों पर हावी होने लगे, किसी को इस बात की हवा तक नहीं लगी, स्वयं मिसिर को भी नहीं। अकस्मात् उनके अरमान, दो टिकट लेने को लेकर स्थिर हो चुके थे।

संभवतः मिसिर बस के पहले यात्री होते थे। 'बिफोर टाइम' ठीक-ठिकाने पर पहुँच जाते थे। बस का दरवाजा पकड़कर चढ़ते और सधे कदमों से नियत सीट पर बैठ जाते। अगले स्टॉपेज पर उस 'आकृति' के पहुँचते ही वे श्रेष्ठ नाजुक अवस्था को प्राप्त होने लगते थे। लजाते-सकुचाते 'पावलोव के कुत्ते' की तरह का रेस्पांस, जिसका सार-संक्षेप यह बताया जाता था कि 'घंटी बजने पर रोटी मिलेगी।'

'उसके' मुड़कर, पीछे देखने पर 'मिसिर' सतर्क हो जाते थे। उस समय वे ऐसी भावपूर्ण मुद्रा में बैठ जाते, मानो मंडप में दूल्हा बैठा हो। इन सब संवेदनाओं (यथार्थ में चोंचलों) के लिए, वे कृतियाँ जिम्मेदार थीं, जो उन्होंने हालिया पढ़ी थीं। अकस्मात् जाग्रत् इस साहित्यिक चेतना में उन्होंने पहले तो रोमानियत भरा साहित्य पढ़ा, फिर

बात नगमों और गजलों तक जा पहुँची। इस शाश्वत् साहित्य में बातें घुमा-फिराकर, तीन जुमलों पर आ टिकती—कभी-न-कभी, कहीं-न-कहीं, किसी-न-किसी से। इस प्रकार उनके तीक्ष्ण अध्ययन ने क्रमशः उन्हें प्रणय के लिए परिपक्व बना डाला।

कहीं से उन्होंने यह भी आत्मसात् कर लिया था कि प्रेम की कोई सीमा नहीं होती—'न उम्र की सीमा हो, न जन्म का हो बंधन।' बशर्ते ध्यान 'केवल मन पर केंद्रित हो।' विशेषतया, 'एकपक्षीय प्रेम तो काफी सुविधाजनक बताया गया था। चूँकि कई खटखटे, इस पैटर्न में खुद-ब-खुद निपट जाते थे, सवालों के जवाब देने से फुरसत और जमाने की गुस्ताखियों से महफूज। एक साथ कई लाभ गिनाए जाने लगे। उनकी यह भी राय थी कि "संविधान में वर्णित 'विभेदों पर निषेध' नामक बुनियादी कानून इस पर 'स्क्वायरली कवर' होता है, अर्थात् पूरा-का-पूरा लागू होता है।"

कविता में ऐसे मामलों में, जो-जो करना सिखाया जाता है, बस में सवार होकर, वे वैसा-वैसा अनुभव करते जाते। भावनाओं में आकंठ डूबे हुए, 'वही' बात सोचते हुए। वे संकोची थे और समाजभीरु भी। इसलिए मामला 'एक्स पार्टी' बनता था। विशुद्ध रूप से एक पक्षीय। इसलिए वे अपने मनोवेगों को मुखर नहीं होने देते थे। कभी-कभी तो भोले बनकर यों बैठते, मानो वे महज यात्री हों। संक्षेप में, 'प्राइवेट फेसेज इन पब्लिक प्लेसेज' का पूरा-पूरा खयाल रखते थे।

आते-जाते 'गूँगे के गुड़ का आनंद' उठाते हुए। कस्तूरी-मृग से आत्ममुग्ध। वैसे भी नीतिकार और कवि लोग, इन मामलों में जुबान खोलने की सख्त मुमानियत कर गए हैं। बस की सवारी करते हुए वे दोहरा उद्देश्य साध लेते थे—साहचर्य भी और सरपरस्ती भी। इतना मजबूत सुरक्षा घेरा, तो वेतनभोगी सुरक्षाकर्मी भी न दे पाते होंगे। तीर-तूणीर के साथ, हर पल चौकस, हर क्षण सचेत।

हालाँकि एक सीमा से आगे वे किसी के जीवन में प्रवेश अथवा हस्तक्षेप के सख्त विरोधी थे। प्लेटोनिक प्रेम-व्यवहार में यह शर्त, निहायत जरूरी बताई जाती थी। लगभग प्री-कंडीशन की तरह। इन मिले-जुले कारणों से, वे गहन एकांती बन चुके थे। 'भीड़ के बीच अकेला।'

दिनोदिन उनके निजी जीवन में रोमानियत बढ़ती गई। हालाँकि रविवार उन्हें बहुत अखरता। पूरे दिन, नीरस और उबाऊ दिनचर्या। कई बार तो वे बेचैन हो उठते थे। 'रविवार को भी इंस्टीट्यूट खुले रहने चाहिए।' को लेकर उनका स्पष्ट मत था। वर्ष में बावन कार्यदिवसों का नुकसान जोड़कर, उन्हें अपार कष्ट होता। देश की तरक्की में वे इसे सबसे बड़ी बाधा मानते थे। अतः स्मृतियों को तरोताजा रखने के

लिए वे 'अकेले' सफर पर निकल पड़ते थे।

'अपनी भावनाएँ, अपने तक अथवा अपनों तक ही सीमित रखनी चाहिए।' यह उनकी स्पष्ट और दृढ धारणा थी। अब तक की गई यात्रा से वे संतुष्ट थे; क्योंकि कहीं पर यह भी कहा गया था कि 'कई बार सच कल्पना से, कहीं ज्यादा विचित्र होता है।' वस्तुतः इस सच का वे साक्षात्कार ही नहीं करना चाहते थे।

फिर जीवन में कई बार, जिस तरह की घटनाएँ हो जाती हैं, वे बेहद चौंकानेवाली होती हैं और अजीब भी। यदि किसी किस्म की ऊँच-नीच हो जाए तो बात और ज्यादा गहरा जाती है। इन आशंकाओं के चलते वे, 'गूँगे के गुड़' से बेहद संतुष्ट थे और खुश भी।

जब कभी जीवन में अकेलापन खलने लगता, तो वे बस में बैठ जाते थे। उदासी दूर करने का अचूक उपाय। बस में बैठते ही, रौनक छा जाती। दूर-दूर से ही सही, 'हालचाल' जान लेते थे। एहतियात भी रख लेते—एक पंथ, दो काज। एकाकीपन का रोना रोने से क्या फायदा? उदास होने से बेहतर है—झट से बस में सवार हो जाओ। इस बीच सिनेमा के प्रभाव से अकस्मात् होनेवाली घटनाओं को लेकर उनके मन में एक 'खास तरह की आस' बँधी हुई थी। तब तक यथास्थिति कायम थी, जो यथासंभव, लंबे अरसे तक यथावत् लागू रहनेवाली थी।

'एक न एक दिन, वे प्रथम श्रेणी में अवश्य पास होंगे।' ऐसी धारणा, दृढतापूर्वक उनके मन में बसी हुई थी। जिस उत्साह के साथ सिकंदर ने मेसोडोनिया छोड़ा, उसी दरजे का उत्साह। दूर की कौड़ी पाने का करिश्माई इरादा। कल्पना लोक में वे काफी विचर चुके थे, जिससे उनकी उम्मीदें, उसी अनुपात में बढ़ी-चढ़ी हुई थीं।

मोटे तौर पर, उनका खुश रहने का एक ही तरीका था—बस की सवारी। लगभग आत्ममुग्ध से। 'खुद का खयाल तो सभी रखते हैं, एक बार दूसरों का खयाल रखकर तो देखो। कितना आनंद मिलता है।' थोड़ी-बहुत राहत तो उन्हें मिल ही जाती थी—इंटरिम रिलीफ जैसी। आलोचकों के अनुसार, यह तात्कालिक भावना को ठंडा करने का आधा-अधूरा उपाय था। कभी-कभी, लुभावने दृश्यों में तो वे खुद को ठगा सा महसूस करने लगते थे। इस तरह से वे कोई समग्र और स्थायी हल नहीं ढूँढ़ पाए। चूँकि 'प्रोब्लम क्रैक' करने का, उनके पास न तो कोई रोडमैप था, न ही कोई ठोस रणनीति।

वे मसला उठाते रहते थे, खुद-ब-खुद दबाते रहते थे। एक संवाददाता के अनुसार, एक बार इन्होंने 'उनके' जीवन में, 'प्रवेश और हस्तक्षेप' की एक असफल कोशिश भर की थी। कोशिश क्या थी, उसे अपील कहना अधिक उपयुक्त होगा।

उन्होंने 'उनका' ध्यानाकर्षण करने की ठानी। इस कड़ी में, 'जियो और जीने दो', 'लिव ऐंड लैट लिव', एक द्विभाषिक इबारत तख्ती पर लिखकर उन्होंने अपने कक्ष के दरवाजे पर लटका ली। उम्मीदें तो बहुत थीं, पर 'राहगीरों' ने 'इबारत' का कोई नोटिस तक नहीं लिया।

दरअसल लिखी गई इबारत, इतने महीन फाँट में उकेरी गई थी कि लाख कोशिश के बावजूद स्वयं लेखक के पढ़ने में नहीं आ पा रही थी। 'राहगीर' को तख्ती ही दिख जाती तो उसे छोटा-मोटा चमत्कार कहा जा सकता था। उनकी इस ललकार भरी ललक का, 'किसी' ने कोई नोटिस तक नहीं लिया। इस तरह से उनकी भावना, विशुद्ध प्लेटोनिक स्तर तक कायम रही। 'किसी' को इसकी भनक तक नहीं लग सकी।

पाठ्यक्रम पूरा करने के बाद 'उन्होंने' कब शहर छोड़ा, इन्हें इसकी भी भनक नहीं लगी। परिणामस्वरूप कुछ दिनों तक 'सखि! वे मुझसे कहकर जाते।' का बाजार गरम रहा। पुरजोर तरीके से तो क्या, ये किसी भी तरीके से अपना पक्ष नहीं रख पाए, यहाँ तक कि नाम भी नहीं पूछ पाए। इस तरह से उनका सदा, पीछे-पीछे का सान्निध्य रहा।

सच! कितना सुख मिलता था, मिसिर को। दोनों के मध्य, एक शब्द की वार्त्ता भी नहीं हो सकी। फिर भी, मिसिर के मुताबिक, इतने मधुर संबंध रहे कि व्यक्त करना काफी मुश्किल था। फिर भी, विद्वानों के मुताबिक, अपना पक्ष रखने के लिए 'पक्षकार' में एक खास चीज की दरकार बताई जाती थी। वह चीज थी—साहस। आत्माभिव्यक्ति के लिए, साहस को एक आवश्यक तत्त्व बताया जाता था।

स्त्रीलिंग के सामने पड़ते ही इनकी जुबान एकदम से कूच कर जाती थी। कहने वाले यह भी कहते रहे कि ये अपना पक्ष, रखना ही नहीं चाहते थे। अनजाने में ही सही, 'अपने पर सितम, गैरों पर करम।' जैसा दृश्य विधान बन पड़ा था।

'प्लेटोनिक लव' शब्द की उत्पत्ति, प्लेटो नामक विचारक के नाम पर हुई है। यद्यपि प्लेटो ने स्वयं कभी, इस शब्द का प्रयोग नहीं किया। फिर भी प्लेटो के संवादों में इस प्रवृत्ति का उल्लेख, अकसर मिल जाता है, विशेषत: सिंपोजियम नामक अध्याय में।

मनोविज्ञान में इस सार तत्त्व की गहन विवेचना मिलती है। इस प्रवृत्ति को अनुभव के स्तर पर अभिव्यक्त करना मुश्किल ही नहीं, नामुमकिन बताया जाता है। दरअसल यह भावना, निस्स्वार्थ प्रेम, अपरिभाषित आकर्षण, अलौकिक लगाव व असंदिग्ध विश्वास के इर्द-गिर्द की कोई अनुभूति कही जाती है।

यह महज आकर्षण भी नहीं है, क्योंकि आकर्षण तो कभी–कभार विकर्षण अथवा प्रतिकर्षण में रूपांतरित हो सकता है। 'प्लेटोनिक लव' लंबे अरसे तक स्मृति–कोष में संचित रखा जा सकता है। खासकर मधुर स्मृतियों के रूप में। इसकी कोई 'एक्सपायरी डेट' नहीं होती। किन विह्वल क्षणों में वह लहर आई और मुग्ध कर गई। कब, कहाँ, कैसे 'उसने' किसी के मन को लुभाया। कब यह भावना, प्रबल जुड़ाव में बदल गई। 'शुभम् करोति कल्याणम्, आरोग्यम् धन संपदा' की अनवरत कामना कब जोर मारने लगी। कोई नहीं बता सकता।

यह झरते हुए निर्झर सी, निष्पाप और निष्कलंक भावना है। इसमें साहचर्य को आवश्यक तत्त्व नहीं बताया जाता। सुनी–सुनाई बातों का आसरा ही काफी रहता है। बड़ा सरल और किफायती उपाय बताया जाता है—बस 'एक झलक और गुबार गायब।' थोड़े में 'फुल बैटरी बैकअप'। इस तरह से, जो अनजान संबंध विकसित होता है, वह अनाम, अपरिभाषित अथवा अवर्णनीय भी हो सकता है और अवर्गीकृत भी। क्रमशः इसमें परस्पर सम्मान, विश्वास और अपनेपन की विशुद्ध अलौकिकता भी बताई जाने लगी।

12

पप्पू, बहुमुखी प्रतिभा के धनी थे। अपनी प्रतिभा को, सही समय पर पहचान लेने की क्षमता चंद ही लोगों में पाई जाती है। पप्पू उनमें से एक थे। जटिल कहे जानेवाले कार्यों को वे पलक झपकते ही सिद्ध कर देते थे। करते भी पूरे नाटकीय ढंग से थे। वातावरण में अगर कोई खास किस्म की जिच पैदा करनी हो, तो ऐसे मामलों में वे विलक्षण थे।

उनमें अल्हड़पन और गांभीर्य का शानदार सम्मिश्रण बताया जाता था। लड़के, प्रेमवश उन्हें 'पपुवा' कहकर पुकारते थे। वे लॉज की तीसरी मंजिल पर रहते थे। पड़ोस में एक तिमंजिला मकान था। उस मकान की तीसरी ही मंजिल पर, एक अदद 'नायिका' पाई जाती थी।

चूँकि दोनों प्राणी समान धरातल पर रहते थे। अतः दोनों में 'मौन संभाषण' की काफी संभावनाएँ बताई जाने लगीं। यह बात एक अटल सत्य की तरह है कि 'समझनेवाले वही समझते हैं, जो उनकी समझ में आता हो।' इन परिस्थितियों में, अटकलों और अनुमानों का बाजार, जोरों पर गरम था। कुछ दिनों बाद, पपुवा

सचमुच एक कविता गाते हुए बरामद हुए, 'दिवस का अवसान समीप था, गगन था कुछ लोहित हो चला।'

अटकलें तो पहले से ही लगाई जा रही थीं, जो अब सुगबुगाहट के रूप में बढ़ने लगीं। यह सुनते ही, उनके शुभचिंतक, फटाक से एक ठोस किस्म के निष्कर्ष पर जा पहुँचे। 'कुछ' भनक लगते ही लड़कों ने नायिका को एक अदद सा नाम दे डाला—'न्यू गिनी।' इस तरीके से यह युगल मूर्ति, 'पापुआ न्यू गिनी' के नाम से विख्यात कर दी गई।

'न्यू गिनी' अपनी निजी दीदी के घर पर रहती थीं और काम भर की पढ़ी-लिखी थीं। अत: वह अपने जीजा के फोन से, नायक से 'सुख-दु:ख' साझा करने लगी। जीजा, रोज अचंभे में पड़ जाते कि उनके फोन का बैलेंस, अकस्मात् माइनस में कैसे चला जाता है। यह उस दौर की बात है, जब टेलीकॉम कंपनियाँ, इनकमिंग कॉल्स पर भी महसूल वसूला करती थीं।

वे रोज रिचार्ज कराते थे, रोज माइनस में पहुँच जाते थे। चूँकि 'वह' देहात से आई थी। अत: तकनीकी पिछड़ेपन ने अभी तक उसका दामन न छोड़ा था। इन मिले-जुले कारणों से वह 'कॉल लॉग' मिटाने को लेकर अनजान थी।

रोज-ब-रोज, उसके जीजा का फोन-बैलेंस खत्म हो जाता था। रातोरात के इस चमत्कार से उनका चमत्कृत होना स्वाभाविक था। पहले उन्हें आश्चर्य होता, फिर वे असमंजस में पड़ जाते। अत: लड़कों ने उन्हें, 'मामू' नाम से प्रसिद्ध करने में ज्यादा देर नहीं की। 'मामू' इस समस्या पर गंभीरतापूर्वक विचार करते रहे। वे दोषी को खोजकर, फौरन तनातनी कर लेना चाहते थे।

क्रमश: मामला उन्हें बेहद करीब का जान पड़ा, सो आस-पड़ोस में उनकी उम्मीदें, 'पापुवा' नामक उम्मीदवार पर जा टिकीं। चूँकि पापुवा जरूरत से कुछ ज्यादा ही चपल थे, एकदम माचोमैन।

मामू, निरंतर रिचार्ज करवाते रहे, निरंतर रि-डायल करते रहे। फिर भी, उनके हाथ कुछ न लग सका। वे सिर्फ और सिर्फ रि-डायल भर करते रहे।

कुछ हद तक, यह बात सही भी थी कि 'पापुआ' संदिग्ध होने की शर्तों को, 'कंपलीटली डिजर्व' करते थे। अत: मामू का संदेह उन पर क्रमश: गहराता गया।

एक दिन की बात है। वे मामू के घर के सामने की गुमटी पर खड़े थे। गुमटी, सायंकालीन समागम और चायपान का केंद्र-बिंदु थी। गुमटी पर वे उपभोक्ता जैसा नहीं, वरन् गुमटी-स्वामी जैसा आदर पाते थे। प्रयाग में यह आदर-भाव प्राय: देखने

को मिल जाता था। इसीलिए प्रयाग की महिमा, विचित्र कही जाती है।

खैर, मामू की निगाह उन पर पड़ चुकी थी। वे उनसे इतने प्रभावित हुए कि मंत्रमुग्ध हुए बिना न रह सके। अत: उनको एकटक निहारने लगे। पापुआ, नीचे देखकर मुसकराए। तत्पश्चात् उन्होंने दायाँ हाथ पॉकेट में डाला और बाएँ हाथ से निजी जुल्फें सहलाईं। स्वगत ध्वनि में धीमे से बोले, "भैया! मामू हमको रँगेहाथ पकड़ना चाहता है। लगातार फोन पे घंटी दे रहा है। उसकी यह इच्छा हम कभी पूरी नहीं होने देंगे। फोनवा हमरी जेब में है, लेकिन है वाइब्रेशन मोड पे।" इस प्रकार होनहार पापुवा, अपनी सतर्कता से एक बार फिर बाल-बाल बचे। मामू को मामूली सफलता तक, हाथ न लग सकी। इस तरह से एक बार पुन: मायूसी उनके हिस्से में आई।

परीक्षा से ऐन पहले, 'वह' पापुआ की भरसक मदद किया करती थी। दोनों मकानों के मध्य, कोई दस-बारह हाथ की दूरी रही होगी। इस भौगोलिक दूरी की वजह से वह दरवाजा खटखटाने में लाचार थी। अत: उसे जगाने के लिए वह आनंद बख्शी के गीतों का सहारा लेने लगी। ठीक चार बजे वह माला सिन्हा बनकर, उसकी खिड़की पर कंकरिया मारकर, उसे नियमित रूप से जगाने लगी।

पापुआ, हड़बड़ाकर उठते। 'जागरूक' होते ही वे गीत गुनगुनाने लगते थे, "कंकरिया मारके जगाया, बालमा! तू बड़ी वो है। सोया था मैं, कहीं खोया था मैं। जालिमा! तू बड़ा वो है।" इस तराने के साथ आँखों के सामने जो तसवीर उभरती थी, मनोज कुमार-माला सिन्हा का साक्षात् अनुभव दे जाती थी। अत: इन दो पदों का वे नियमित पारायण करते थे। तत्पश्चात् पढ़ने में मुब्तिला हो जाते।

यह वह उद्दाम व्यवहार था, जो उन्हें निरंतर पढ़ने को प्रेरित करता था, साथ ही यह उदासी दूर करने का अचूक उपाय भी था। इस प्रयोग से वे हलकापन तो महसूस करते ही थे, उनका दिमाग भी तरोताजा हो उठता था। फलस्वरूप वे कॉमा, सेमीकोलन, फुलस्टॉप सहित पाठ्य-सामग्री की चटनी बनाकर, उसे हजम कर जाते। इस तरह से उनका अध्ययन, गहरा और विस्तृत हो चला था।

इस प्रयोग में श्रृंगार और कर्तव्यपरायणता का अद्भुत सम्मिश्रण बताया जाने लगा, जिससे रकीबनुमा दोस्तों के कलेजों पर साँप लोटने लगे। नजूमी छूटते ही भविष्यवाणी करने लगे थे, "इस बार पापुआ का होने से कोई नहीं रोक पाएगा।" हालाँकि अतृप्त लालसा तो उनकी भी यही रहती थी कि "कोई उनका भी दरवाजा खटखटाए अथवा खिड़की के पास छम-छम कर जाए।" लेकिन कामनाएँ, हमेशा

कहाँ पूरी होती हैं। कवि पहले ही सैकड़ों बार चेता गए हैं, "हजार ख्वाहिशें ऐसी कि हर ख्वाहिश पे दम निकले।"

22

रंजीत सिंह, सुपर ज्ञानी व्यक्ति थे। इसलिए वे निरंतर ज्ञानवर्षण करते रहते थे। सदा ऊँची बातें करते थे और ऊँचा जीवन जीते थे। आजादी से पहले के सवालात पूछे जाने पर वे प्रश्नकर्ता को सवालिया निगाहों से देखने लगते थे। फिर उपेक्षा से कहते, "यह सब पूछकर वक्त जाया मत करो। हम क्या जानें। हमारे पैदा होने से पहले की बात हमसे क्यों पूछते हो। हाँ, उसके बाद का कोई सवाल हो तो हम जवाब दें।"

वे मध्यरात्रि में दोस्तों के कमरों में बेखटके घुसे चले जाते। नींद में खलल पड़ने पर दोस्त हैरान-परेशान रहते। उनकी इस 'नायाब आदत' के बारे में उन्हें कई बार टोका गया, फटकारा गया। कई-कई बार धिक्कारा गया। इस पर वे वाक् अभिव्यक्ति की स्वतंत्रता नामक बुनियादी आजादी का सहारा लेने लगे। बेधड़क और बेखौफ होकर घूमने को वे अपना 'फंडामेंटल राइट' मानते आ रहे थे।

पूरे आत्मविश्वास के साथ जवाब देते थे, "देश के किसी भी हिस्से में, किसी भी समय, कहीं भी, कभी भी विचरण करने का यह अधिकार मुझे, मेरे कांस्टीट्यूशन ने दिया है। आप होते कौन हैं, रोकनेवाले वाले।" इसके लिए, वे सोते हुए व्यक्ति की अनुमति लेना तक गैर-जरूरी मानते थे।

रंजीत के साथ उनका भतीजा भी रहता था। वह मेडिकल की तैयारी कर रहा था। कोचिंग से लौटकर, मोटी-मोटी किताबें खोले रहता था। संयोग से मकान मालिक की दौहित्री भी उसी कोचिंग में पढ़ती थी।

एक दिन सुबह-सुबह, एक अजब वाकया हुआ। वाक् युद्ध, बिना किसी पूर्व भूमिका के चालू हो चुका था। मकान मालकिन ने आसमान सिर पर उठाया हुआ था। रंजीत भाई, कमरे में अकेले थे। उनकी समाधि तब टूटी, जब मकान मालकिन उन्हें द्वार पर आकर प्रत्यक्ष ललकारने लगीं।

वे कुल-खानदान से लेकर सात पुश्तों की गौरवगाथा गाने लगीं। कंठ भी मधुर नहीं था। लगभग चीत्कार जैसा ही रहा होगा। पहले तो रंजीत को कुछ भी समझ में नहीं आया। फिर वे कुछ समझने की चेष्टा करने लगे।

भरपेट विरुदावली सुनने के पश्चात् सहसा उन्हें समझ में आया कि इस प्रशस्ति

का संबंध तो स्वयं उनसे ही जान पड़ता है। उनसे भी क्या, प्रत्यक्ष रूप से उनके 'आन-बान' वाले खानदान से ही है।

दादी ने पहले उन्हें, निजी 'माँ-बहन' को 'रोमानी-पत्राचार' करने की हिदायत दी। फिर किसी 'पातकी' अपराध के एवज में सजा देने के लिए तैयार किया। तत्पश्चात् उन्होंने रंजीत को सजा देने का कोई मध्यकालीन बर्बर तरीका सुझाया। पहले तो रंजीत, दो-दो बोल बोलने को व्यग्र हुए। फिर न जाने क्या सोचकर चुप रह गए।

यह सब बरदाश्त करने के बाद, उन्हें मामले की गंभीरता, कुछ-कुछ समझ में आने लगी। दरअसल भतीजे महाशय किताबों के बहाने, खतो-किताबत कर बैठे थे, जो आशिक के कबूतर की तरह दीगर छत पर 'ड्रॉप' हो चुकी थी, अर्थात् दादी के हाथ पड़ चुकी थी।

चाचा ने अब जाकर मामले की गंभीरता को समझा। उन्होंने फौरन से पेश्तर इस हादसे की नैतिक जिम्मेदारी स्वीकार कर ली। यदि अपना ही सिक्का खोटा निकले, तो अन्य कोई चारा भी नहीं रह जाता। फिर साहस बटोरकर, उन्होंने एक जोरदार वक्तव्य जारी किया, "हम चुन्नू के इस कृत्य की घोर निंदा करते हैं।"

दादी इस तरह की प्रतिक्रिया से हैरान थीं। कहाँ तो वे अपराधी के लिए क्रूर सजा का प्रस्ताव लेकर आईं और कहाँ सिर्फ जुबानी, जमाखर्च। इस बयान ने आग में घी का काम किया।

कहाँ ये मामले को फौरी तौर पर निपटा दे रहे थे। सो उनकी आँखों से चिनगारियाँ निकलने लगीं। उन्हें इतना क्रोध आया कि वे क्रोध में सचमुच काँपने लगीं। इस क्रोध को जाया न कर उन्होंने पुनः कोई 'कैपिटल पनिशमेंटनुमा' सजा सुझाई।

रंजीत भाई ने इस सुझाव में भी कोई खास दिलचस्पी नहीं दिखाई। इसके स्थान पर वे दादी को विकसित मुल्कों में प्रचलित सजाओं के तौर-तरीके समझाने की चेष्टा करने लगे, जिससे बहस गरमागरम हो चली। दादी ने सजा में एक परिवर्तन भी दिया। अब वे ऐसे 'नमकहराम पाल्य' को जिंदा गाड़ने का विकल्प देने लगीं।

इस विकल्प पर रंजीत भाई को खासा एतराज था। उन्होंने तर्क किया कि "गाड़ने के बाद जिंदा रखना नामुमकिन है। 'जिंदा गाड़ना' मुहावरा अब रूढ़ हो चुका है। यह नया जमाना है। आपका वह गुजरा जमाना, अब नहीं रहा। वह जमाना क्रमशः जाता रहा है, साथ ही यह मुहावरा अब व्याकरण की दृष्टि से भी दूषित हो चुका है।"

रंजीत भाई प्योर डेमोक्रेट आदमी थे, टोटल पार्लियामेंटेरियन। वे रोजमर्रा का

कारोबार भी विशुद्ध संसदीय तरीकों से निपटाते थे। अत: उन्होंने आश्वासन समिति के सम्मुख, एक आश्वासन रखा। इस तरह से उन्हें आश्वस्त करने की, उन्होंने जोरदार कोशिश की। उन्होंने चुन्नू से भविष्य में इस तरह का पत्राचार रोकने का आग्रह करने का आश्वासन दोहराया, साथ ही चुन्नू के 'किए-धरे' को 'अवांछित' घोषित किया। तत्पश्चात् उसे 'काररवाई से हटाने' का फरमान भी सुनाया।

मकान मालकिन ने आश्चर्य के साथ इस पहलू पर गौर किया। फिर किसी त्वरित निष्कर्ष के आधार पर उन्होंने चाचा को मय भतीजे, खानदानी पागल घोषित किया, साथ ही 'मुँहझौंसे' को दो-चार आशीर्वचन कहे, सदन की काररवाई-बहस को अनिश्चित काल के लिए स्थगित कर दिया।

23

नौजवानी जोश की उमर कहलाती है। यह अवस्था, 'उत्साह का उत्पादन, बस यों ही उत्पन्न होने की अवस्था' कहलाती है। वे जोश से भरे रहते हैं, एकदम लबरेज। पुरुषार्थ को लेकर उनका नजरिया काफी स्पष्ट रहता है, एकदम क्रिस्टल क्लीयर। इन मिले-जुले कारणों से वे पुरुषार्थ से किस्मत बदलने का हौसला रखते हैं। कभी-कभी तो उनमें 'एड़ी मारकर, धरती से पानी निकालने के जज्बात' तक जोर मारने लगते हैं। 'किस्मत पलटकर रख देंगे, कमीशन हो अथवा भगवान्, मजबूर कर देंगे।' किस्म के जज्बात, उफनकर वाचाल होने लगते हैं, जो अकसर 'ओवरफ्लो' करते रहते हैं—'नहिं सुप्तस्य सिंहस्य प्रविशन्ति मुखे मृगाः।'

अब मैदान में उतर ही गए हैं, तो घबराना कैसा। सालोसाल, कठोर परिश्रम। देह, मजदूर जैसी हो जाती है, दिनचर्या भी। खुद पर, क्या-क्या जुल्मो-सितम नहीं ढाए। सबकुछ तो झोंक दिए। अब क्या बचा था—केवल प्राण। मार्केट में एक-से-एक 'गांडीवधारी' पड़े रहते हैं, जो हर साल, 'मेरिटिया' चढ़ा जाते हैं। कितनौ जूझें, उनसे पार पाना मुश्किल रहता है।

भग्न हृदय, टूटे सपने। उम्मीदवार की उम्मीदें चकनाचूर हो जाती हैं। अरमानों के अफसानों में बदलने में, ज्यादा देर नहीं लगती। तीन अटैंप्ट, कब चुक गए, पता ही नहीं चला। पहला तो चलो, 'देखने के लिए' दिया था, सभी देते हैं—'अनुभव लेने' के लिए। दूसरे में इंटरव्यू कॉल आ गई। थोड़े से मार्जिन से चूक गए। सेकेंड ऑप्शनलवा का सेकेंड पेपर दगा दे गया। जिससे ज्यादा उम्मीद बाँधो, अकसर दगा

कर जाता है—मात्र, एक सौ एक दिया। फर्स्ट, दो सौ एक दिया था। हैरानी की बात यह थी कि परफॉर्मेंस दोनों में बराबर दिखाए थे। एक्जाम के बाद, जो नंबर लगाए थे, उसका रुझान तो दोनों में आस-पास का रहा। फिर अइसा कइसे। जवाब नहीं सूझता।

'तीसरे अटेंप्ट में तो, सबकुछै दाँव पे लगा दिए थे, कोई कसर बाकी न रख छोड़ी थी। फाइनल में, फिर छँट गए, हमेशा के लिए। वे उस वक्त सकते में आ गए, जब 'सेकेंड' में दो सौ एक और 'फर्स्ट' में एक सौ एक देखे। उन्हें ऐसा लगा, मानो किसी ने पिछले साल के स्कोर की जान-बूझकर अलटा-पलटी कर दी हो।

"अरे भई! पिछले साल, दो सौ एक रहा। साल भर, कुछ-न-कुछ 'वैल्यू एडिसनै' किए होंगे। सब आगे बढ़ते हैं। केवल हमरे साथ अइसा हो रहा है। साला! इतना लंबा बैक गियर। सीधे सौ नंबर की चपेट। इंटरव्यू में तो उम्मीद से बढ़कर मिला था, 'प्रॉपर' लायक नंबर दिए थे। का बताएँ। दो दिन खाना नहीं खाए। ऐसी जिंदगी, जी के क्या करेंगे। अब जिंदगी, जिंदगी न रहकर, बोझ हो गई है।"

"पहले तो मन को दिलासा देते थे, अगला मौका है। अबकी बार कोई कोर-कसर नहीं रख छोड़ेंगे। शानदार आगाज से, इस अंजाम तक कब पहुंचे, पता ही नहीं चला। अब सवाल यह है कि आखिर यह सब हुआ कैसे। समय पंख लगाकर, कैसे निकलता चला गया, पता ही नहीं चला।"

पूछनेवाले पूछते हैं, "कहाँ कमी रही?" "भैया मेरे! अगर यह पता चलता तो, उस कमी को, दुरुस्त न कर दिए होते। आपसे ज्यादा, अपना भला भी नहीं समझेंगे क्या?" क्षणभर में गहरी निराशा छाने लगती है। मन करता है कि "धरती में समा जाएँ। अब तो सारी उम्मीदें टूटने लगी हैं।"

कर्ता का अधिकार केवल कर्मों पर है, फल पर नहीं। शुरू में तो ऐसा लगता था कि विधाता ने उन्हें खास तौर पर 'इस सेवा' के लिए नामित किया है। वे यश:प्रार्थी थे। मात्र यश और सम्मान की लालसा के साथ यहाँ आए थे। अब नौबत यहाँ तक आ पहुँची है कि रोजी-रोटी की चिंता सताने लगती है।

शुरुआत में जब देहात से आए, तो दिग्विजय करने का मंसूबा लेकर चले थे। मनतुरंग का मुख, अब किस दिशा में मोड़ें, चहुँओर तो अँधेरा दिखाई पड़ता है। अब आगे क्या हो, आठों पहर, यह सवाल मुँह बाए सामने खड़ा रहता है। सवाल हर बार अनुत्तरित रह जाता है।

एक मन कहता है कि यह अश्वमेध का घोड़ा है, स्वेच्छा से चलना इसका मूल स्वभाव है। चलने दो, जबरदस्ती इसका मुख मोड़ना उचित नहीं। ये सब,

विधि-विधान की बातें हैं।

आखिर वे वापस जाएँ भी तो किस मुँह से। खाली हाथ लौटना, इतना आसान नहीं है। सदाकांत सर के साथ क्या हुआ था—

दरअसल सदाकांत सर, वेटरन कैंडिडेट थे। वे लगातार विफल होते गए। एक-के-बाद एक असफलता। तब वे बखूबी जान गए कि यह परीक्षा बड़ा धैर्य और परिश्रम माँगती है। उन्होंने कोशिशें जारी रखीं, साथ ही यह संकल्प लिया कि अब वे जमकर पढ़ेंगे और जबरदस्त लिखेंगे। फिर देखते हैं, कैसे नहीं होता।

इस बार उन्होंने खूब परिश्रम किया। सालभर जमे रहे। अपने अनुमान के हिसाब से, लिखे भी बहुत अच्छे से। विवादास्पद से प्रतीत होते विषयों पर लिखने से वे बचे। इसके स्थान पर उन्होंने परंपरागत प्रश्नों को बहुत सावधानी से चुना और संतुलित ढंग से उठाया।

अत: अबकी बार वे परम आस बाँधे रहे। उम्मीद के मुताबिक, इंटरव्यू कॉल आई। इंटरव्यू में पूरे उत्साह के साथ शामिल हुए। हालाँकि संकोच तो बदस्तूर बना रहा, लेकिन जिस तरह से उन्होंने इंटरव्यू दिया, उससे बेहतर हो भी नहीं सकता था। इसलिए अच्छी-खासी उम्मीद बँधने लगी।

परिणाम देखकर, वे सन्न रह गए। अबकी बार का रिजेक्शन, उन्हें दुत्कार जैसा लगा। इससे पहले भी छँटे थे; लेकिन तब इतना नहीं सोचते थे, लेकिन इस बार की बात कुछ और थी। जब सबकुछ झोंक दिया गया हो, तो उम्मीद तो बँधेगी ही। इस बार उन्हें सफलता का मार्ग सँकरा होते-होते बंद होता दिखाई पड़ा।

इस तरह से जीवनयापन करना, अब उन्हें अस्मिता के विरुद्ध लगने लगा। चौदह बरस तो दे दिए, बस अब और नहीं। अकस्मात् वे किसी निष्कर्ष पर जा पहुँचे। उन्होंने दोस्तों के सामने घोषणा की, "मैं कल जा रहा हूँ और शपथ लेता हूँ कि अब कभी प्रयाग वापस न लौटूँगा, गंगा नहाने भी नहीं।"

दोस्त सकते में आ गए, जब उन्होंने देखा कि अरे! इन्होंने तो सचमुच ही सामान बाँधना शुरू कर दिया। माहौल करुणा से भर उठा। सभी दोस्त भावुक हो उठे। आनन-फानन में विदाई की तैयारियाँ हुईं। विदाई-भोज में अंडा-करी बनी। साथ बिताए गए पलों को स्मरण कर, देर रात तक लड़के रोते रहे। बड़ा ही भावप्रवण दृश्य बन पड़ा था।

जाते हुए सदाकांत सर ने अपने बाबा का दिया हुआ कंबल, रूम-पार्टनर को भेंट किया। भर्राए गले से बोले, "मित्र! इसे सुदामा की भेंट समझकर रख लो। मैं

तुम्हें नया नहीं दे सका।"

सामान लेकर, वे कस्बे के स्टेशन पर उतरे। स्टेशन छोटा सा था और उनके पास सामान काफी था। सामान के नाम पर किताबें-ही-किताबें थीं। वी.आई.पी. की अटैची और ढेरों कार्टन लादे हुए, वे गाँव की सरहद पर पहुँच चुके थे। सहसा उन्हें अनुभव हुआ कि असफल मनोदशा में उन्होंने यह कैसा निर्णय ले लिया। सचमुच उन्होंने बहुत बड़ा निर्णय लिया था। यह सोचकर उनके चेहरे पर हवाइयाँ उड़ने लगीं। ज्यों-ज्यों गाँव नजदीक आता गया, हृदय जोरों से धड़कने लगा।

तभी गाँव की पगडंडी पर, घास का गठ्ठर सिर पर लादे, एक ग्वालन दिखाई दी। उसने भी इन्हें देख लिया था। इन्हें परदेसी पाहुन समझकर, उसने गठ्ठर नीचे फेंका और दौड़कर इनके पास आई। उसने बिन कहे, इनका सामान उठा लिया। थोड़ी दूर चलने के बाद उसने पूछा, "भइया! बंबईवाली टरेन से आवत है कि कलकत्तावाली से।"

दरअसल सदाकांत सर लंबे अरसे से गाँव नहीं लौटे थे। आज लौट रहे थे तो परमानेंटली खाली हाथ। उसने इन्हें पहचाना नहीं। उसे लगा कि यह कोई परदेसी है और बहुत दिनों बाद, खूब कमा-धमाकर लौट रहे हैं। गाँव का नाम बढ़ाकर लौट रहे हैं। इनकी मदद की जानी चाहिए।

सदाकांत सर संकोच के साथ बोले, "न हम बंबई से आवत हैं, न कलकत्ता से आवत हैं, हम इलाहाबाद से आवत हैं।"

यह सुनकर वह अवाक् रह गई। फौरन सामान उतारकर उसने तिरस्कार के भाव से सड़क पर फेंका। कुछ बोली नहीं और चुपचाप चली गई। सदाकांत सर को समझते देर न लगी कि घर पहुँचकर बहुत बड़ा कांड होनेवाला है। जब विशुद्ध देहाती संस्कार की महिला तक उनके लौटने के निर्णय को स्वीकार नहीं कर पा रही है, तो आगे क्या-क्या होगा। गाँव-जवार के लोग इसे पीठ दिखाने, मैदान छोड़कर भागने जैसे कलंकपूर्ण कारनामों से जोड़ते थे। परिजन अपनी साख पर बट्टा लगना।

उनकी आशंका सच साबित हुई। घर पहुँचते ही उनका 'भीषण सत्कार' हुआ। भैया ने छूटते ही कहा, "ए सदाकांत! घर का बँटवारा कै ल्यो। हम ताउम्र हल चलाए। यह सोचकर, हल चलाकर पसीना फेंकते रहे कि तुम ओहदा पाकर, परिवार को उबार लोगे, लेकिन तुम...सरऊ...कुलकलंक...।"

दोपहर में बाकायदा पंचायत बैठी। पंचायत में उन्हें अपराधी की तरह खड़ा किया गया। एक भी आदमी उनके पक्ष में तो दूर, सहानुभूति का एक बोल तक नहीं

बोला। संक्षेप में सबने दुरदुराया, बाकायदा गरियाया। पंचायत ने उनके निर्णय को अनुचित ठहराया और शाम की ट्रेन से उन्हें वापस खदेड़ दिया गया।

इस एपीसोड से कइयों ने सबक लिया। या तो आओ मत। अगर खेल में एक बार शामिल हो गए तो फिर अधूरे खेल में आप भाग नहीं सकते। वापसी की तो वे सोच भी नहीं सकते। इस बीच, घरवाले संयम खोते जा रहे हैं। हर बार एक ही सवाल पूछते हैं, "कब तक हो जाएगा।" "बताना इतना आसान नहीं है। यह कोई किताबी सवाल नहीं है कि रटकर जवाब दे दो। यह वास्तविक जीवन का सबसे असुरक्षित सवाल है। भावी को कौन जान सकता है? स्कूली परीक्षा तो है नहीं कि आप अपनी पढ़ाई का आकलन करके बता दो कि पचहत्तर परसेंट आ जाएगा।"

उधर, रिश्तेदार जीना मुहाल किए रहते हैं। घरवालों को बिन माँगी सलाहियत दे जाते हैं, "बचवा, ऊँचा सपना देखा है, पाना आसान नहीं। ऐसा न हो कि सपना, सपना ही रह जाए।" भरमाने से भी चैन नहीं पड़ता है, तो ऊपर से स्वरोजगार का विकल्प सुझाने लगते हैं। अपने कमाऊ पूत का बखान करते जाते हैं। परिजन भोले हैं, तुरंत बहकावे में आ जाते हैं। उनके सुझाए विकल्पों को तो सुनकर ही वितृष्णा होने लगती है।

इधर अपनी महत्त्वाकांक्षा का कैनवास भी छोटा-मोटा नहीं है, बहुतै बड़ा है। कुरसी चाहिए, तो सिर्फ और सिर्फ आबनूस की। बहुत हुआ तो बर्मी टीक-सागौन की। इससे नीचे स्टैंडर्ड नहीं गिरा सकते। नो कॉम्प्रोमाइज, जीवन में सबकुछ कर सकते हैं। बस, इस मामले में समझौता नहीं कर सकते।

लोहा-लक्कड़ और प्लास्टिक की कुरसी तो कहीं भी मिल जाती है। रेलवे स्टेशन और पालिका दफ्तर के बाहर, पार्क में तो हमेशा लगी रहती हैं। वे अब वापस नहीं लौट सकते। विफल होकर वापस लौटना, कायरता है, पीठ दिखाना है। वे सबकुछ कर सकते हैं, पीठ नहीं दिखा सकते। ऐसे मौकों पर, उनके अंदर का मध्ययुगीन सिपाही जाग्रत् हो उठता है, जो प्रतिबद्धता याद दिलाता रहता है; शहीद होंगे तो इसी रणभूमि में होंगे।

होगा कि नहीं होगा का पेंडुलम लगातार झूलता रहता है, जो मन को डगमगा जाता है। वापस लौटना मुमकिन नहीं। ऐसा किए तो भरोसा खो बैठेंगे—परिवार और समाज दोनों का। खैर, समाज की तो ऐसी-की-तैसी। परिवार की नजरों में गिरने से सचमुच भय लगता है और उससे ज्यादा भय, अपनी नजरों में गिरने से।

कभी-कभी, भविष्य बियाबान अँधेरे की तरह दिखाई पड़ता है। फिर अंतर्मन

कहता है, थोड़े कष्ट और उठा लो। कष्ट उठाने में तो साला डी.लिट. से ऊपर की कोई डिग्री होती हो, तो उसके लिए भी डिजर्व करने लगे हैं। वापसी करने से गलत मैसेज जाएगा। रकीबों की बन आएगी। उन्हें कहने का मौका मिल जाएगा।

नीति कहती है, दुश्मनों को मुद्दा खुद नहीं थमाना चाहिए। बड़ा 'माहौल' बनाए था। 'भौंकाल काटे रहा।' 'आया न ऊँट पहाड़ के नीचे।' यह जुमले, आम हो जाएँगे। मन डाँवाँडोल होने लगता है। एक मन कहता है, चुप्पैचाप निकल चलें, 'चन्नन पट्टी' की ओर। कोई भी काम-धंधा पकड़ लेंगे।

अंतर्मन सचेत कर जाता है; भावनाओं के बहाव में ऐसा आत्मघाती निर्णय भूलकर भी नहीं करना चाहिए। उनकी बातों का यकीन कौन करेगा? अब वे नादान नहीं रहे, समझदार-जिम्मेदार प्राणी हैं। जिम्मेदार ओहदों के ऐस्पिरेंट रह चुके हैं। मन में हर समय, उठापटक चलती रहती है। अब जिंदगी, जिंदगी न रहकर झंझावात बन चुकी है।

उन्होंने अपने परममित्र से मन की बात साझा की। दोस्त किसी सामुद्रिक की चर्चा छेड़ बैठे। कोई ज्योतिषी, सामुद्रिक हैं, पहुँचे हुए हैं। उनकी चर्चा, सरेआम रहती है—गली, नुक्कड़, चौराहों पर चहुँओर उनकी वाहवाही है। उनके नाम-स्मरण मात्र से श्रद्धालु कान की लौ छूने लगते हैं। 'माउथ पब्लिसिटी' कम्युनिकेशन का विश्वसनीय साधन यूँ ही नहीं कहा जाता है। क्रमशः उनका झुकाव, अब इस बात की ओर होने लगा कि चलो देख लेते हैं, इसे भी देख लिया जाता है। आजमाने में कोई बुराई नहीं।

□

वे समय लेकर पहुँच ही गए, जूते उतारकर अंदर गए। बाहर लगे जूतों के ढेर से, उनकी पॉपुलैरिटी का अंदाजा लग गया। अंदर जाकर चटाई पर पीछे की तरफ बैठे। उस समय सामुद्रिक किसी 'पेशेंट' को देख रहे थे। जातक, भक्ति भाव से 'एनालिसिस' सुन रहा था। विषय था—मंगल-महिमा का बखान। खुलासा करते हुए बोले, "साहस, स्वाभिमान और नेतृत्व प्रदान करना, मंगल के सामान्य फल हैं। क्रोध, दुर्घटना, झगड़ा-फसाद, ऋणग्रस्तता, शत्रुओं की भरमार हो तो ये लक्षण जताते हैं कि मंगल, अमंगल करने पर उतारू है।"

अमृत-सुधा-श्रवण चल रहा था। ये काफी पीछे बैठे थे, किंतु सतर्क थे। शब्दों पर पूरा-पूरा ध्यान रखा जा रहा था। अकस्मात् ये हिप्नोटाइज से हो गए और सहसा फ्लैशबैक में चले गए। जो भी इन्होंने सुना, यह केस हिस्ट्री तो इन्हें स्वयं अपनी ही लगने लगी। उनके साथ हर साल दुर्घटना होती है और हर परीक्षा में होती है। कहाँ

तो वे कभी 'रोल मॉडल' हुआ करते थे। अब तो हालत यह हो गई है कि रोल नंबर छपना दुर्लभ हो गया है।

छोटी-छोटी बातों पर मन बैठने लगता है। तनाव रहता है और तन दुर्बल। इतनी लाचारी तो उन्होंने कभी अनुभव नहीं की थी। 'निगेटिविटी' की तो पूछिए मत। हर बात, नकार भाव से सोचना आरंभ करते हैं। हीनग्रंथि प्रकट होकर उभर आई है। यदि आसमान में जहाज उड़ रहा हो तो लगता है कि लाखों की भीड़ में वह हमरौ सिर पे गिरेगा। दुर्घटना के सिवा कोई और विचार ही नहीं आता।

उस दिन, रूम पार्टनर कपड़ों पर इस्तरी कर रहे थे। इस्तरी गरम होने में समय ले रही थी। इनसे न रहा गया। बोल बैठे, "फुँक तो नहीं गई है।" दोस्त ने समझाया, "यार! कितने निगेटिव हो गए हो तुम। कभी भला भी तो सोच लिया करो। हो क्या गया है तुम्हें?" एक कमजोरी हो तो बताएँ। ऋणग्रस्तता, सदा बनी रहती है। यही, एक नया 'परमानेंट फीचर' जुड़ा है। गरीबी, पैसों की तो रहती ही है, विचारों की भी रहने लगी है। टुटपुंजिया सवालों पर भी सोचना पड़ता है। छोटे-मोटे सवालों पर सन्नाटा छाना, अच्छी बात नहीं। पद-पोस्ट-प्रतिष्ठा जादुई सपना लगने लगा है।

अब तो खुद को लगने लगता है कि ऐसी तैयारी के साथ तो भगवान् ही मालिक है और हाँ, मौका चूक जाने के बाद, सबकुछ डिटेल में याद आने लगता है। अरे! ये तो हम जनबै करते हैं। इतना ही नहीं, जो पूछा गया हो, उससे आगे के स्टेप्स भी याद आने लगते हैं, लेकिन तब, जब चिड़िया खेत चुग चुकी होती है, तब याद आने से क्या लाभ। पश्चात्ताप जरूर बढ़ जाता है। इन हालातों में कॉन्फिडेंस क्रमशः जाता रहा। उल्लास-उत्साह सब गायब। ऊर्जा का जैसे—नामोनिशान बाकी न रहा हो। विचारों की कृपणता, तो हमेशा बनी रहती है।

एग्जाम हॉल में तो जैसे साँप ही सूँघ जाता है, कुछ सूझता ही नही और हाँ, एक नई आदत जरूर उभरकर सामने आई है—सही बात को गलत मौके पर कहने की आदत। धड़ल्ले से कह मारते हैं। मौका-बेमौका नहीं देखते। कह डालते हैं, बिल्कुल परवाह नहीं करते। इस कारण शत्रु बहुतायत में बन आए हैं। ऐसे में शत्रुओं की बन आई है। समस्त प्रतिस्पर्धी, शत्रु समान हैं। वे हर बार स्पर्धा में बहुत आगे निकल जाते हैं।

परीक्षा भी तो एक किस्म की युद्धभूमि ही है। अपनी परिपक्वता-प्रतिभा को तो मानो ग्रहण ही लग गया है। हर दाँव खाली निकल जाता है। मजाक में कहें या आजमाइश के लिए—एस.एस.सी. में बैठे, वहाँ भी चूक गए। यदि ऐसा मालूम होता

तो बैठते ही नहीं। कॉन्फिडेंस डंप करने को काहे बैठते भला। 'कॉन्फिडेंस' बिल्कुल बैठ चुका है, व्यक्तित्व क्रमशः रसातल को जा रहा है।

तभी इनके विचारों में व्यवधान पड़ा, ज्योतिषी की आवाज गूँजने लगी। सामुद्रिक उवाच, "मंगल, मारकेश है। आजकल गोचर में वक्री चल रहा है। फिर इस कुंडली में अंगारक योग है।" ये 'टेक्निकल' बातें हैं। जातक को कुछ खास समझ में नहीं आया, लेकिन सबका अपना-अपना 'परसेप्शन' रहता है। हर कोई अपने अंदाज में समझता है। स्पर्धा में मारकाट तो हमेशा मची रहती है, जिसका नाम ही स्पर्धा है।

रिजल्ट निकलने पर तो मरना ही हो जाता है। वे खुद, कितनी बार मर चुके हैं। मुँह छुपाना, दूभर होता जा रहा है। अब तो हम सचमुच निर्लज्ज हो गए हैं। गाँव-गिराँव में किस मुँह से बताएँ कि हम करते क्या हैं और इतने सालों से क्या कर रहे हैं। मंगल सचमुच पीड़ित होगा। यही नहीं, वक्री भी होगा। तभी तो हमेशा वक्र विचार आते हैं। मंगलवे ने तो सचमुचै बकरी बना दिया है।

सपने भी कैसे आते हैं—अनाप-शनाप, टेढ़े-मेढ़े सपने। कभी पहाड़ से लुढ़कते हैं, तो कभी राक्षस दौड़ाए रहता है। दौड़ते-दौड़ते, हँफनी छूट जाती है। इस उमर में, कैसे सपने दिखने चाहिए थे, यहाँ गिनकर यही दो सपने आते हैं—डेली टेलीकास्ट ऐंड रिपीट।

वे पीछे बैठे थे चुपचाप—पूर्ववत्। उस जातक की फलित-रिपोर्ट सुन रहे थे। सामुद्रिक ने जातक को कुछ उपाय बताए, "वक्रतुंड, गणेश भगवान् की पूजा करो। हनुमान मंदिर में लाल चोला चढ़ाना होगा और दुःस्वप्न परेशान करें, तो बजरंग बाण, हनुमान चालीसा सिरहाने रखकर सोना। दुःस्वप्नों की छुट्टी।"

ये पीछे बैठे सोचने लगे, कहीं अपन का भी मंगल मारकेश तो नहीं, जो उन्हें किसी भी मार्केट में नहीं टिकने देता। शायद इसी वजह से मार्केट-वैल्यू, निरंतर ह्रासमान है, गिरती ही जा रही है।

बकौल सामुद्रिक, "अगर मंगल कमजोर हो तो जातक स्वतः कमजोर होता चला जाएगा।" इन्हें लगा कि बिल्कुल सही बात है। वे निरंतर, निःशक्तता अनुभव करते हैं। भैया मेरे! ताकतवर होते तो किसी-न-किसी परीक्षा में ताकत दिखाते, कुछ तो निकलता, छोटा-मोटा ही सही। इतने अरसे से तो घुइयाँ ही छील रहे हैं।

इस बीच क्रम आगे खिसक आया था। अब वे किसी दूसरे जातक के चक्र को देखने लगे। सामुद्रिक जोश में चुटकी बजाकर बोले, "इस कुंडली में मंगल कारक है। अइसा मंगल, मंगलैमंगल करता है। हिटलर काहे कोहराम मचाया, ग्रहों

के प्रभाव से। सूर्य, मंगल, बुध, शुक्र जैसे चार-चार ग्रह, एक साथ। सोने पे सुहागा यह कि सूर्य उच्च का, वह भी चौबीस डिग्री का, जिसे परमोच्च कहते हैं। ऊपर से गजकेसरी योग और क्या चाहिए। उसका जन्म, धनु राशि के मूल नक्षत्र में हुआ था, एक तो करेला, ऊपर से नीम चढ़ा।"

हिटलर के फलित पर प्रकाश डालते हुए उन्होंने जारी रखा, "उसके माता-पिता, उच्च शिक्षित थे और अनुशासित जीवन जीते थे, लेकिन बीस वर्ष की उम्र तक वह अपने माँ-बाप को खो चुका था। हालाँकि शुक्र ने अपना प्रभाव दिखाया, उसका ध्यान कला (फाइन आर्ट्स) की तरफ खींचा। फाइन आर्ट्स में एडमिशन पाने के लिए उसने भारी जद्दोजहद की। फिर भी एडमिशन नहीं मिला। उसने जेब खर्च चलाने के लिए लोगों के घरों में रँगाई-पुताई का काम तक किया। सूर्य की दशा में वह फौज में भरती हुआ, जिसके प्रभाव से वह फर्स्ट वर्ल्ड वार में जमकर लड़ा, जख्मी हुआ और वीर चक्र पाया। सूर्य ने अपना पूरा काम किया।"

"मंगल की दशा में उसने नाजी पार्टी का गठन किया। वह प्रखर वक्ता था। वह बोलता क्या था, आग उगलता था। श्रोता उसे मंत्रमुग्ध होकर सुनते थे, सुध-बुध खो बैठते थे। राहु की महादशा में तो वह जर्मनी का फ्यूहरर ही बन बैठा, वह भी बिना चुनाव कराए। राहु जो न कराए, वह कम है। जबरदस्त पराक्रमी ग्रह है राहु। उसने जर्मनी को 'टॉपम टॉप' पहुँचा दिया था।"

"सेकेंड वर्ल्ड वार में एक बार को तो उसने मित्रराष्ट्रों को नानी याद दिला दी थी, लेकिन इसी राहु में जब खराब प्रत्यंतर आया तो उसने 'सुसाइड' किया। उस दिन के गोचर बताते हैं कि उसके अधिकांश कारक ग्रह द्वादश में चल रहे थे।"

तभी उनका एक मुँहलगा चेला, आगे को बढ़ आया। संभवतः वह नीम-हकीम रहा होगा। उसकी भंगिमा से लग रहा था कि वह काफी देर से कुछ उद्गार व्यक्त करने की बाट जोह रहा था। अतः आगे उचकते हुए वह बोला, "सर! सरदार पटेल का भी तो मंगल बलवानै रहा।"

गुरु साँस खींचकर बोले, "सरदार साहब का तो रूचक योग था। उनका नक्षत्र, अनुराधा था। ग्रह बलवान हों, तो क्या-से-क्या होकर रह जाता है। सारे रंगबाजों की रंगबाजी धरी-की-धरी रह गई, एक 'ट्रंक कॉल' पर ही 'इंस्ट्रूमेंट ऑन एक्सेसन' पे, दस्तखत करवाए थे। कइयों ने पेटदर्द-सिरदर्द का बहाना बनाया। बचने की कोशिश की। सरदार साहब के पास सब मर्जों की दवा थी।"

उन्हें सुनते हुए ऐसा लगा कि गुरुजी गहरी पैठ बनाए हुए थे। करते वे भी वही

थे, जो इस शहर में हर कोई करता था, यानी कंपीटीटर थे। घिस-घिसकर उन्होंने काफी रुतबा हासिल कर लिया था। वे कुछ ठहरकर बोले, "ग्रहों का क्या है, सही चलें तो फलक तक पहुँचा दें, खराब चलें तो बख्शते भी नहीं। अब टीपू सुल्तान को ही ले लो, मैसूर का शेर। उनका ही तो डायलॉग था, 'शेर की तरह जिओ, चाहे एक ही दिन की जिंदगी हो।'"

"दूसरे मैसूर युद्ध में उसने अंग्रेजों को खूब छकाया। हेक्टर मुनरो का तो तोपखाना ही लूट लिया था। बेली का बुरा हाल कर दिया था, जिससे अंग्रेजों की प्रतिष्ठा को गहरा धक्का लगा। फिर उन्हें सर आयरकूट को भेजना पड़ा।"

फिर गुरुजी चिंतापूर्वक बोले, "वही मैसूर का शेर, चौथे आंग्ल-मैसूर युद्ध में रण में खेत रहा। वह एक ऐसा वीर था, जो दुर्ग के फाटक पर लड़ते-लड़ते शहीद हुआ। ग्रह-गोचर के खेल निराले हैं। टीपू की मेष राशि थी।"

मुँहलगे ने श्रोता जातक को आँखों से खिसकने का इशारा किया। दूसरा जातक, स्वतः आगे खिसक आया। उसने भरपूर श्रद्धा दिखाई, उनके घुटनों को छूकर, काल्पनिक चरणधूलि सिर-माथे से लगाई। गुरु ने उसकी कुंडली पर निगाहें गड़ा लीं। खोजपूर्ण निगाहों से उन्होंने उसकी कुंडली के खानों पर नजर डाली। उसे एकटक देखकर बोले, "घर पर तोता पाले हो क्या?" जातक यह सुनकर हैरान रह गया। गाँव में, उसके घर पर हमेशा तोता रहता है।

अटकते हुए बोला, "हाँ सर! है तो।"

गुरुजी कुछ रुककर, फिर समझाइश भरे अंदाज में बोले, "दरअसल इस कुंडली का बुध दूषित है। तुम्हारी जबान अटकती होगी।"

फिर इत्मीनान से बोले, "जहाँ पर जो नहीं बोलना चाहिए, ऐन वहीं पर, वह बात बोल जाते हो कि नहीं, बाद में पश्चात्ताप रहता होगा।"

जातक आश्चर्यचकित था। ये तो हू-ब-हू, वही-वही बता रहे हैं, जो-जो हमारे साथ, अकसर होता रहता है। उसने भावातिरेक में पुनः सिर नवाया।

गुरुजी ने यूँ ही, ध्यानाकर्षण के लिए खाँसकर उसकी ओर देखा। फिर समाधान दिया, "तोता उड़ा देना। तुम्हारी कुंडली में बुध ग्रह वाणी का कारक है।"

फ्लैशबैकवाले जातक की आँखें मुँदी हुई थीं और चेहरे पर तृप्ति और संतोष का भाव गहराया हुआ था।

नीम-हकीम, शायद काफी देर से कुछ कहना चाहता था। मौका देखकर उसने अपने अधूरे ज्ञान का प्रदर्शन करते हुए कहा, "इसमें तो बुधादित्य योग दिख

रहा है सर!"

गुरुजी ने स्पष्टीकरण देते हुए कहा, "हाँ, वह तो है; लेकिन पाप ग्रह भी तो साथ में हैं। रही बुधादित्य की बात, तो तीन-चौथाई कुंडलियों में यह योग मिल जाता है।"

उसने चकित होते हुए पूछा, "वह कैसे सर!"

"दरअसल, बुध और शुक्र, दो ऐसे ग्रह हैं, जो सूर्य से अधिकतम अट्ठाईस डिग्री के फासले तक ही रहते हैं। यूँ समझिए कि प्रायः उसके आस-पास ही रहते हैं। जब ऑर्बिटरी-पाथ नजदीक रहता है तो अकसर बुधादित्य योग बन जाता है।

अधिक स्पष्ट करते हुए उन्होंने कहा, "हालाँकि बुध इंडिपेंडेंट हो तो ज्यादा कारक हो जाता है। भगवान् राम की कुंडली में बुध, ग्यारहवें भाव में था। इंडिपेंडेंट।"

उसने फिर बाधा डाली, "सर! भगवान् राम की कुंडली का जिक्र कहीं मिलता है, क्या।"

उन्होंने प्रेम से समझाया, "वाल्मीकि रामायण में इसका स्पष्ट उल्लेख मिलता है। हालाँकि दो छाया ग्रह, राहु-केतु और बुध का उसमें जिक्र नहीं है। बाकी छह ग्रहों का तो उसमें स्पष्ट विवरण दिया गया है।"

"तो सर! फिर बुध ग्यारहवें कैसे आया।"

"देखो, विद्वानों ने गणना से यह निष्कर्ष निकाला है। उस दिन की रामनवमी का पंचांग व अन्य गणनाओं से यह निष्कर्ष आसानी से निकल आता है।"

जातक ने कहा, "सर! आप भगवान् राम की कुंडली में बुध ग्रह का बता रहे थे।"

"हाँ! तो उनके ग्यारहवें बुध हुआ, जो द्वादश से द्वादश होने से बली हो गया है। भगवान् राम की संगठन क्षमता, अद्भुत थी—जनस्थान, दंडकारण्य और किष्किंधा में उन्होंने क्या किया यही न कि आदिवासी, वानर और ऋक्ष यूथों को संगठित किया। प्रशिक्षण देकर उन्हें धारदार बनाया।"

"हालाँकि व्ययेश होने के कारण इसी बुध की महादशा में सीताहरण हुआ। भगवान् राम की कुंडली में पाँच ग्रह उच्च के थे, लग्नस्थ उच्च का गुरु। इस स्थान का गुरु, जीवन मूल्यों की प्रतिष्ठा बनाए रखने के लिए सर्वोच्च बलिदान तक करवा लेता है। चूँकि "सेल्फ रेस्पेक्ट उसकी सबसे बड़ी संपदा रहती है। वे पुनर्वसु नक्षत्र में पैदा हुए थे, जिससे उनके जीवन में जितनी भी कठिनाइयाँ आईं, उन्होंने सबका सफलतापूर्वक सामना किया।"

उसने पुनः बाधा डाली। फिर उन्हें उकसाया, "सर! वे भी तो मंगली थे।"

"हाँ! उनके सप्तम में मकर का मंगल था। भगवान् बुद्ध के भी दूसरे भाव में मंगल था। इससे उनके गृहस्थी सुख में न्यूनता रही।"

सामुद्रिक ने आख्यान जारी रखा, "भगवान् कृष्ण के पंचम भाव में बुध ग्रह केतु के साथ था। छाया ग्रहों के साथ उचित स्थान का बुध करामाती हो जाता है। तो भगवान् कृष्ण की कुंडली में वाणी का कारक होकर बुध, विद्या-बुद्धि-संतान के घर में था। वाणी पर तो उनका गजब का कंट्रोल रहा। आप भगवद्गीता देख लीजिए, उनकी ही कही हुई है। मजे की बात यह है कि वे किसी से भी कोई भी बात मनवाना जानते थे।"

"तभी तो जब कभी उनका हस्तिनापुर का 'प्रोग्राम' बना, सुयोधन ने हरबार हंगामा किया। उसने हस्तिनापुर के श्रेष्ठ कौरवों से सौगंध उठवाई कि वे उस ग्वाले से बात नहीं करेंगे। यह सब उसे क्यों करना पड़ा? इसलिए कि वह जानता था कि इनके न-न करते हुए भी कृष्ण उनसे हाँ करवा लेगा। एक बार बात शुरू होने की देर है। फिर तो वार्त्ता सफल होनी ही है।"

24

जब तक उनकी राहु की दशा चली, उनकी जीवनचर्या अजीब सी रहती थी। केश रूखे और खड़े रहते थे, एकदम व्योमकेश। महफिलों में उनकी आमद विचित्र सा प्रभाव पैदा कर जाती थी। लगभग भय का वातावरण, जो दैत्य-सेनापति राहु जैसा असर दे जाता था। यूनिवर्सिटी में, जिस भी गेट से निकलते, वहीं भगदड़ मची रहती। सुकन्याओं में अफरा-तफरी का माहौल। सहपाठी उन्हें देखकर, अकसर सहमे रहते थे, लेकिन सहमे-सहमे ही सही, उनसे सहमत जरूर हो जाते थे।

उनकी कुंडली में राहु, पंचम स्थान का था। अत: वे हमेशा दूर की कौड़ी सोचते थे। घनघोर नास्तिक, लगभग पथभ्रष्ट। 'वर दे, वर दे' वंदना का, विचित्र सा अर्थ निकालते थे। पहले वाचन में आरंभिक दो शब्द पढ़ते थे। द्वितीय वाचन में आरंभिक दो अक्षरों को अघोष पढ़ते थे, शेष को सघोष। हिप्पी मूवमेंट से वे काफी प्रभावित दिखते थे। अकसर वही गाना गाते रहते थे, 'दुनिया ने हमको दिया क्या, दुनिया से हमने लिया क्या। दुनिया की ऐसी की तैसी।' यह गीत हिप्पी मूवमेंट के मोहभंग दर्शन को बखूबी व्यंजित करता था।

उनके स्वयं के अनुसार, बृहस्पति की दशा ने उनका कायाकल्प कर दिया।

इस ग्रह का आगमन सचमुच उनमें आकस्मिक परिवर्तन लेकर आया। यह परिवर्तन, दोनों स्तरों पर दिखाई पड़ता था—विचारों में भी और व्यवहार में भी। अब वे मीठे और मुलायम लहजे में बात करने लगे थे, सुव्यवस्थित और शालीन हो चले थे। कभी-कभी वे औरों को भी 'अब तो सुधर जाओ' की नसीहत देने लगे थे।

अब बालों में नियमित तौर पर शैंपू करने लगे थे, करीने से सजे हुए बाल, साथ ही घनघोर रूप से कॅरियर-केंद्रित हो चले थे। अंततोगत्वा वे सफल हुए, कॅरियर में भी और गृहस्थी बसाने को लेकर भी। जिस विदुषी-कुलीन-गुणसंपन्न कन्या को राहु की दशा में वे आदर की दृष्टि से देखते थे, वही उनकी जीवनसंगिनी बनी। वे स्वयं स्वीकार करते थे कि यह ग्रहों के चमत्कार के सिवा और कुछ भी नहीं।

□

परीक्षा मघा नक्षत्र में आरंभ हुई थी। शास्त्र कहते हैं कि अशुभ नक्षत्र में किया हुआ काम निष्फल जाता है। 'वैकेंसी' उत्तरा फाल्गुनी जैसी आ रही हैं, हलकी बूँदा-बांदी, कुछेक छींटे। कई सालों से सूखा पड़ा है। भरपूर बारिश देखने को अँखियाँ तरस गई हैं। लक्ष्मीजी बैकुंठ चली जाती हैं, अन्नपूर्णा कैलाश। सरस्वतीजी मुँह लगाती ही नहीं। परिस्थितियाँ, अलंघ्य-बाधा जैसी बन पड़ी हैं। बाधा चूर्ण करने में कोई कोर कसर नहीं रख छोड़ी थी। दो सीट और होतीं तो बेड़ा पार हो जाता।

उनका चंद्र में राहु का प्रत्यंतर चल रहा था, जो लगातार विफलता-निराशा साथ लेकर आया था। अवसाद-निराशा-मोहभंग से जीवन त्रासद हो चला था। तीन-तीन इंटरव्यू फेल करने पर सिवाय पागलपन के और कोई चारा शेष नहीं रह जाता। उनकी विद्वत्ता की धूम चहुँओर मची हुई थी। छोटे-मोटे महापुरुष समझ लीजिए। नुक्कड़-चौराहों पर चर्चा आम थी कि 'इस बार तो सर ऊपर ही दिखेंगे।' जनमानस का यह अभिप्राय, 'ऑल इंडिया रैंक' को लेकर रहता था।

इस तरह की नुक्कड़ चर्चा, उनके लिए हमेशा नुकसानदेह साबित हुई। परिणाम सदैव भिन्न निकला। ऊपर की रैंक के बजाय, डायरेक्ट 'ऊपर जाने की सोच' उनमें विकसित हो चली थी। अब वे मात्र दो विकल्प देने लगे—कूदेंगे जरूर, शास्त्री पुल से अथवा कर्जन पुल से। च्वॉइस प्रशंसकों पर छोड़ दी गई थी। उनके कुछ आत्मीय थे, जो उन्हें बलपूर्वक खींचकर घर ले आते। इस पर वे अत्यंत व्यथित हो उठे, "फेल होने पर, आत्मघात करने की एक कोशिश की, उसमें भी फेल हो गए।" यह विफलता उनका पीछा ही नहीं छोड़ रही थी। शागिर्दों को निरंतर निगरानी रखनी पड़ी—कहीं ऐसा-वैसा, कुछ न कर बैठें।

वे थे भी बिल्कुल बाँस-बुद्धि। बालकों जैसे सरल हृदय। बकौल फिराक

साहब, "बाँस पर हलकी सी चोट मारो, नीचे तक, खुद-ब-खुद चिरता चला जाता है। एक ही वार में छाती मुकम्मल फट जाती है, दो बराबर हिस्सों में।" संक्षेप में वे तीन बार अपना दामन चाक करवा चुके थे। चाक गिरेबाँ करवाए हुए थे। अतः वे पर्याप्त अनुभवी थे।

कई दिनों तक वे गुमसुम से रहे। उनके मित्रवर रोज आते थे। देर रात तक, काउंसिलिंग करते रहते। किसी भी किस्म की अनहोनी को, जैसे-तैसे थामे रहे। हादसा न होने पाए, इस दिशा में काफी सतर्क रहते थे। कुछ हफ्ते बीतने पर सामान्यता की बहाली हो चली थी। एक दिन वे मौका निकालने में सफल रहे।

रहस्यमय अंदाज में बोले, "चंद्र-राहु प्रत्यंतर में संघर्ष बढ़ जाता है। संघर्ष आंतरिक हो, तो ज्यादा बढ़ता है। इस अवधि में भावनात्मक-अस्थिरता, नॉर्मल सी बात है। ऐसे में मानसिक संतुलन कैसे संभव है। यह तो होना ही था। फिर आपके तो गोचर में भी गुरु-चांडाल योग बना है। इन दिनों देवगुरु बृहस्पति के सलाहकार राहु महाराज बने हुए हैं।"

"है न, अजीब संयोग। आप खुद अनुमान लगा सकते हैं कि वह कैसी सलाह देता होगा। आप स्वयं सोचिए। देवगुरु को भी कन्फ्यूज किए रहता होगा। खुद तो डंडा किए है, चलो मानते हैं कि यह उसका मूल स्वभाव है, लेकिन वह तो गुरु से भी करवा रहा है। जब तूफान चल रहा हो, उस समय मुकाबला रोक लेने में भलाई है। कहीं आसरा ले लें। झंझावात में कश्ती का लंगर डालने में कोई बुराई नहीं। जब मौसम साथ दे, तो जी खोलकर, मुकाबला करना। रही पागलपन की बात तो इस फेज में पढ़ाई-लिखाई में पागल हो जाइए।"

उन्होंने समझाइश जारी रखी, "यह स्थिति, पागल होकर सड़क पर घूमने से तो बेहतर है। दिन-रात, किताबों से जूझो। पागलपन के 'सब्सटीट्यूट' का खुद चुनाव कर लो। अगर नियति में यही होना लिखा है तो यही सही, लेकिन युद्धभूमि का चुनाव स्वयं करना, अच्छी स्ट्रेटजी की निशानी है और हाँ, बाल-हजामत और नाखून नियमित रूप से बनाओ, ग्रहों में शुभता आती रहेगी।"

उनके कई मुरीद थे, जो नियमित रूप से सेवा में लगे हुए थे। उनको माननेवालों की कमी नहीं थी, सभी हृदय से उनका सम्मान करते थे। साथ लगे रहने का एक लाभ यह भी रहता था कि सामुद्रिक शास्त्र की अमृत-वर्षा से कुछेक बूँदें, यदाकदा उनके कानों में भी पड़ जाती थीं। जिज्ञासा उनकी भी जोर मारती रहती थी। मनुष्य जाति में एक खास प्रवृत्ति यह भी बताई जाती है कि वह अपने अज्ञात भविष्य के

विषय में जानने को, सदैव उत्सुक बनी रहती है।

मित्रप्रवर ने इन बालकों को बिठाया, उन्हें सुना, शंका-संदेह को दूर किया। प्रवर उवाच, "व्यावसायिक रूप से, फलित बाँचनेवाले अकसर एकपक्षीय फलागम पढ़ते हैं। भविष्यफल बताने के स्थान पर डराते ज्यादा हैं। 'बट एस्ट्रोलॉजी इज नॉट देयर कप ऑफ टी। इट नीड्स विजन ऐंड परफेक्ट कैलकुलेशंस।' साढ़ेसाती ढैया के नाम पर, भयभीत करते हैं, लगभग आतंकित कर जाते हैं और काल-सर्प दोष से भयदोहन। इसके पीछे रीजन यह है कि अगर जातक त्राहिमाम न करें, तो फिर अनुष्ठान कैसे होगा। वस्तुत: यह सरसरी दृष्टि से देखने का विषय है ही नहीं। इसके लिए चाहिए एकाग्रता और उसके साथ-साथ उच्च गणितीय क्षमता।"

वे कुछ रुककर बोले, "अब देखिए, मकर और कुंभ लग्न में शनि लग्नेश रहता है। इसी तरह वृष और तुला लग्न के लिए शनि योगकारक हो जाते हैं। शनि या कोई भी ग्रह स्वग्रही, केंद्रस्थ अथवा उच्चस्थ हो जाए, तो अच्छा फल देता है। त्रिखट-एकादश में शनि बेहतरीन रिजल्ट देता है। कुछ किस्म के विपरीत राज भंग योग भी बनते हैं। फिर ग्रहों के बलाबल, अष्टक वर्ग, षड्बल पर भी इनका शुभाशुभ फल निर्भर करता है। ये जितने भी नीम-हकीम हैं, सबको एक लाठी से हाँकते हैं। फुटपाथ पर ईंटा के आसन पर बैठकर, जो दूसरों का भाग्योदय बताता है, कभी-कभी उसे अपना भाग्योदय देखना चाहिए कि नहीं?"

25

अखिलेश सर तो एकदम निराश हो चले थे। अब उनका बस लास्ट ही चांस बचा था। लड़कों ने बहुत मनाया, तब जाकर वे गाँव से वापस आए। अनमने मन से परीक्षा में शामिल हुए और पी.टी. देकर सीधे वापस गाँव लौट गए। इधर उनका मन उचाट हो चला था। शायद इसीलिए खेती-बाड़ी में रमते जा रहे थे।

परिणाम आ चुका था। लड़कों ने रिजल्ट देखा। उन्हें संदेश भेजकर मुख्य-परीक्षा के लिए बुलाया गया। अब समय कम बचा था। जैसे-तैसे, वे कंपलसरी दे आए। फर्स्ट ऑप्शनल कुछ खास नहीं हुआ। अब सारी उम्मीदें, 'फिलसफिया' पर टिकी हुई थीं।

पहला परचा देकर बाहर आए तो माथा पकड़े हुए थे। चेहरे पर हवाइयाँ उड़ रही थीं। संगी-साथियों का तो और भी बुरा हाल था। सबके पैरों तले जमीन खिसकी

हुई नजर आ रही थी। बकौल तिवारी, "सबके हाथों के तोते, परमानेंटली उड़ चुके थे।" ब्रेक में लड़के पान की दुकान घेरे हुए थे, पान-दोहरा बनवा रहे थे। अब बस एक आखिरी परचा बचा था। नाउम्मीदी कसकर हावी थी, लेकिन देना तो पड़ेगा ही, जिसमें दमखम की उम्मीद थी, उसी में चुक गए हैं, अब इससे क्या उम्मीद रखें।

दर्जनों लड़के गुमटी के बाहर मोढ़े पर बैठे हुए थे। तरह-तरह से गुबार उतार रहे थे। एक साथ, दु-दु सिगरेट धौंक रहे थे, इंजन जैसा गाढ़ा धुआँ। इस दशा में परेशान और चिंतित होना लाजिमी था। इस मुर्दनगी भरे माहौल में अकस्मात् एक बाबा की एंट्री हुई। बाबा ने अलख निरंजन का जयघोष करके, चाय पीने की इच्छा जाहिर की। लड़कों का मूड पहले से ही उखड़ा हुआ था। परचा उनको झटका दे गया था, बाजी हाथ से निकली जा रही थी। ऐसे में उनका मिजाज, गरम रहना स्वाभाविक था। सो, सारी-की-सारी गरमागरमी बाबा पर निकाल डाले।

उधर अखिलेश सर दूसरे कोने की गुमटी के बाहर एकांत में मोढ़े पर बैठे हुए थे। वे लंच कर रहे थे; बन-मक्खन का लंच। तभी उन्हें अपने पीछे कोई आहट सुनाई दी। पीछे गरदन घुमाई तो बाबा दिखाई पड़े। उन्होंने बिना कुछ कहे, बुश्शर्ट की पॉकेट टटोली, सिक्के खनखनाए। फिर दस रुपए का नोट बाहर निकला। यह नोट शायद उनकी धनसंपदा का आखिरी नोट था। हाथ बढ़ाकर बाबा को थमाते हुए बोले, "बाबा! जीम लीजिएगा।"

चलते-चलते बाबा उन्हें एक रुद्राक्ष थमा गए। बोले, "इसे बाजू में बाँध लेना बच्चा! जिस दिन यह खंडित होकर टुकड़े-टुकड़े होगा, उसी दिन तुम अपना भाग्योदय समझना।"

उन्होंने अनमने मन से रुद्राक्ष ग्रहण कर, जेब के हवाले कर दिया। परीक्षा की घंटी बजने लगी।

परीक्षा निपटाकर, वे उसी रात गाँव चले गए। धुँधली उम्मीद भी बाकी न थी। 'उत्तम खेती मध्यम बान' में से पहले विकल्प पर उनका मन स्थिर होता जा रहा था। इस तरह से किसानी को वे लगभग अपना ही लिये थे।

गेहूँ कट चुका था। जेठ का महीना चल रहा था, आसमान भरपूर तपन दे रहा था। दोपहर में वे मड़ैया में लेटे हुए थे। गाँव का कोई लड़का, उन्हें यह सूचना दे गया कि "चौराहे के पी.सी.ओ. वाले भैया आपको बुला रहे हैं। आपका इलाहाबाद से फोन आया है।" वे लगभग दौड़ते हुए पी.सी.ओ. पर गए। उन्हें इस बात पर घोर आश्चर्य हुआ कि आखिर उनकी इंटरव्यू कॉल आई कैसे!

नियत समय पर प्रयागराज पकड़कर वे सीधे दिल्ली पहुँचे। शामिल हो आए थे। उनके मुताबिक, "इंटरव्यू एवरेज ही हुआ था। जो जवाब आया, बताए। जो नहीं आया, साफ-साफ मना कर दिए।" वहाँ से प्रयाग नहीं लौटे। वहीं से सीधे गाँव की बस पकड़ लिये थे।

खरीफ का सीजन था। रोपनी चल रही थी। वे खेतों में कोना-दुरस्ती कर रहे थे। आपादमस्तक, मिट्टी-कीचड़ से सने हुए थे। झुककर, फावड़ा चलाने में तल्लीन थे। तभी उन्होंने, अपने नाम की पुकार सुनी। कमर सीधी करके देखा तो सामने साइकिल पर सवार, 'सुकला' दिखाई दिए। वह अखिलेश! अखिलेश! चिल्लाते हुए आ रहे थे। उत्साह में उन्होंने साइकिल खेतों में ही कुदा दी।

सुकला कस्बे में लेक्चरार थे। पैंट-शर्ट पहने हुए थे। अखिलेश सर के हितैषी मित्र हैं। उन्होंने गलबहियाँ डालकर दोस्त को उठा लिया। वे भी मिट्टी से सन गए। सर, संकोच करने लगे। भावावेश में आकर सुकला बोले, "ए अखिलेश! ओ यार! तू तो कमाल कर दे ला। कमाल यार! ऑल इंडिया नवाँ रैंक आ गईल तोहार।"

यह सुनकर अखिलेश सर को सहसा विश्वास नहीं हुआ। मिट्टी सने हाथों से दो-दो बार अखबार पलटकर देखे। अकस्मात् मिले इस सुखद समाचार से उन्हें कुछ भी नहीं सूझ रहा था। कैसे खुशी व्यक्त करें। कैसे जताएँ। एक मन तो कह रहा था, इन्हीं खेतों में लोट लगाएँ और बार-बार लगाएँ। इस उद्दाम भावना को उन्होंने जैसे-तैसे जज्ब कर लिया था। अंतर्मन में सोचा, ऐसा करने से ओछापन झलकेगा।

तभी उन्हें खेतों की मेड़ पर कुछ आगंतुक आते हुए दिखाई दिए। सुकला ने परिचय कराया, राष्ट्रीय दैनिक के डिस्ट्रिक्ट लेवल संवाददाता थे, इंटरव्यू लेने आए हुए थे। थोड़ी ही देर में सारे गाँव-जवार में बधाइयों का ताँता लगना शुरू हो चुका था। शाम तक वे बधाई स्वीकार करते-करते थक चुके थे।

देर रात वे कमरे में अकेले थे। नींद अभी कोसों दूर थी। जीवन में चिरप्रतीक्षित मिलने के बाद, शायद ऐसा ही होता हो। पिछली स्मृतियाँ, छवि-चित्र सी चल रही थीं। आशा-निराशा, उत्थान-पतन की स्थूल झलकियाँ। तभी उन्हें अपने नोट्स देखने का मन हो आया, जिन हथियारों से बेड़ा पार हुआ था। लकड़ी के संदूक में स्टडी मटीरियल भरा पड़ा था। संदूक खोले, तभी उनकी निगाह कोने में रखी, पीले रंग की पोटली पर पड़ी। सहसा, फिलसफिया के दिनवाले बाबा याद हो आए। उसी पोटली में रुद्राक्ष रखा गया था। पोटली खोलकर देखा, तो वे आश्चर्यचकित रह गए। पोटली में रुद्राक्ष के टुकड़े-टुकड़े पड़े हुए थे।

उन्हें सहज ही विश्वास हो चला कि इस धरती पर अभी भी चमत्कार होते हैं। जिस मनोदशा में वे थे, उससे उन्हें लगा कि आज उनके साथ भी तो चमत्कार ही हुआ है, जिसे उन्होंने प्रत्यक्ष अनुभव किया। बस, श्रद्धा और लगन होनी चाहिए। सद्कर्म और ईश्वरीय कृपा से असंभव भी संभव हो सकता है।

यह दीगर बात है कि निराशा के दौर में संचित ज्ञान और अनुभव को व्यक्ति हीनता ग्रंथि के प्रभाव में आकर गिनती में लेना भूल जाता है। एकाध जांबवंत जैसे अनुभवी किरदार भी रहते थे, जो 'का चुप साधि रहा बलवाना' का स्मरण कराने की चेष्टा करने की सोचे रहते थे, लेकिन देश-काल-परिस्थिति देखकर वे खुद भावुक होने लगते और अपनी भूमिका भूलकर, दूसरी भूमिका में उतर आते, यानी आँसू पोंछने के भावनात्मक कारोबार में व्यस्त हो जाते।

इनके छोटे भाई थे अवधेश, बी.एड किए हुए थे। कब से मास्टरी की खोज में लगे थे। जब खोजते-खोजते थक गए तो डेयरी खोल लिये। कस्बे में गोकुल डेयरी चला रहे थे, साथ-साथ टीजीटी, पीजीटी के टेस्ट भी दे आते थे। भइया के सिलेक्शन से यदि कोई सर्वाधिक प्रमुदित थे, तो वे अवधेश ही थे। चूँकि सर्वाधिक ताने, उन्होंने ही सुने थे, सबसे ज्यादा वे कोसे गए थे।

इस परिणाम से उनमें न जाने कहाँ से भारी मात्रा में जोश भर आया। जैसे मृतसंजीवनी सूँघ लिये हों। वे जोश में लगभग फड़कने लगे और इसी आवेग में प्रयाग जाने की जिद पकड़ बैठे। हालाँकि संयुक्त परिवार में वे सबसे कमअक्ल माने जाते थे। संयुक्त परिवार की अपनी कुछ निश्चित धारणाएँ होती हैं। जहाँ सामूहिक निर्णय के विरुद्ध अपील की गुंजाइश थोड़ी ही रहती है। कहीं-कहीं पर तो अपील-दलील-वकील का कॉलमै नहीं रहता।

खैर, उसे भैया का नैतिक समर्थन हासिल था। फलतः उसके प्रयाग जाने की राह आसान हो गई। सब्जेक्ट से लेकर, नोट्स-किताबें, सब भैया की ही रखी गईं। उनका प्रयाग-प्रवास अत्यंत संक्षिप्त रहा, बस साल भर। उन्होंने अपनी निजी समझ-बूझ और हैसियत के हिसाब से काम भर की पढ़ाई-लिखाई की। हाँ, पान खाने में अलबत्ता, वे एक्सपर्ट बन चुके थे।

उन्होंने ठाठ से परीक्षा दी, मुख्य परीक्षा भी और इंटरव्यू भी। रिजल्ट आया तो उनके दोस्त से लेकर दुश्मन तक, सभी अवाक् रह गए। वे डायरेक्ट बी.डी.ओ. में सेलेक्शन पाए थे। उनके अंतरंग दोस्त, शायद इस रहस्य को जानते थे। वे उस दुर्लभ ताबीज का एक टुकड़ा, हमेशा अपनी बाँह पर बाँधे रखते थे। इस चमत्कार

से उनके खासमखास तो लगभग नतमस्तक थे।

सिलेक्शन की पार्टिया हुईं। देर रात आगंतुक जा चुके थे, किंतु परम आत्मीय जन, अभी तक रुके हुए थे। एकांतिक क्षणों में एक मित्र ने उनसे करबद्ध प्रार्थना की, "ऐ अवधेस! यार कौनो टुकड़ा बाँचल हो! भाई तो, हमरा के दे दी। हमरौ उद्धार हो जाई।"

तब से फकीर-बाबाओं की बन आई है। लड़के, परचा देकर बाहर निकलते हैं। गुमटियों पर बैठकर, अगले परचा की चर्चा करते हैं। कोई बाबा दिखाई पड़े तो अत्यंत शालीनता से मिलते हैं, परम श्रद्धा भाव से। ऊधमबाज लड़के भी, अब बाबाओं से कुतर्क नहीं करते। विनय के साथ हाथ जोड़ लेते हैं। 'न जाने किस भेष में नारायण मिल जाए।' साथ ही 'साधु भूखा न जाए' की परंपरा को श्रद्धापूर्वक निभाते हैं। कुछ धर्मभीरु किस्म के लड़के हैं, जो 'उस बाबा' को खुर्दबीन लेकर खोजते हैं। इस उम्मीद के साथ कि हो सकता है, 'बाबा-मिलन' हो ही जाए। जीवन में कुछ खास घटनाप्रद होने की चाह, हमेशा बनी रहती है। इस झोंक में बाबाओं को यथाशक्ति जिमाते हैं। 'बस, एक बार मिल जाए,' उस अचूक नुस्खे की चाह बनी रहती है। तलबगार काफी रहते हैं। परीक्षा में कमजोर पड़ती स्थिति, इस धर्मपरायणता की मूल वजह बताई जाती है। धार्मिक ज्वार भी कभी-कभी उद्देश्य देखकर उमड़ता है।

26

चार लड़के, एक साथ प्रयागराज एक्सप्रेस में सवार हुए। मात्र चौदह जनों की नफरी उन्हें विदा करने आई थी। स्टेशन पर भी उत्साहवर्धन कार्यक्रम चालू था। मौका था, इंटरव्यू के लिए प्रस्थान का। लड़के क्रमशः ट्रेन में चढ़ चुके थे। स्लीपर क्लास में, जहाँ जगह मिली, झोला-चिमटा, वहीं ठूँस दिया गया। कुछ देर बाद चलती ट्रेन में पूड़ी-भोज चला। घर से तलकर लाए हुए थे।

सिंह साहब, पंडितजी की सीट की ओर थोड़ा सा खिसक आए। चूँकि वे पंडितजी की ज्योतिष-प्रतिभा से अभिभूत रहते थे। वैसे भी पंडितजी ने इस दिशा में विशेष प्रतिष्ठा अर्जित की हुई थी। सिंहजी बाकायदा, बाकी संगियों से नजर बचाकर इस ओर आए। वे काफी देर से उद्यत से लग रहे थे, 'अपना एक बार और दिखाने को।'

हलके से स्वर में उन्होंने भूमिका बाँधी। फिर अपनी माली हालत का रोना रोया। तत्पश्चात् एक निगाह देखने का आग्रह, उनके आगे रख दिया। पंडितजी ने उनके चक्र पर एक सरसरी निगाह डाली। गोचर में मंगल, मकर राशि में कर्मेश भाव में आया हुआ था। अंतर-प्रत्यंतर भी मित्रग्रहों का चल रहा था। जोरदार टाइम था। पूरे आत्मविश्वास से बोले, "तुमको पुलिस सर्विस मिलेगी।"

"इस बार।"

"हाँ-हाँ, इसी बार।"

सिंहजी उत्साहित हो उठे। बोले, "कुछ और देखिए सर! थोड़ा और बताइए।" इस अनुरोध पर पंडितजी थोड़ा गहरे उतर गए। नवांश, षड्बल, अष्टकवर्ग की कुछ गणनाएँ किए। गहन विश्लेषण के उपरांत बोले, "हंड्रेड परसेंट, पुलिस सर्विस। न मिले तो कुंडलियो बाँचना छोड़ देंगे।" इस किस्म की आकाशवाणी सुनकर जातक परम प्रसन्न हुए।

सिंहजी की अज्ञात को जानने की लालसा, शायद कुछ और बढ़ आई थी। बोले, "कुछ और सर।"

जवाब मिला, "बाबू साहब! जरा सावधान रहना। आपकी मृत्यु आग्नेयास्त्र से दिख रही है।"

इस बार की भविष्यवाणी, सचमुच हृदयविदारक थी। यह सुनकर पहले तो वे घबराए, फिर अपना सा मुँह लेकर रह गए।

अब वे अपनी सीट पर चले गए। किसी तरह से वे इस 'निगेटिव प्रेडिक्शन' से उबरने की कोशिश में लगे रहे, जिसके लिए उन्होंने उसी तर्क प्रणाली का सहारा लिया, जिसमें कहा जाता है कि ज्योतिष अनुमान के सिवा कुछ भी नहीं है।

इंटरव्यू देकर यह चौकड़ी सकुशल, प्रयाग वापस लौट आई। 'इंटरव्यू कैसा हुआ' के भाव-प्रदर्शन में महीना भर कैसे निकला, पता ही नहीं चला। गली में, चौराहों पर-चौबारे पर, नुक्कड़ पर, गुमटी पर, हर जगह, इसी विषय का बोलबाला रहा।

बहरहाल, परिणाम निकल चुका था। सिंह साहब आखिरकार पुलिस सेवा के लिए चुन लिये गए। एक और लड़का भी चुना गया था। इस परिणाम से सिंह साहब और उनकी टीम फूली नहीं समा रही थी। पार्टी हुई, सहभोज चला। अकस्मात् उन्हें भविष्यवाणी की याद हो आई। उसे स्मरण करके, रह-रहकर उनका दिल बैठने लगा। गुरु, दो ही बात तो बताए थे। उनमें से एक तो सच हो गई। दूसरी, सचमुच दिल दहला देनेवाली थी।

अगली भोर में वे दौड़े-दौड़े पंडितजी के पास गए। संभवतः भविष्य में अपनी रक्षा का भार सौंपने गए थे। पंडितजी ने उन्हें बधाई दी। समाज की रक्षा का भार मिलने पर, गर्मजोशी से बधाई दी। इधर भाई तो अपनी रक्षा का भार उन्हें सौंपने आया हुआ था। पंडितजी ने कुछ उपाय बताए। जिज्ञासु मन तो, वैसे भी अधीर रहता है। वे बिना सोचे हुए बोले, "इससे हो तो जाएगा न सर!"

पंडितजी, समझाइशवाली शैली में बोले, "देखो गुरु! प्रकृति में कुछ बातें अटल रहती हैं। जैसे बारिश, लेकिन आप, यदि छाते का इंतजाम कर सकें तो आप भीगने से बच सकते हैं। इन उपायों को आप, बस छाते जैसा उपाय समझकर कर लीजिएगा। करिएगा जरूर। बाकी नीली छतरीवाला तो हइए हैं।"

27

समय बीतने के साथ, लड़कों का झुकाव क्रमशः कर्मवाद से भाग्यवाद की ओर होने लगता था। गणितीय भाषा में यह 'होमोटोपी' कुछ विशिष्ट रुझानों को देखते हुए, स्वतः विकसित होती चली जाती थी। आरंभ में सड़क किनारे बैठे फुटपथिया विशेषज्ञों पर भी दाँव खेल जाते थे। कहीं-कहीं पर तो तोता, भाग्य बाँचने में मददगार रहता था।

धीरे-धीरे यह समझ में आने लगा कि "भइया! यह तोता तो यांत्रिक ढंग से काम करता है। अरे भाई! तोते को पिंजरे के अंदर ढकेलते रहोगे तो वह दर्जन भर काड्र्स में से, कोई-न-कोई कार्ड तो उठाकर लाएगा ही। उसका प्रशिक्षण उसी तरह का है। यह उसकी नैतिक और कानूनी बाध्यता है। नहीं लाएगा तो हरी मिर्च खाने को नहीं मिलेगी। मजबूरी है, बेचारे की। मजबूर तोता किसी को क्या मजबूती दे सकता है।"

फिर फुटपथिया विशेषज्ञों की प्रतिभा पर भी संदेह होने लगा। उनके बारे में यह ठोस पहलू उभरकर सामने आने लगा, "क्या इसने कभी, अपना स्वयं का भाग्य बाँचा है। यदि नहीं तो फिर इसका भरोसा क्यों किया जाए?"

तत्पश्चात् कुछ वेटरन किस्म के कलाकारों ने किस्मत बाँचने के क्षेत्र में हाथ आजमाने का निश्चय किया। थोड़ा-बहुत रुझान हो, अच्छी समझ हो, तो यह काम सहज हो जाता है। इतना घिसने के बाद इतनी समझ, उनमें स्वतः विकसित हुई रहती है। इस तरह से नदी-नाव संयोग हो उठता। प्रैक्टिस के लिए पेशेंट्स अर्थात् भाग्य बँचवानेवाले प्रचुर मात्रा में उपलब्ध मिलते थे। क्रमशः निरंतर अभ्यास और

ऑब्जर्वेशन से इस विद्या में स्वत: निखार आता चला जाता है।

फिर तो उन्हें अर्थात् नजूमियों को लत सी लग जाती है। भाग्योदय में भागीदारी को वे प्राय: बेचैन से रहने लगते थे। 'हतभाग्य को, सौभाग्य में कैसे बदलें' इस गुत्थी को सुलझाने में प्राय: जी-जान लड़ा देते। उचित समय और समुचित तरीका बताने को वे व्याकुल हो उठते। हताश-निराश नौजवान दिखा नहीं कि गलबहियाँ डालकर पकड़ लिया, चलो तुम्हारा फ्यूचर देखते हैं।

साहित्य में कई स्थानों पर इस बात का उल्लेख मिलता है कि जो बात अपने खिलाफ गई हो, अथवा जिस सौदे में निराशा हाथ लगी हो, वह बात 'वक्त-वक्त की बात' कहलाने योग्य हो जाती है। अत: इन जुमलों का खुलकर प्रयोग सुनने को मिलता था। चूँकि इस बात का किसी भी ओर से, किसी भी किस्म का, सैद्धांतिक विरोध होने का खतरा नहीं रहता, साथ ही यह बात सार्वभौमिक किस्म की बात रहती थी।

इस तरह, उस दौर में इस पद्धति के कई आचार्य क्षितिज पर उभरे। 'मिसिर' प्रकांड किस्म के नजूमी थे। अत: उनके कक्ष के बाहर, 'हतभाग्यों की भीड़' सदैव उपलब्ध रहती थी। जातक 'जूता-मोजा' उतारकर, भक्ति-भाव से अंदर प्रवेश करते थे और प्रभावित हुए बिना बाहर न निकलते। उन्हें दर्जनों ग्रंथों के श्लोक तोते के माफिक रटे हुए थे। मानसागरी, भृगु संहिता, भाग्य प्रदीप, फलदीपिका, पाराशरी इत्यादि दर्जनों ग्रंथों का चट्टा, आलमारी में स्थापित रहता था।

वे पूरे, 'एक हजार एक' राजयोग बतलाते थे। अत: लड़कों को, जब कभी भविष्य की दुश्चिंता सताती अथवा परीक्षा के पश्चात् का तनाव कष्ट दे रहा होता, तो इन स्थितियों में वे समय नष्ट नहीं करते थे। सीधे नाक की सीध में, 'मिसिर' के लॉज का रास्ता नापने लगते थे। मिसिर, खास किस्म का लगाव रखते थे—गूढ़ विद्याओं से भी और गूढ़ मरीजों से भी। अत: वे गहरी सहानुभूति जताते और तबीयत से 'डिटेल' में बताते चले जाते थे।

ज्ञान तो उन्हें सहज ही उपलब्ध था। प्रैक्टिस के लिए, होनहारों की कभी कमी नहीं होने पाती थी। 'सफल-असफल-विफल, हत-आहत-हताहत' सभी प्रारूपों के जातक, विश्लेषण के लिए उन्हें हर क्षण मौजूद मिलते थे।

इतना ही नहीं, हस्तरेखाओं में भी उनका हस्तक्षेप रहता था। वे जीवन रेखा के समानांतर, मंगल रेखा जरूर देखते थे। इसकी झलक मिलते ही, वे जातक के स्वाभिमान को पहचान लेने का दावा करने लगते थे। फिर उसकी हिंसा करने की इच्छा, शासन करने की लालसा इत्यादि भावनाओं का खुलकर बखान करते। यदि

कहीं पर यह रेखा, धुँधली अथवा विखंडित दिखाई पड़ती तो वे जातक की मृत्यु, 'बेहोशी की दशा में' होने की भविष्यवाणी जरूर करते थे।

"अरे भइया! जब मरना ही है, तो होश में मरे तो क्या, बेहोशी में तो क्या।"

भाग्य रेखा, यदि चंद्र पर्वत से निकले तो इसे देखते ही वे उछल पड़ते। बृहस्पति क्षेत्र पर 'सोलोमन रिंग' अर्थात् 'क्रॉस के चिह्न' को वे अति शुभ लक्षणों में मानते आ रहे थे। ऐसे जातक को तो वे दही-जलेबी खिलाए बिना नहीं लौटाते थे।

हालाँकि स्वयं की भाग्य रेखा पर वे विचित्र किस्म का विचार रखते थे। विशेष टिप्पणी करते हुए कहते थे, "पहले ससुरी डायरेक्ट गुरु पर्वत पर जाती थी, एकदम निर्दोष। 'सुकला' रोज देखते रहे, घूर-घूरकर देखते रहे। शायद डाह रखने लगा था। 'एतना' घूरकर देखे कि बीच में तीन-तीन जगह खंडित हो गई है। तब से भाग्योदय रुका पड़ा है।"

राम सिंह की 'ब्रेन लाइन' अंत में द्विशाखित थी। वहाँ से बुध पर्वत की ओर जाती हुई दिखाई पड़ती थी। मिसिर महाराज, उनके मुँह पर ही बोल डाले, "अरे! तुम तो हिडन एजेंडा रखते हो भाई।"

राम सिंह ने अधिक स्पष्ट जानना चाहा, तो वे स्पष्ट करते हुए बोले, "तुम साला! मुखौटा ओढ़े रखते हो। मुँह में राम, बगल में छुरी।"

इस वीरोचित वाणी को सुनकर उनके पारस्परिक संबंध, हमेशा के लिए खराब हो चुके थे।

राम सिंह, खुद पामिस्ट्री के शौकीन थे। वे स्वयं की हथेली में, 'प्रबल अतींद्रिय रेखा' होने का दावा करते थे। उनके अनुसार, उनकी 'सिक्स्थ सेंस' हद से ज्यादा 'सेंसेटिव' थी। तो किसी तरह उसे 'सेंसर' किए हुए थे। एक बार तो वे आगामी परचे को 'लाइव' देखने का ही दावा कर बैठे।

"उसका लाभ क्यों नहीं उठाया" के प्रश्न पर, उनका जवाब था, "लोभ-लालच से इन शक्तियों का असर जाता रहता है, पुण्य क्षीण हो जाता है। अवसर का लाभ तो अवसरवादी उठाते हैं। क्या किसी भी एंगिल से हम तुम्हें अवसरवादी दिखते हैं।"

लकीरों को देखने के लिए, वे कीरो से ज्यादा प्रभावित नहीं दिखते थे। उसके स्थान पर 'हैंडबुक ऑफ हैंड रीडिंग' को वरीयता देते थे। जातक की हथेली, वे बुध पर्वत से देखना आरंभ करते थे। पर्वत के नीचे, बाईं ओर दो प्रणय-रेखाएँ देखकर, वे मंद-मंद मुस्काते रहते। ऐसी मुसकान, जिसके कई मायने निकलते हैं। बताते कुछ नहीं थे, बस, जता भर देते थे।

उनकी स्वयं की भाग्य रेखा, बीचोबीच खंडित थी। अत: वे समूचे बाएँ हाथ से, अपनी दाईं हथेली की अंगुलियों का पंजा लड़ाते थे, अर्थात् मणिबंध को तानकर, बाएँ हाथ से दाएँ हाथ की अंगुलियों को विपरीत दिशा में पूरी ताकत से मरोड़ते थे। यूँ भी कहा जा सकता है कि अंगुलियों को कमानी के माफिक, लचका-लचकाकर धनुषाकार बना डालते थे।

फलस्वरूप हथेली में एक हलकी सी, भाग्य-रेखा की संभावना दिखने लगती थी। इस डेवलपमेंट को देखकर, उनकी आँखों में जो चमक पैदा होती थी, वह देखते ही बनती थी।

28

उनकी इंटरव्यू कॉल आई थी। इंटरव्यू मायने—व्यक्तित्व-परीक्षण। व्यक्तित्व-परीक्षण में बाह्य-व्यक्तित्व भी शामिल रहता है। सुघड़ शरीर तो उन्हें पैदाइशी मिला हुआ था। हज्जाम के यहाँ जाकर, बाल भी छँटवा आए। चूँकि किसी अंग्रेजी प्रोवर्ब में उन्होंने पढ़ा था, 'ए प्रिंस विदाउट हेयरकट, लुक्स लाइक ए बेगर।' बाद की संज्ञा में दिखना उन्हें गँवारा नहीं था। अत: स्पेशल ऑफिशियल कट तो कटवाए ही, मस्कारा भी करवा आए। व्यक्तित्व को कांतिमान बनाने के लिए, क्या-क्या चोंचले नहीं करने पड़ते। बहरहाल स्थान-गरिमा के लिहाज से वे पूरा 'सिंगार' कराए थे।

परिवर्तित रूप देखने को वे आदमकद आईने के सामने खड़े हुए। जब उन्होंने स्वयं की प्रतिच्छाया देखी, तो उन्हें सहसा विश्वास न हुआ। वैसी ही प्रतिक्रिया देना चाहते थे, जैसे ब्यूटी कॉंटेस्ट का परिणाम सुनकर, विजेता-सुंदरी दिया करती हैं—अश्रुपूरित हर्ष वाली विस्मयबोधक भंगिमा। स्टेज पर चढ़ने से पहले, रनरअप को दिलासा भी दे जाती है।

बहरहाल न जाने क्या सोचकर, उन्होंने स्वयं को संयत कर लिया। उनका समूचा व्यक्तित्व, सचमुच निखर आया था। पहली बार उन्होंने, स्वयं को जेंटलमैन-छवि में देखा।

'जमाना खराब है।' 'जिल्द देखकर, किताब खरीदने का रिवाज है।' 'आत्म का आकलन करने की फुरसत, किसके पास है।' 'मुखपृष्ठ, आवरण पृष्ठ 'चौचक' रहना चाहिए।' 'पर्सनैलिटी बोलती हुई होनी चाहिए।' ये सूक्त वाक्य, निरंतर इनके कानों में गूँजते रहते थे।

इस नगर में वस्त्राभरणों की खरीद, दो खास मौकों पर की जाती है—इंटरव्यू के लिए अथवा दूल्हा बनने के मौके पर। शेष अवधि, हैंडलूम की बनी, चार खानेवाली धोती से कट जाती है, ऊपर अनावृत। निरालाजी की नगरी में उनका फैशन नहीं चलेगा, तो किसका चलेगा?

चार खानेवाली धोती, ऐतिहासिक वस्त्र-विन्यास का दरजा रखती है। 'आर्काइव्स' में विशेषतया आईने-अकबरी में टांडा-अकबरपुर की बुनी हुई चारखानेवाली मर्दाना धोती का उल्लेख तो 'बोल्ड लेटर्स' में मिलता है।

'इंटरव्यू के लिए शालीन और सुसज्जित वेशभूषा होनी चाहिए।' यह सूक्त इन्होंने, अपने अग्रजों से सुना हुआ था। 'कलर कॉम्बिनेशन' के मामले में अधिकांश नौजवान, 'प्राइमरी कलर्स' पर अधिक भरोसा जताते। अत: काली पैंट-सफेद शर्ट अथवा ब्लू पैंट-व्हाइट शर्ट सबसे सुरक्षित कॉम्बिनेशन माना जाने लगा। लेदर शूज, लेदर बेल्ट और एक अदद नेकटाई।

हालाँकि बाँधने के नाम पर, वे पगहा बाँधना जरूर जानते थे। किसी दौर में वे मिडिल स्कूल में ब्वॉय स्काउट रह चुके थे। इसलिए एक-दो गाँठ बाँधना वहाँ से सीखे हुए थे। उनके मुताबिक वे पर्याप्त अनुभवी थे। सो टाई बाँधने की कोशिश करने में, उन्हें कोई खास कठिनाई नहीं हुई। उन्होंने जोरदार पुरुषार्थ दिखाया। बँधने को नेकटाई बँध तो गई, किंतु प्रभाव कुछ विचित्र सा देने लगी, जैसे लोहे-सरिया से लदे ट्रकों के पीछे लाल पताका फहराती रहती है, कॉशन-फ्लैग।

लंबे समय तक अभिवादन पर संशय बना रहा, नमस्कार कहेंगे या प्रणाम। कहीं ऐसा न हो कि 'गुड मॉर्निंग' बोलने पर अंगरेजिया में पूछने लगें। अभिवादन, सबको करना है या केवल बीचोबीच स्थापित महानुभाव को। सुकला सर ने नोट कराया था कि अगर लेडीज हो, तो सबसे पहले उन्हें अभिवादन करना, बाकी को एक ही बार में बोलते हुए, दृष्टि फेर लेना काफी रहता है। खास बात यह है कि आपकी निगाहों में उम्मीद झलकनी चाहिए। 'रिजेक्ट मत करना' लिया हुआ दीन-भाव नहीं।

पिछले साल श्रीवास्तव के साथ क्या हुआ था? वे खूब पढ़े-लिखे कैंडिडेट थे, लगभग ज्ञानी-गुणी, साथ ही रसिक भी। टोटल डिजर्व करते थे, लेकिन बाह्य लोकाचार में न्यूनतम विश्वास रखते थे। साक्षात्कार देने, वैसे ही चले गए—सहज भाव से। वेशभूषा वही थी, जिसमें वे सहज अनुभव करते थे; हरे रंग की पैंट-शर्ट। रुद्राक्ष-स्फटिक की माला, हाथ में बँधा मोटा सा कलावा। हर दृष्टि से वे होनहार से दिख रहे थे।

काले–लंबे घुँघराले केश, स्मित हास्य लिया भरा–पूरा चेहरा। अपितु ऐसा प्रतीत होता था, मानो उनका कांतिमय मुख, शहद की मक्खी से ताजा–ताजा स्पर्श पाया हो। बोर्ड के सम्मुख वे उपरिलिखित भंगिमा के साथ हस्बमामूल पेश हुए। बोर्ड उनके व्यक्तित्व से अच्छा–खासा प्रभावित सा दिखा। तभी तो छूटते ही पहला सवाल उनकी प्रशंसा में पूछा गया था, "अरे! आप तो शायर जैसे लगते हैं।"

वे प्रोत्साहन पाकर बोले, "जी सर, मुझे शायरी पसंद है।"

"पढ़ते ही हैं या लिखते भी हैं।"

"दोनों सर, दो संकलन तैयार हैं। भविष्य में प्रकाशन का विचार है।"

"क्या लिखते हैं। नज्म या शायरी।"

"दोनों लिख लेते हैं, सर।"

उन्होंने शायद गहरा उतरने की ठानी हुई थी, "किस तरह की नज्में लिखते हैं।"

"सर, आजाद में भी लिख लेते हैं और बंदिश में भी।"

इस तरह से बोर्ड, बोर्ड न रहकर बज्म बन चुका था। श्रीवास्तव, दो नज्में सुनाकर बाहर आए, खासे प्रसन्नचित्त थे। प्रायः मुदित से। आखिर, उनकी प्रतिभा को पहचान मिल ही गई। परिणाम आने पर उन्हें ज्ञात हुआ कि उन्हें प्रति नज्म, तीस अंक मिले थे—टोटल साठ।

हालाँकि कैमोफ्लाज अथवा परिधान–परिवर्तन का यह सिलसिला उन्हीं बरसों में चलता है, जिन बरसों में इंटरव्यू कॉल आई हो। कुछ ही दिनों में खरीदारी हो जाती है। इस अवसर पर सभी विश्वस्त और हितैषी एक साथ जुटते हैं। 'एकल शॉपिंग' का तो सवाल ही पैदा नहीं होता। हालाँकि खरीद 'एकल आइटम' की ही होनी रहती है, लेकिन हुजूम को उमड़ने से कौन रोक सकता है।

यथाबुद्धि, सभी सलाह देते हैं। कैंडिडेट की रुचि को, सुरुचि की दिशा में ले जाने की कोशिशें जारी रहती हैं। सब मिलकर परिष्कृत करते रहते हैं। ले–देकर बात प्राइमरी कलर्स पर जाकर छूटती है। एकल आइटम लायक वित्तीय स्रोत जुट ही जाते हैं। चाहे इसके लिए कर्जदारों से कर्ज क्यों न लेना पड़े।

वैसे तो फकीर–साधु–संन्यासी को सांसारिक बाने से कोई सरोकार नहीं होना चाहिए। पैंट–शर्ट और नेकटाई से उनको क्या, लेकिन जमाने की मजबूरी। हितैषी समझाइश देते रहते हैं कि वक्त की जरूरत को नजरअंदाज नहीं किया जा सकता। जैसा देश–वैसा भेष अनमने मन से अपनाना पड़ता है।

धोती–चोटीधारी अकस्मात् फॉर्मल ड्रेस में आ जाए तो व्यक्तित्व स्वतः परिष्कृत

हो उठता है। मात्र धज बदलने से छवि का कायाकल्प हो जाता है। ऐसे में उन्हें स्वयं को पहचानना मुश्किल पड़ गया था। साहबी सूरत, सचमुच ही निकल आई थी।

☐

शर्माजी ने गहन शोध से यह निष्कर्ष निकाला, "इस शहर के पानी में कुछ खास बात है, बाल बहुत तेजी से गिरते हैं।" जिनके बाल, अभी तक बचे हुए थे, वे सिर हिला-हिलाकर, इस वक्तव्य का विरोध करने लगे। अत: उन्हें संशोधन देना पड़ा, "लंबे अरसे से कंपटीशन देनेवालों के तो गिर ही जाते हैं।" इतने पर भी बात नहीं बनीं। विरोधियों ने सकल विरोध जारी रखा, जोर-शोर से मतभेद जाहिर करना शुरू कर दिया।

कोलाहल से बचने और अपने वक्तव्य को चिरस्थायी बनाए रखने के लिए उन्होंने उसे थोड़ा डायल्यूट किया, "कोई माने या न माने। विरल तो हो ही जाते हैं।" इस कथन पर तो वे हर समय, दाँव खेलने को तैयार रहते थे।

☐

दुबेजी का व्यक्तित्व, महामंडलेश्वर जैसा दिखता था। चाहे कितनी भी कटौती कर लें, महंतों जैसा तो हो ही चला था। खा-पीकर, बनी हुई उन्नत काया, उसके ऊपर उन्नत भाल। वे जबरदस्त शख्सियत के मालिक थे। गौर से देखने पर पता चलता था कि भाल उतना उन्नत था नहीं, जितना दिखता था। दरअसल, 'काकुलें' उनका साथ छोड़ चली थीं। वे स्वयं स्वीकार करते थे और थके हुए स्वर में कहते थे, "लंबे अरसे से एक यही तो 'परमानेंट डेवलपमेंट' हुआ है।"

हाँ! ब्रह्मरंध्र से पीछे का समूचा हिस्सा, अभी तक सघन केशराशि से भरा पड़ा था। इधर जालिम जमाने ने अभी भी, उनसे उम्मीदें लगाई हुई थी। ढेरों उम्मीदें। कई बार तो उन्होंने पलायन करने की सोची, लेकिन जब-जब उन्होंने 'क्विट' करने की सोची, तब-तब उनके खैरख्वाहों ने उन्हें घेर लिया और उन्हें यह स्मरण दिलाया कि 'ईश्वर ने उन्हें इस धराधाम पर विशेष प्रयोजन से भेजा है। उस प्रयोजन को हम निष्फल नहीं होने देंगे। किसी भी कीमत पर नहीं। अगर आप वापस गए तो यह जन्म लेना निरर्थक हो जाएगा।'

कुछ समय से कॅरियर के मामले में वे काफी सजग से रहने लगे। हरवक्त संजीदगी से सोचते रहते थे। पढ़ने का शौक तो दीवानगी की हद तक चढ़ आया था, किताबों से बेपनाह लगाव। इस बार फिर से उनकी इंटरव्यू कॉल आई थी। अत: व्यक्तित्व-परिष्कार करवाने से वे नहीं बच सके। उन्होंने स्वयं पर कई किस्म के प्रयोग किए। अनुभवी तो थे ही, अगर घाट-घाट का पानी उन्होंने पिया नहीं था, तो

चखा जरूर था।

इन वजहों से उनकी इंटरव्यू कॉल अकसर आ जाती थी। अब तक वे कई इंटरव्यू दे चुके थे। इस प्रकार लंबे अरसे से वे चिकने खंभे पर चढ़ने-फिसलने का खेल खेलते आ रहे थे। खेल बदस्तूर जारी था। इतना ही नहीं, हर युद्ध में वे सफेद रंग का झंडा दिखा-दिखाकर, सरेंडर करते आ रहे थे। इस कारोबार से वे अब इतने आजिज आ चुके थे कि खुदकुशी करने की सोचने लगे। भला हो लड़कों का कि उन्होंने मनोबल नहीं गिरने दिया। सो, अभी तक के अनुभव से, उन्होंने सहज ही यह जान लिया कि इंटरव्यू में 'सरप्राइज नामक तत्त्व' अनिवार्य रूप से पाया जाता है।

उनके कमरे का एक कोना, पुरालेखों (आर्काइव्स) के लिए आरक्षित रहता था। उस कालखंड के सारे-के-सारे, कॉल-लेटर्स, उस कोने पर सूजे पर चढ़े दिखाई पड़ते थे। सूली चढ़े बुलावा-पत्र, मेहमानों को खुद-ब-खुद परिणाम जता जाते थे।

खैर, वे पूरे सरंजाम के साथ इंटरव्यू देने पहुँचे। पैनल ने इनके बायोडाटा पर निगाह डाली। फोटो देखी, फिर इन्हें देखा। काफी देर तक इन्हें देखा, फिर फोटो देखी मानो शिनाख्त करना चाहते हों। तत्पश्चात् इन्हें ऐसी निगाहों से देखा, मानो शक-शुबहा जाहिर कर रहे हों। दुबेजी सहमकर रह गए। अब उन्हें यह भय सताने लगा कि इस बार फिर से बंटाधार होकर रहेगा। इंटरव्यू की शुरुआत ऐसी नहीं होनी चाहिए थी।

दरअसल इनकी फोटो, अत्यंत प्रभावशाली आभा दे रही थी। पोज क्या था—भरे-पूरे चेहरे पर बंकिम मुसकान, मानो सिनेमा के चरित्र-अभिनेता हों। वैसा व्यक्तित्व, जैसा सेल्युलॉइड स्क्रीन पर नायक के उस बड़े भाई का दिखाया जाता है, जो बड़ा भाई होने के साथ-साथ अत्यंत सफल उद्योगपति भी रहता है। इधर मौके पर दुबे मुँह लटकाए हुए बैठे थे।

सूरत कुछ-की-कुछ निकल आई थी। इसीलिए पैनल सावधानीपूर्वक फोटो के असल से मिलान में लगा रहा। उधर वे माथापच्ची करते रहे, इधर कैंडिडेट का रहा-सहा आत्मविश्वास भी जाता रहा। दुबेजी, अब उस घड़ी को कोसने लगे, जब उन्होंने यह फोटो खिंचवाई। उस समय उन्होंने कहाँ सोचा था कि ऐसा प्रकटन होगा।

दरअसल उस दिन वे फोटो खिंचवाने नहीं गए थे। वे तो तरकारी खरीदने गए थे। टिंकू फोटोग्राफर वहीं मिल गया, पुराना परिचित था। दुआ-सलाम हुई। उसने लगे हाथ फोटो खिंचवाने का प्रस्ताव रख डाला। पहले तो इन्होंने आनाकानी की, आधार वेशभूषा को बनाया गया—हवाई चप्पल पहने हुए थे, ऊपर लाइनिंगवाली हाफ शर्ट, नीचे पाजामा।

टिंकू गुरु ने इन बातों को, यानी पहनावे को नजरअंदाज कर दिया। बोला, "हुँह, यह भी भला कोई बात हुई। भइया भी बस। बातों के बताशे फोड़ना, कोई आपसे सीखे।"

फोटोग्राफी में उनकी सचमुच की ख्याति थी—उनकी खींची हुई तसवीरों को अभी तक कोई भी लड़केवाले, नापसंद नहीं कर पाए थे। इस बात की वे मुनादी पीटने लगे। यह तो महज इंटरव्यू की बात थी। इन्हें हाथ पकड़े, अपने स्टूडियो में ले गए। "इंटरभ्यू के लिए फोटुवा बोलता हुआ होना चाहिए।" कहकर उसने दीवार से नेकटाई उतारी, जो दीवार पर गड़ी हुई एक कील के सहारे लटकी हुई थी। नेकटाई, बँधी-बँधाई थी, जो उसने क्षण भर में इनके गले में धाँस दी।

फिर इनके सिर के अवशेष बालों की फुरहरी की और उन्हें करीने से सजाया। अपने हिसाब से सधे हुए मेकअप आर्टिस्ट की तरह वह उन्हें सजा-सँवार चुका था। एक-दो, शॉट्स लिये और थोड़ी ही देर में पचास कॉपी इनके हाथ में टिका दी। टिंकुआ, कोई इस्कीम निकाले हुआ था, जिसमें पाँच रुपए में पचास कॉपी, झटपट उतार देता था। बड़ा ही उदारवादी था, "सालोसाल इंटरभ्यू देते जाओ, कॉपी की कमी नहीं पड़ने देंगे।" खैर जब इन्होंने अपनी फोटो देखी, तो ये खुद को बमुश्किल पहचान सके।

बहरहाल, इन्होंने पैनल को उम्मीद भरी नजरों से देखना चालू रखा, जिसके एवज में इन्हें उस ओर से जो भाव महसूस हुआ, उसे इन्होंने लगभग उपेक्षा-भाव के करीब पाया। इंतजार करते-करते, इंटरव्यू शुरू हो ही गया।

"अपने बारे में कुछ बताइए।"

इस सवाल पर दुबेजी ऐसे चौंके, जैसे लाहौर में महावत खान को देखकर, नूरजहाँ चौंकी थीं। फिर वे उधेड़बुन में लगे रहे। आँय-बाँय बताया, तो ये खुर्राट लोग उधेड़ डालेंगे। बैकग्राउंड, बहुतै लंबा है। लगभग महागाथा समझो। साइंस पढ़ा है, आर्ट्स भी पढ़ा है। अभी तक पढ़ रहे हैं और नौकरी की हसरत में तरस रहे हैं।

इन भावों को संयत कर, दुबे प्रकट में बोले, "सर, मैं रामप्रकाश दुबे। उच्च शिक्षित उम्मीदवार हूँ। व्यक्तित्व-परीक्षण के लिए उपस्थित हूँ।"

बोर्ड ने उनके बाह्य व्यक्तित्व पर एक सरसरी निगाह डाली। फिर कुछ सोचते हुए एक पैनलिस्ट ने कहा, "वेल! आप तेल कौन सा लगाते हैं।"

इस सवाल पर पहले तो दुबे हैरान हुए। यह उनके बालों की अस्मिता पर सीधा-सीधा हमला था। फिर दुबे सकुचाते हुए बोले, "डाबर आँवला केश-तेल सर!"

"अच्छा! क्या आप बता सकते हैं कि अमिताभ बच्चन आजकल कौन सा तेल बेच रहे हैं।"

सवाल सुनकर दुबे फिर से सकपकाए। फौरन सँभलकर बोले, "नवरत्न तेल।"

"तो फिर गोविंदा क्या बेचते हैं।"

"सर, वे पहले नवरत्न के विज्ञापन में आते थे। आजकल, इमामी ग्रुप के उत्पाद में आते हैं।"

दुबे को भ्रमित करते हुए उन्होंने तीर छोड़ा, "पहला ब्रांड बेचना क्यों छोड़ दिया, इसकी कोई जानकारी है आपको।"

दुबेजी को इस तरह के आंतरिक रहस्यों की जानकारी नहीं रहती थी। दूसरों के निजी मामलों में ताक-झाँक करना वे अनुचित मानते थे। उन्होंने मंथन चालू रखा। फिर लंबे पॉज के बाद बोले, "सॉरी सर, मालूम नहीं।"

"खैर छोड़िए! आप यही, खास ब्रांड क्यों इस्तेमाल करते हैं। क्या इसमें कोई खास बात है।"

शब्दों को समेटते हुए दुबेजी ने जवाब दिया, "जी सर, सिर दर्द और अनिद्रा से राहत देता है।"

इस जवाब से तो वे कतई प्रभावित नहीं दिखे। किए गए दावे की विश्वसनीयता पर सवाल उठाते हुए उन्होंने प्रतिप्रश्न किया, "मि. दुबे, ये तो टेलीविजनवाले बताते हैं। आप अपनी बताइए।"

दुबे ने लंबा पॉज लिया। कुछ हड़बड़ाए से बोले, "बाल स्वस्थ रहते हैं⋯।"

जवाब तो अब निकल ही चुका था, लेकिन दुबे स्वयं इस जवाब से संतुष्ट नहीं दिखे। ये हेल्दी बालोंवाला लॉजिक, उनके खुद के ऊपर लागू नहीं हो पा रहा था। बीच-बीच में पैनल, दुबे को अर्थपूर्ण निगाहों से देख रहा था, जिससे दुबे, कुछ सहमते से जा रहे थे। 'सॉरी सर' वाले जवाबों पर उनका अंतर्मन उनकी जवाबदेही तय कर चुका था। दुबे को ऐसा अनुभव हुआ, मानो चिड़िया उनका खेत चुग गई हो।

फिर एक पैनलिस्ट ने बनावटी उत्सुकता दिखाते हुए पूछा, "अच्छा, ये नवरत्न कंपनी क्या बला है?"

"सर, लाभकारी स्थितिवाले उपक्रमों को, गवर्नमेंट ने एक खास श्रेणी में वर्गीकृत किया हुआ है।"

घेरनेवाली शैली में अगला सवाल पूछा, "इनमें से इंडिया लिमिटेड कंपनीज, कौन-कौन सी हैं।"

फैक्ट तो दुबे के पास काफी मात्रा में मौजूद मिलते थे। पूरा-का-पूरा स्टॉक, हर पल साथ लिये चलते थे। छूटते ही बोले, "सर, गेल और सेल।"

"और कॉरपोरेशन लिमिटेड ?"

"सर, बी.पी.सी.एल. और एच.पी.सी.एल.।"

"यह बताइए कि ओ.एन.जी.सी. कॉरपोरेशन है या कमीशन।"

"सर, स्थापना के समय तो कमीशन था। सन् तिरानबे में कॉरपोरेशन बना।"

"मि. दुबे, क्या आप बता सकते हैं, ऐसा क्यों हुआ ?"

"सर, इक्यानबे के सुधारों के बाद, यह निर्णय लिया गया था।"

"अच्छा! अभी आपने यह जो सुधारों की चर्चा की, क्या आपको लगता है कि कोई सुधार हुआ है ?"

इस बार दुबे ने लंबा पॉज लिया। दरअसल वे मन-ही-मन सुधारों को क्रमवार लगाने की चेष्टा करने लगे। तभी विषयांतर करते हुए एक पैनलिस्ट ने पूछा, "खैर छोड़िए! नवरत्न किसके दरबार में थे ?"

उन्होंने तपाक से उत्तर दिया, "विक्रमादित्य और अकबर के दरबार में सर!"

"इंडियन हिस्ट्री में कितने विक्रमादित्य गिनाए जाते हैं।"

लंबा पॉज...

"फैजी और अबुल फजल में से बड़ा भाई कौन था ?"

"सॉरी सर!"

"अच्छा यह बताइए! यह जो भ्रष्टाचार शब्द सुनाई पड़ता है, इसके मूल में आपको सबसे बड़ा कारण क्या लगता है ?"

दुबेजी ने दिमाग में मंत्रणा चलाई। फिर फौरन फिलॉसफी से रटा हुआ उत्तर झोंक दिया, "सर, रजोगुण और तमोगुण की प्रधानता।"

इस जवाब पर समूचे पैनल ने हाव-भाव से हैरानी जताई। फिर दुबेजी को ऐसी निगाहों से देखा, मानो कह रहे हों, 'देखना बच्चू, अपना रिजल्ट। हा हंत न किया तो कहना।'

तभी सेंट्रल पैनलिस्ट ने अपनी रिवॉल्विंग कुरसी घुमाई और अपना मुख पीछे की ओर कर डाला। शेष मेंबर, आपस में फुसफुसाने लगे। इधर, दुबे नर्वस होते जा रहे थे।

दरअसल इसमें दुबे का कोई दोष नहीं था। उन्होंने जी-भर के दर्शन पढ़ा था और पढ़ा ही नहीं था, जिया भी था। बोर्ड शायद मानव मूल्यों में पतन, लोभ-लालच

जैसे जवाब सुनने की अपेक्षा कर रहा था। इधर दुबेजी कुछ ज्यादा ही गहरे उतर गए। शास्त्रीय पहलू के लिहाज से, उनका जवाब बिल्कुल दुरुस्त था। हो सकता है, बोर्ड सतही कारण सुनना चाहता हो। फिर उन्हें विदाई-फरमान सुनाई पड़ा, "वेल मि. दुबे, अब आप जा सकते हैं।"

दुबे, मंद-गमन करते हुए बाहर निकले। वे सोच रहे थे कि कुछ प्रश्नों के जवाब तो शानदार निकल गए, लेकिन कुछ प्रतिप्रश्न बेहद शानदार थे, जिनमें उनकी बोलती बंद हो गई। क्रॉस क्वेश्चंस पर तो उन्होंने सेर पर सवा सेरवाली कहावत साक्षात् अनुभव की। उनमें इस बात को लेकर रोष था कि पर्सनल सवाल नहीं पूछने चाहिए थे।

वे एक खास किस्म की अदा और हया के साथ फाटक से बाहर निकले। पेशवाई लिये हुए लड़के, उनके स्वागत के लिए वहाँ पहले से मौजूद थे।

तत्पश्चात् युद्ध गीत गाते हुए वे आगे बढ़े। किस सवाल पर, कैसा जवाब दिया, किस अवसर पर, कौन सा पैंतरा आजमाया। यह भाव-प्रदर्शन, सप्ताह भर चलने का रिवाज था। सप्ताह भर, सहभोज चलता रहा। श्रोताओं की बहुतायत और माहौल के मुताबिक, उसमें जोड़-घटाव चलता रहा, हालाँकि कभी-कभी एकांत पाकर दुबेजी सचमुच घबरा जाते।

कहीं ऐसा न हो कि जो आग अब तक नहीं बुझी थी, इस बार पूरी तरह बुझा दी गई हो। उनका यह भय अकारण नहीं था। इस उम्र तक, वे नेकी और नाकामी भरा जीवन जी चुके थे। इस जीवन से अब ऊब होती जा रही थी।

पिछले साल, उनका इंटरव्यू कितना शानदार हुआ था। रिजल्ट वही, निल बटा सन्नाटा। अब तो उन्हें अपने ही विचार, कुविचार से लगने लगे थे और चिंतन अधम चिंतन। पंडितजी ने उस समय भी चेताया था, "फैक्चुअल आंसर देना दीगर बात है, दुबेजी। उससे आपका संपूर्ण व्यक्तित्व उभरकर सामने नहीं आ सकता। कैंडिडेट की सोचने की क्षमता, 'आउट ऑफ द बॉक्स' होनी चाहिए। किताबी ज्ञान ही सबकुछ नहीं होता।"

दुबेजी को फिर से पिछले सालवाला इंटरव्यू स्मरण हो आया। अच्छा-खासा चल रहा था। एक एक्सपर्ट को न जाने क्या सूझा कि शिगूफा छोड़कर, सब नाश कर दिया। इंटरव्यू का डायरेक्शन बदल दिया। फिर खुद चुप हो गया। औरों को हमरे ऊपर छोड़ दिया। खुद अनगिनत पान, मुँह में भरे हुए था।

दाहिने बैठे पैनलिस्ट तो बहुतै आत्मीयता से पूछ रहे थे। एक सवाल पर तो

वे इतना स्नेह जताए कि दुबे सचमुच उनको गोद जाने की सोचने लगे। पंडितजी ने उस घटना का विवेचन कुछ यों किया, "निराशा के दौर में ऐसा हो जाता है। एक्सपर्ट जानता है कि उम्मीदवार किस मनःस्थिति से गुजर रहा है। दुबे! जब-जब तुम मजबूत वापसी करोगे, वे तुमसे प्रतिप्रश्न पूछेंगे। कड़े सवाल करेंगे, आड़े-टेढ़े सवाल पूछेंगे। जितनी हवा भरोगे, वे उतना अधिक पंचर करने की कोशिश करेंगे। एक किस्म से यही गोल्डन चांस होता है खुद को साबित करने का, यही सर्वोत्तम अवसर रहता है।"

जब कभी दुबे मौज में रहते, तो अनियंत्रित होकर, उद्गार व्यक्त करने लगते थे, "वे अजनबी होकर भी मेरे भाग्य का फैसला क्यों करते हैं? ऐसा क्यों है? अपने मुताबिक जितने नंबर हम लगाते हैं, सचमुच उतने आ जाएँ, तो ईश्वर की सौगंध, गजबै हो जाएगा, लेकिन आते कहाँ से। वहाँ, अंदर की लंका में तो सभी बावन गजे थे। एक से बढ़कर एक। सभी अजब-गजब सवाल पूछनेवाले।"

पिछला रिजल्ट खराब होने पर दुबे मायूस थे। मायूसी की झोंक में उन्होंने मासूमियत से कहा, "आप कहते हो कि बिजली एक जगह पर दोबारा नहीं गिरती। यहाँ तो ससुरी, बार-बार गिरती जा रही है।"

बहरहाल, महीने भर की प्रतीक्षा के बाद परिणाम आ चुका था। इस बार का परिणाम देखकर दुबेजी को खुशी नहीं हुई, बल्कि उन्हें हैरत हुई। उन्हें ग्राम्य-सुधार महकमे के लिए चुन लिया गया था। विशेष बात यह थी कि उनकी दुम पर अफसर भी लगा हुआ था।

29

'फर्स्ट इंप्रैशन इज लास्ट इंप्रैशन।' अंग्रेजी की एक प्रसिद्ध कहावत है। कवि कहता है कि प्रथम प्रभाव की महिमा निराली है। 'पलकों का नव पलकों से प्रथमोत्थान-पतन, काँपते हुए किसलय, झरते पराग समुदाय' से लेकर 'पलकों की छाँव में' तक की भावाभिव्यक्ति। इस प्रकार 'निगाहों' ने लंबी विकास-यात्रा तय की है। 'पहली निगाह में' एक ऐसा मुहावरा है, जिसकी महिमा अनंत बताई जाती है। व्यापार से लेकर प्रेम-व्यापार तक, इसकी मारक-क्षमता बरोबर बताई जाती है। स्पष्ट शब्दों में कहें तो समस्त कारोबार, निगाहों या इशारों पर ही तो चलते हैं।

पंडितजी उवाच, "'प्रथम प्रभाव' से सामनेवाले के सम्मुख आपकी एक खास

किस्म की छवि निर्मित हो जाती है। सामनेवाले के मनोमस्तिष्क में यही छवि, आपके प्रति विश्वास अर्जित करती है। इसीलिए पैनल के सामने खास सलीके से बैठना चाहिए। नजरें झुकाकर अथवा निगाहें चुराकर नहीं। निगाहें, उम्मीद भरी दिखनी चाहिए, लेकिन ध्यान रहे कि इसमें आपकी 'एरोगेंसी' नहीं झलकनी चाहिए। बस, उत्सुकता और क्षमता झलके, इतना काफी है। दोनों समानुपातिक रहें तो ज्यादा अच्छा है।"

'हॉबी' तो उनकी कुछ भी नहीं थी, लेकिन मना करने से चलेगा नहीं। कुछ-न-कुछ तो भरना ही पड़ेगा। कॉलम रखे हैं, तो कुछ सोचकर ही रखे होंगे। खाली नहीं छोड़ सकते। फिर तो भरना जरूरी है, क्या भरें। इसी उधेड़बुन में काफी समय लग चुका था। चूँकि उम्मीदवार, चिर-ग्रामीण थे। अतः इस दिशा में जाने की छोड़िए, कभी जानने तक की कोशिश नहीं की गई।

गुरबत भरी जिंदगी में जरूरत हर शौक को मुँह चिढ़ाती थी। जहाँ जीने के लाले पड़े हों, वहाँ शौक किस चिड़िया का नाम है, कभी जाने ही नहीं। जानने की चेष्टा भी नहीं की। शौक कहाँ से पूरा करते। अतीत संघर्ष भरा रहा है, जो अभी तक बदस्तूर जारी है। लाख कोशिश किए, पीछा छोड़ने का नाम ही नहीं लेता।

'हॉबी' किस चिड़िया का नाम है, जानबै नहीं किए। पांडे को सूझा था। "अरे हाँ! चिड़िया से याद आया, 'बर्ड वाचिंग' कैसा रहेगा?" इस विकल्प पर काफी विचार-मंथन चला। भरपूर सोच-विचार किया गया। 'चिड़िया-प्रजाति का उन्हें कितना ज्ञान है।' सर्वप्रथम, यह जान लेना जरूरी है। 'असेसमेंट' किए थे। चिड़िया के नाम पर, वे गौरैया, मोर और तोता को तो पहचान लेते हैं। पांडे पूछ बैठे थे, "मोरनी नाचती है कि नहीं।"

इस तथ्य पर इस नजरिए से कभी गौर ही नहीं किया गया। वैसे तो गाँव में उन्होंने ढेरों पंछी देखे हैं, लेकिन उनका नाम-पता और आदतें कितना जानते हैं। जितना भी जानते हैं, देशज में जानते हैं। इंटरव्यू फोरम में, भदेसपना डिस्कस करना क्या उचित रहेगा। नहीं, रिस्क नहीं लिया जा सकता। ठाकुर पूछे थे, "बर्ड वाचिंग, भर तो दोगे, पर पहले तुम, बाज और चील में कोई चार फर्क तो बताओ।" इस सवाल ने उनका दिमाग ठिकाने लगा दिया।

अगले विकल्प के तौर पर सोचे थे, 'गार्डनिंग कैसा रहेगा।' खेती-किसानी तो खूब किए हैं, लेकिन 'गार्डनिंग के नाम पर क्या-क्या किए हैं।' अंतर्मन में स्वतः सवाल उभरा। जवाब भी अंतर्मन ने ही दिया, 'मूली-पालक-धनिया बोए हैं, इससे ज्यादा जो किए हैं, वह गार्डनिंग के दायरे में नहीं आता।'

सहसा उन्हें स्मरण हो आया। पिछले बरस 'यादौ' गार्डनिंग भरे थे। बोर्ड ने 'पिटूनिया' फूल की वैरायटी पूछी थी, फिर उसका ब्लूमिंग सीजन पूछा। तो जवाब में यादौ, बोर्ड का मुँह ताकने लगे। टुकुर-टुकुर देखते रहे। फिर एक मेंबर ने उन्हें एक आखिरी चांस देते हुए कहा, "गो आउटसाइड ऐंड सी द फ्लावर-पॉट्स। देन टेल अस द नेम्स ऑफ द फ्लावर्स।"

बाहर भेजे तो वापसै नहीं बुलाए। 'प्रेषक' ने दूसरे एक्सपर्ट से धीमे से कहा था, "आइ स्मेल दि ऑफिसर लाइक क्वालिटीज।" यादौ, बाहर जाते हुए सुन लिये थे। कूचे से यों बेआबरू होकर निकले थे, यादौ। उन्हें गुस्सा आया था``बहुत तेज`` पर किस पर आया``थोड़ी देर में, उन्हें स्वयं पर तरस आने लगा। वे मन मसोसकर रह गए। प्रतिक्रिया करते तो क्या करते और करते तो किससे करते ? उस समय उन्हें लगा कि उनके समान असहाय व्यक्ति, दुनिया में कोई दूसरा नहीं होगा। उनकी सारी उम्मीदें-संभावनाएँ, मौके पर ही काल-कलवित कर दी गई थीं, अर्थात् उनकी सारी खूबियाँ, रुचि-अभिरुचि की भेंट चढ़ चुकी थीं।

वे लास्ट डायलॉग सुन लिये थे। इसलिए कुछ ज्यादा रोष में भरे हुए थे। खासतौर पर 'सूँघकर बता देते हैं', पर उन्हें खासा एतराज रहा। अपना और दोस्तों का मन बहलाने के लिए उन्होंने इस विषय पर मुखरतम् अभिव्यक्ति दी, "कौनों आदमी, सूँघि के कइसे बता दी। अइसे तो, कूकुर ही बता सकेला। का ई कूकुर बा।"

कहाँ तो यादौ, हर बात-हर चीज पर टिप्पणी किए बिना नहीं रह पाते थे। जब असल अवसर आया तो उन्होंने जबान खोलने में स्वयं को अवाक् पाया।

आदमी तो वे गहरे थे। फिर न जाने क्यों, वहाँ पर बोलती बंद हो गई। सब नियति का खेल है भैया। तिरस्कार भी इस किस्म का। यह दंश, उन्हें निरंतर सालता रहा। जो व्यक्ति अपनी आंतरिक प्रवृत्तियों पर अधिक निर्भर करता हो, उसे अपने व्यवहार का नक्शा बनाकर उसे पेश करने में दिक्कत तो आती ही है।

'यादौ एपिसोड' से कइयों ने सबक लिया था। अतः इन्होंने डर के मारे 'रीडिंग' हॉबी भर ली। कुछ दिनों तक, मॉक इंटरव्यू की क्लास किए। सीनियर सलाह दिए थे—इसे ज्वॉइन करने से 'कॉन्फिडेंस' बढ़ जाता है और 'कंपेरेटिव परफॉर्मेंस' का पता भी चलता रहता है। कितने पानी में हैं, कितने सुधार की गुंजाइश है। इन 'प्वॉइंट्स' पर 'फीडबैक' मिल जाता है। इन्होंने यह तय पाया कि इस तरह की सलाहें मान लेनी चाहिए।

मॉकवाले, ऐसे निकले कि चार दिन में चालीस दिन का मैटर ठूँसना चाहते थे। वे टेकनीक पे ज्यादा ध्यान देते हैं। हर मौके पर फीडबैक चार्ट पकड़ाते रहे।

पहले मॉक के बाद जो चार्ट पकड़ाए, उसमें चार कॉलम खींचे हुए थे—व्यक्तित्व, ज्ञान, अभिव्यक्ति कौशल और आरोह-अवरोह। ये थोड़ा देर से समझे कि यह तो इनका अपना ही रिपोर्ट कार्ड है—कच्चा चिट्ठा। ग्राफ, पर्ट चार्ट और डायग्राम्स में परफॉर्मेंस दिखाए थे। इन्हें हैरानी हुई थी, पूरा-का-पूरा खुलासा कर दिए थे, वह भी इतने कम समय में।

शुरुआती चार्ट में लकीरें जमीन पर लोट लगा रही थीं। उनके सुझाव पर एक्स्ट्रा क्लास करनी पड़ी। एक्सपर्ट्स ने कुछ नहीं रख छोड़ा था। व्यक्तित्व विकास के ढेरों गुर सिखाए—चाल-ढाल से लेकर, बोलचाल तक, सबकुछ सिखाए, जिसका प्रभाव अच्छा रहा। चूँकि अगले टेस्ट में लकीर, सर्पीली गति दरशाने लगी थी। चौथे टेस्ट तक आते-आते तो सचमुच ही चमत्कार हो गया।

उस मॉक में इन्होंने अपना पार्ट इतनी एक्यूरेसी से अदा किया कि पूछनेवाले उतावली दिखाने लगे। वे रोल पूरा होने से पहले ही दाद देने लगे। एक्सपर्ट्स पैनल ने बहुत प्रशंसा की, जिस कारण ये अनायास ही उनके प्रशंसक बन चुके थे। 'अहो रूपम् किम् ध्वनिम्।' जब चार्ट पर दृष्टिपात किए तो ये हैरान थे। हैरानी की बात थी भी, लकीरें दम साधे खड़ी थीं, बिल्कुल आकाश गमनोत्सुक। चहुँओर संदेश प्रसारित करती हुईं। खैर छद्म-पैनल ने पीठ ठोककर निश्चित निर्णय दे दिया था और इन्हें भरपूर आश्वस्त किया कि "अब उत्थान होकर रहेगा।"

सुकला सर ने आगाह किया था। "घुसपैठ करके जवाब देना सीखो, कोई स्पून फीडिंग कराने नहीं आएगा। हर बात को ऑब्जर्व करो। आँख-से-आँख मिलाकर जवाब देना, कॉन्फिडेंस झलकता है। दम साधकर इंटरव्यू दो।"

नेक शगुन देखकर रूम से निकले। मंडी बाजारवाला रास्ता पकड़े थे, रास्ता थोड़ा सा लंबा पड़ता है। कोई बात नहीं, आधा घंटा और सही। रास्ते में एक आश्रम के बाहर, हाथी बँधा रहता है। झूमते हुए हाथी का दर्शन करना, मुहूर्त-चिंतामणि में शुभ बताया गया है। सजा-सँवरा हाथी देखा, उसके हौदे से झालरें झूल रही थीं। महावत उसे गन्ना खिला रहा था। शायद सेरेमनी में ले जाने से पहले नाश्ता करा रहा था। प्रसन्नता हुई, हस्ति-दर्शन गुल खिलाकर रहेगा।

□

कुछ देर हॉल में प्रतीक्षा करते हुए बीती। इनका नंबर तीसरा था। चाय पिए, राह खर्च के फार्म पर दस्तखत किए। आने-जाने का टी.ए. देने की व्यवस्था रहती है, यह बढ़िया व्यवस्था है। न जाने क्यों, बार-बार वॉशरूम जाने की आवश्यकता

पड़ रही थी। मुँह पोंछने लगे तो क्या देखा कि शीशे के सामने वैसलीन रखी हुई थी। होंठ सचमुच सूखते जा रहे थे। किसी होनहार बंदे ने बड़ा ही परोपकार का काम किया है, जो होंठों को नम करने का उपाय रख छोड़ा है।

इन्होंने माइक पर अपने नाम की पुकार सुनी। अत: ये मसीहा की चाल से चलने लगे। 'बाअदब-बामुलाहिजा-होशियार' शैली में, वे द्वार तक पहुँचे। ऐसे मौकों पर, न जाने क्यों ऐसा हो जाता है कि 'पुश' लिखा हो तो कैंडिडेट दरवाजे को अपनी ओर खींचने लगता है। अगर 'पुल' लिखा हो तो पूरी ताकत से धकेलने लगता है। एकदम घबराए हुए बछड़े की तरह। जैसे मनो-मस्तिष्क में आपसी सहमति बन चुकी हो, इनके साथ यही हुआ।

बिना किसी इरादे के अनायास ही लज्जित होना पड़ा। संक्षेप में आगाज शर्मिंदगी से हुआ था। फलस्वरूप चौंके हुए एक्सप्रेशंस के साथ ये पैनल के सम्मुख नमूदार हुए। पैनल को जिस तरह का अभिवादन किया, उसमें खासी खिसियाहट झलक रही थी।

पैनल के मध्य में एक महानुभाव थे। 'बैठे हुए' के स्थान पर 'स्थापित थे' का प्रयोग अधिक उपयुक्त प्रतीत हो रहा था। इन्होंने उनकी भाव-भंगिमा देखी, गौर से देखी। उनकी बाईं भौंहें ऊपर की ओर चढ़ी हुई थीं, सिने-अदाकार के.एन. सिंह की तरह। टोकने का अंदाज भी रुआब भरा था। अत: इन्हें कुछ ज्यादा ही दबाव महसूस हुआ। इनका बायोडाटा, उलटा-पलटा गया। के.एन. सिंह ने हैरानी भरा सवाल किया, "अरे! आपने तो डी.फिल. भी किया है।"

"जी सर!"

"आपके पास तो ऑल्टरनेट है, फिर यहाँ क्यों?"

इन्हें तत्काल कोई जवाब नहीं सूझा। अचकचा गए थे। हड़बड़ी में बोले, "सर, डी.फिल. वैकल्पिक रोजगार की दृष्टि से किया था। उससे अधिक गरिमामय ढंग से समय काटने के उद्देश्य से।"

उन्हें इस नासमझी भरे जवाब पर आश्चर्य हुआ। लगभग डाँटते हुए स्वर में बोले, "यह तो सरासर, रिसोर्सेज की बरबादी है। क्या आपको ऐसा नहीं लगता।"

इन्होंने मन-ही-मन कहा, 'सवाल पूछने को कौन मना करता है। कुपित भाव से काहे पूछते हैं जी।'

खैर, उत्तरदाता सत्य के आग्रही थे। इस बरबादी के लिए वे स्वयं उत्तरदाई थे। अत: वे पहले चकराए, फिर रुआँसे हो गए। उस क्षण में वे सही तो छोड़िए, गलत जवाब देने की स्थिति में भी नहीं थे।

इस बीच, किसी दूसरे पैनलिस्ट ने उनके बायोडाटा में दिलचस्पी ली, "वेल्ल! रीडिंग आपकी हॉबी है?"

कैंडिडेट सकपकाते हुए स्वर में बोला, "सर पसंद तो है, लेकिन दीवानगी की हद तक नहीं।"

इस जवाब पर सामूहिक ठहाका लगा, जिससे वातावरण कुछ हलका हो चला था।

"अच्छा! तो आप क्या-क्या पढ़ते हैं। ऐनी स्पेशल टेंडेंसी।"

बढ़े हुए आत्मविश्वास के साथ जवाब दिया, "सर, मैं नारी आंदोलन और दलित साहित्य से संपृक्त साहित्य का अध्येता हूँ।"

"ह्वाट नॉनसेंस!"

पढ़नेवालों के बीच, उन दिनों यही फैशन चल रहा था। बेचारे ने अपनी तरफ से, बड़ा ही सधा हुआ जवाब दिया, फिर फटकार क्यों मिली। वातावरण में अभूतपूर्व शांति छाई हुई थी, लगभग आध्यात्मिक शांति की तरह। इंटरव्यू में डेडलॉक पैदा हो गया।

अकस्मात् पैनल ने क्विज चालू कर दिया। उसी तरह का, जैसा टेलीविजनवाले चलाते हैं, जिसमें कुछ ही सेकेंड में जवाब वांछित रहता है। समय सीमा में बताया तो ठीक, अन्यथा पिछला जीता हुआ भी जब्त कर दिया जाता है।

पुरुषार्थ का घोड़ा, अब प्रारब्ध के सहारे सरपट दौड़ने लगा। इस क्विज श्रृंखला में, वे अनुमानाश्रित जवाब देते रहे। फिर से पासा पलटा था। पैनल में शामिल एक महानुभाव, आकस्मिक रूप से इनसे हमदर्दी जताने लगे। वे प्रत्येक तुक्के पर 'तुकबंदी' करते जा रहे थे, जैसे इन्होंने कोई बहुत गहरी बात कह दी हो। हर अनुमान पर, 'वेरी नाइस' और 'ऐक्सीलेंट' की दाद, सुन-सुनकर इन्हें हैरानी होने लगी। यहीं पर इन्हें खटका महसूस हुआ था, तंज तो नहीं कस रहे हैं।

के.एन. सिंह ने इन पर तीखी नजर डाली और फिर से मोर्चा सँभाल लिया, "आखिर आपको क्यों ले लिया जाए। आप, कोई उचित कारण बता सकते हैं।"

अब तक ये काफी नर्वस हो चुके थे। इन्होंने दिमाग पर काफी जोर लगाया। यदि 'उचित' न लगाया होता, तो वे दावेदारी के दर्जनों कारण गिनकर रख देते। साहस समेटकर जवाब दिए, "सर, मैं परिश्रमी हूँ। कर्तव्यनिष्ठ हूँ। राष्ट्र-सेवा करना चाहता हूँ।"

"इन सद्गुणों के साथ तो सोशल सर्विस बेहतर विकल्प है। एक्टिविस्ट बनकर भी तो देश-सेवा की जा सकती है।"

"सर, इस प्लेटफॉर्म में वैविध्य रहता है। यह विविधता, अन्यत्र उपलब्ध नहीं है।"

यह जवाब, छद्म-साक्षात्कार के अभ्यास-सत्र में रटाया गया था। मौकानुरूप काम आया। हालाँकि जिस स्वर में वे बोले थे, वह आवाज उन्होंने स्वयं पहली बार सुनी थी। उनका निजी कंठस्वर तो कभी ऐसा नहीं था। उन्हें अपनी ही आवाज पर आश्चर्य होने लगा। उन्होंने मन-ही-मन सोचा, 'हठीली कामनाएँ, कैसे-कैसे दिन दिखा जाती हैं।'

अब शायद पैनल को भी इन पर तरस आने लगा था। अतः कुछ देर आसान सवालों का क्रम चला। तभी केंद्रीय भूमिकावाले सज्जन ने हस्तक्षेप करते हुए पूछा, "आपकी स्ट्रेंथ क्या है? आई मीन मजबूत पक्ष।"

"सर, मेरी भावनाएँ स्वस्थ रहती हैं और विचार स्पष्ट हैं।"

"कैन यू रिपीट इट।" इस उलझन भरे जवाब को स्पष्ट करने को कहा गया था।

"सर, मेरे कहने का आशय है कि मैं परफेक्शनिस्ट हूँ। एक्यूरेसी से मुझे लगाव है।"

"ऐनी अदर स्ट्रेंथ।"

"सर, मैं समभाव से रहने की चेष्टा करता हूँ।"

अबकी बार उन्होंने झुँझलाकर पूछा, "जेंटलमैन! कम टू द प्वॉइंट। सीधे-सीधे जवाब क्यों नहीं देते।"

"सर, मैं स्ट्रेस में भी सहजता से बाहरी खुशी का दिखावा कर लेता हूँ।"

इतने स्पष्टवादी कैंडिडेट को सामने पाकर, उन्होंने न जाने क्या सोचा होगा। यह पैंतरा, दोनों प्रभाव डाल सकता था, अच्छा-बुरा दोनों।

बाहर भेजने का इशारा करते हुए वे प्रकट में बोले, "गुडलक जेंटलमैन! अब आप जा सकते हैं।"

विदाई-अभिवादन कर, वे थकित-चाल में बाहर निकले। वे सोचते जा रहे थे कि उनके चेहरे की प्रफुल्लता, कब स्नायु-दुर्बलता में बदली, इसका उन्हें आभास तक नहीं हुआ। वे तो साहसी हैं, फिर अकारण क्यों घबराए, क्यों अकिंचन हो गए थे, क्यों उनकी दया पर निर्भर होने लगे।

वे बाहर पहुँचे ही थे कि भीड़ ने उन्हें घेर लिया था। बिना समय गँवाए, भीड़ ने सवालों की बौछार शुरू कर दी, "क्या-क्या पूछे?"

पहले तो ये झुँझलाए, अंदर भी सवाल, बाहर भी सवाल। फिर इन्होंने स्वयं

को संयत किया। यह भीड़, उन लड़कों की है, जिनका इंटरव्यू आगामी तिथियों में होना है। वे हर बाहर आनेवाले को पकड़ लेते हैं, घात लगाए बैठे रहते हैं। फिर खोद-खोदकर सवाल पूछते हैं, जैसे नौसिखिए पत्रकार हों। सवाल बताने पर भी संतुष्ट नहीं होते। 'आपने क्या बताया' भी बताना पड़ता है। 'क्या बताना चाहिए था' अर्थात् एक्चुअल जवाब भी पूछते हैं।

निजी नोटबुक खोले रहते हैं। सात-आठ खाने पहले से खींचे रहते हैं। 'कौन सा बोर्ड क्या सवाल पूछ रहा है', का ब्योरा इकट्ठा करते हैं। फिर विधिवत् फेहरिस्त बनाते हैं। जब ये सांख्यिकीय आँकड़े तैयार हो जाते हैं, तब उनका वैज्ञानिक विश्लेषण करते हैं। बस यूँ समझिए कि सागर को मथकर, अमृत-बूँद निकाल लेते हैं। इस विधि से संपूर्ण निर्देशिका तैयार मिलती है।

प्रति बोर्ड-प्रति सदस्य के 'पसंदीदा प्रश्नों' को, इतने विस्तार और मनोहर ढंग से तैयार करते हैं कि सुननेवाला दाँतों तले अंगुली दबा लेता है।

'विष्णु पुराण में भारतवर्ष का वर्णन किन शब्दों में किया गया है।'

'भरत ने अपना राजपाट किसको दिया था।' इस तरीके के सवालों का विशद परिचय प्राप्त करके, पूर्ण आत्मविश्वास के साथ इंटरव्यू में दाखिल होते हैं। फिर पूरा दखल देकर ही वहाँ से बाहर निकलते हैं। इस तरह होशियारी के भिन्न-भिन्न शेड्स यहाँ पर देखने को मिल जाते थे।

30

पर्सनैलिटी डेवलपमेंट के लिए क्या-क्या नहीं करना पड़ता, कई दृष्टांत ध्यान में रखने पड़ते हैं। सद्दाम हुसैन ने अपनी पसंदीदा जैतूनी रंग की वरदी का मोह छोड़ दिया। उसके स्थान पर उन्होंने सूट को वरीयता दी। विश्व नेता की छवि में फिट होने के लिए यह सुझाव उन्हें खूब रुचा था। पर्सनैलिटी डेवलपमेंट का यह फार्मूला उन्हें कोफी अन्नान ने सुझाया।

अब्राहम लिंकन ने तो चेहरे पर दाढ़ी बढ़ाकर अपनी छवि ही बदलकर रख दी। उन्होंने यह परिवर्तन चुनावों से ऐन पहले किया था, एक अनजान सी बच्ची के सुझाव पर। विश्व नेता के रूप में लिंकन की वह छवि, आज भी लोगों को याद है।

बहरहाल, इंटरव्यू के लिए पोशाक ऐसी चुनी जाती थी, जिसमें आत्म-प्रदर्शन में सुविधा बनी रहे, हाव-भाव में किसी किस्म की बाधा उत्पन्न न हो।

□

दीपक सिंह, मस्त-मौला आदमी थे। वे बाहर से विनोदप्रिय से दिखते थे, लेकिन अध्ययन उनका विशद था। अभी तक लगे झटकों से वे स्वयं को मुक्त रख पाने में सफल होते आए थे। इस बार वे पुनः मंजिले-मकसूद की ओर बढ़ रहे थे। अपनी उसी विशेष अदा और हया के साथ।

उभरता हुआ कद, सिने अभिनेताओं की तरह सुदर्शन चेहरा। स्थिर स्वभाव। घोर संकट में भी वे भली-भाँति जानते थे कि उन्हें क्या करना है, करते भी वही थे। उनकी शैली अद्‌भुत, किंतु अनायास लगनेवाली शैली थी, जिससे वे किसी भी अवसर पर गौरव करने लायक सीन 'क्रिएट' कर लेने में विलक्षण थे।

कैसी भी स्थिति आन पड़े, उनमें हर दशा में अपार विश्वास झलकता था। यह उनका विशेष गुण था और यही उनका कॉपीराइट भी था। वे बहस को ट्रैक से बाहर हर्गिज नहीं जाने देते थे। वे अनंत सपनों में खोए रहते थे, इसीलिए मुक्त मन से पढ़ते थे। उनके पढ़ने का कोई निश्चित क्रम नहीं रहता था, जो मिले, पढ़ लेते थे। इन पर यह उक्ति बखूबी लागू होती थी कि 'हुनरमंद के हाथों में, औजार भी हथियार बन जाता है या वाइस-वर्सा।'

खैर, इन्होंने पैनल को सांकेतिक अभिवादन किया। तत्पश्चात् अधिकारपूर्वक, अपना स्थान ग्रहण किया, बिना किसी खास औपचारिकता के जिरह शुरू हो चुकी थी—

"क्या आपको ऐसा नहीं लगता कि आप कुछ घबराए हुए हैं?"

वे चेहरे पर हलकी सी मुसकान लाते हुए बोले, "नहीं सर, बिल्कुल नहीं। मैं तो, यहाँ आने के लिए कब से बेताब था।"

उन्होंने हैरान होते हुए सवाल पूछा, "अच्छा! आप बेताब क्यों थे?"

"सर, मंजिले-मकसूद तक पहुँचने को कौन बेताब नहीं होगा? मैं तो, यहाँ आने के लिए एक्स्ट्रा मोटिवेटेड था।"

उनका बायोडाटा देखते हुए पूछा, "अच्छा यह बताइए कि आपके पिताजी क्या करते हैं?"

"मेरे पिता, एक सफल किसान हैं।"

आश्चर्य जताते हुए पूछा, "अच्छा! आपको कैसे मालूम हुआ कि वे सफल किसान हैं?"

उन्होंने पूरे आत्मविश्वास के साथ राय जाहिर की, "सर, वे संयुक्त परिवार की समस्त जरूरतों को पूरा करते हैं। मेरी समस्त आवश्यकताओं की पूर्ति करते हैं। कभी

खर्चे को लेकर टोका–टाकी नहीं की। अत: मेरी दृष्टि में वे एक सफल किसान हैं।"

जवाब पारिवारिक तो था ही, संतुलित भी था।

"वेरी नाइस! आपके आदर्श कौन हैं?"

"मेरे पिताजी।"

अंगुली उठाते हुए सवाल किया "क्यों, कोई विश्व नेता क्यों नहीं?"

इन्होंने खास जोर देकर कहा, "सर, लिंकन, मार्टिन लूथर और मदर टेरेसा प्राय: इंटरव्यू के लिए आदर्श बताए जाते हैं। चुने जाने के बाद का परिणाम सभी जानते हैं। अगले दिन करोड़ रुपए की सीढ़ी से उतरकर स्वयंवर में भाग लेते हैं। मेरी निजी मान्यता है कि हम वही दावा करें, जिसे हम निभा भी सकें।"

उस दौर में, यह विश्वास जोरों पर था कि आँखों में आँखें डालकर, फुल कॉन्फिडेंस के साथ जवाब देना चाहिए। चूँकि ऐसा करने से बातों में वजन आ जाता है। इधर यह अभ्यर्थी हलकी सी मुसकान लिये, पूरे आत्मविश्वास के साथ जवाब दे रहा था। एक ऐसी मुसकान, जिससे स्तरीयता झलकती हो।

बैंड बजाने का शौक रखनेवाले पैनलिस्ट ने पूछा, "अगर आपको इस बार भी नहीं चुना जाता है तो आप क्या करेंगे?"

इन्होंने दृढता भरे स्वर में जवाब दिया, "हल–बैल चलाएँगे। खेती–किसानी करेंगे। भूखों नहीं मरेंगे सर!"

'भीख माँगने की नौबत नहीं आने देंगे।' यह संवाद, मन–ही–मन कहा गया था। वैसे भी वे दोस्तों से अकसर कहा करते थे, "मन छोटा न करो। छोटे मन से कोई बड़ा नहीं होता, टूटे मन से कोई खड़ा नहीं होता।"

सीनियर्स ने उन्हें विनय–पाठ सिखाया था, 'अब तो गंभीर हो जाओ। इट इज हाई टाइम नाउ।'

इस पर ये बोले, "इंटरव्यू तो हम ओरिजनल देंगे, तोता–मार्का नहीं और आप यकीन मानिए, इन्हीं कमियों के साथ सफल होकर भी दिखाएँगे।"

उलझाने के मकसद से सवाल पूछा, "आपको नहीं लगता कि आप कुछ ज्यादा ही फॉरवर्ड हैं। ऐसे में आपको लेने से सिस्टम का क्या फायदा?"

"मेरी प्रतिभा का ज्यादा बेहतर उपयोग होगा सर!"

इंटरव्यू, अब घरघराते हुए, सपाट समतल की ओर चलने लगा था।

"आपकी स्ट्रेंथ क्या है, जिसे आप अपनी मजबूती मानते हों?"

"हार्ड वर्किंग, एटीट्यूड ऐंड टीम स्पिरिट सर!"

"ऐंड वीकनेस?"

"परफेक्शनिस्ट एटीट्यूड सर!"

उन्होंने नाक-भौंह सिकोड़ते हुए प्रतिप्रश्न किया, "परफेक्शन ऐंड वीकनेस। हाउ इट इज पॉसिबल?"

"परफेक्शन में समय तो लगता ही है सर! डिले सर! डिले!"

पैनल उनसे, जब-जब सच्चाई उगलवाने की चेष्टा करता था, वे तब-तब जेब उलटकर दिखा देते थे। यह एक विचित्र संयोग ही कहा जाएगा कि सेंट्रल चेयर पर बैठे सदस्य, इनकी प्रतिभा से भाव-विभोर हुए जा रहे थे। उन्होंने सूत्र अपने हाथों में लेते हुए पूछा, "आपकी हॉबी क्या है?"

"सीटी बजाना सर!"

इस तरह का आकस्मिक जवाब सुनकर, सारा-का-सारा पैनल लगभग उछल पड़ा। पहले तो उन्हें कौतूहल हुआ। फिर वे कैंडिडेट को लगभग फटी आँखों से देखते रहे।

प्रश्नकर्ता ने सूत्र अपने हाथ में पकड़ते हुए पूछा, "आपको नहीं लगता कि आपकी हॉबी कुछ विचित्र सी है।"

"सो तो है सर! दरअसल यह मेरी नैसर्गिक प्रवृत्ति है। जब भी खुश होता हूँ, सीटी बजाने लगता हूँ। इससे यह निष्कर्ष भी निकाला जा सकता है कि मैं खुशमिजाज हूँ।"

"वाकई, आपकी हॉबी दुर्लभ है। इस दुर्लभ-हॉबी के कुछ फायदे गिनाएँगे।"

"श्योर सर, नंबर वन, यह मुँह की बेहतरीन एक्सरसाइज है। इससे चुस्ती-फुरती बनी रहती है। एंटरटेनमेंट, अपने आप हो जाता है, किसी की कंपनी की जरूरत नहीं पड़ती और खास बात यह है कि इसमें कोई लागत भी नहीं आती।"

उन्होंने आशंका जताते हुए पूछा, "लेकिन कुछ मौकों पर, आपकी हॉबी रिस्की भी तो हो सकती है।"

"आई एम कॉशियस अबाउट दैट सर!"

सीटी के विषय में उनकी धारणाएँ काफी स्पष्ट थीं। अतः पैनल ने तर्क करने की बजाय, इनसे सतर्क रहना ज्यादा मुनासिब समझा।

बात को आगे बढ़ाते हुए, बीच में स्थापित सदस्य ने सहानुभूति जताते हुए पूछा, "आप कितने तरीकों से सीटी बजा लेते हैं। थोड़ा स्पष्ट करेंगे।"

"ह्वाई नॉट सर, तीन तरीकों से बजा लेता हूँ। होंठ गोल करके, दोनों हाथों की

अंगुलियों को मुख में डालकर और अँगूठे और तर्जनी का छल्ला, मुँह में समाकर।"

"काफी हाजिर जवाब हैं आप।"

"इट् इज माई प्लेजर सर, वैसे विटिनेस और धृष्टता में हलका सा अंतर रहता है सर! एक महीनसी रेखा का।"

सीटी बजाने की पद्धतियों पर कैंडिडेट को सहज ज्ञान था। इस बात से पैनल हैरान था। अत: उन्हें विषय परिवर्तित करते हुए सवाल दागना पड़ा, "यह बताइए कि ये व्हिसल ब्लोअर क्या बला है?"

इन्होंने आत्मविश्वास के साथ जवाब दिया, "सर, किसी करप्ट अथवा इम्मोरल ऐक्ट का खुलासा करनेवाला, जागरूक व्यक्ति।"

"वैल्ल! वाटरगेट स्कैम का नाम तो सुना होगा। वह भी तो किसी व्हिसल ब्लोअर ने उजागर किया था। कुछ प्रकाश डालेंगे।"

"जी सर, 'डीप थ्रोट' शीर्षक से कवर स्टोरी में इस स्कैम को उजागर किया गया था। नतीजन निक्सन को इस्तीफा देना पड़ा।"

"आप व्हिसल ब्लोअर का नाम बता सकते हैं।"

"सॉरी सर, वाशिंगटन पोस्ट ने व्हिसल ब्लोअर का नाम अभी तक उजागर नहीं किया है। यदि कभी उजागर हुआ तो पता चल जाएगा।"

"अच्छा! अभी आपने यह, जो डीप थ्रोट का जिक्र किया, इसका मतलब बता सकते हैं आप।"

"सर, यह किसी 'अडल्ट मूवी' का टाइटल है। कवर स्टोरी कवर करने के लिए, यह टाइटल दिया गया था।"

कैंडिडेट तेजी से पैनल पर छाते जा रहे थे। यह उनकी खूबी ही कही जाएगी कि वे छोटी भूमिका में भी बड़ी लकीर खींचने के शौकीन थे। पैनल को अब यह भय सताने लगा कि कहीं यह सर्वज्ञानी किस्म का कैंडिडेट, फिल्म की समीक्षा न बताने लगे। चूँकि अभी तक ऐसे सवालों पर उन्होंने लड़कों को सहमते हुए देखा था। डरते हुए अथवा तड़पते हुए देखा था।

इधर ये दूजे किस्म के निकले। उनके सारे-के-सारे जवाब, युक्तिपूर्ण और तर्कसंगत लग रहे थे। वे लगभग अकाट्य तर्क दे रहे थे। आत्मविश्वास की कोई कमी नहीं थी, सरप्लस ही रहा होगा। चेहरे पर शिकन नहीं, अपितु उनके चेहरे पर पूरे समय एक हलकी सी मुसकान बनी रही। वाक् पटुता और 'बॉडी लैंग्वेज' में एक ऐसा 'स्वैग' था, जिसे आदर्श स्थिति कहा जा सकता था। जो विषय औरों के लिए हैरानी-परेशानीवाले हो सकते थे, उन्हें वे ऐसे हैंडल कर रहे थे, मानो उनके

लिए ये रूटीन के सब्जेक्ट्स हों।

ये मनवांछित फल (पद) पाए थे, मेधा सूची में, स्थान सहित। इन्होंने कीर्तिमान स्थापित किया। जो इन्हें नहीं जानते थे, उन्हें इस परिणाम पर आश्चर्य हुआ और जो जानते थे, उन्होंने कहा, "यह तो होना ही था।"

□

उपसंहार···

नतीजों के रुझान का पता ही नहीं चल पा रहा था। संदेह के बादल छँटे नहीं, वरन् चपला चमकी, काले बादल और ज्यादा गहरा गए। परिणाम सुनकर, माइनर सा अटैक आ गया। ऐसा नहीं था कि प्रयास नहीं किए थे, लेकिन सारी-की-सारी कवायद, धरी-की-धरी रह गई। दोनों दोस्त, चौकी पर औंधे पड़े हुए थे। नीचे के कमरे में ठाकुर, कटे हुए तने सा बिखरा पड़ा था।

तुलसी-दिनकर को उठाकर गलती कर दिए। इस आत्मघाती कदम पर पछतावा हुआ, नागार्जुन-मुक्तिबोध उठाए होते तो कदाचित्···किसी खास विषय की बहार आई थी। उसे मिलकर, संयुक्त रूप से कोसा गया। दुःख में शरीक होकर दुःखी होनेवालों का ताँता लगा रहा। वे सब उदास रोनी सूरत बनाए हुए आए। स्थिति असहज होती चली गई।

भीड़ के छँटने के बाद वीर-साहसी मित्र ने वीरोचित वाणी में कहा, "मित्र, हमसे चला नहीं जाएगा। हमें, हमारे ठिकाने तक पहुँचा दो।" उसे पहुँचा आए। वापसी में सोच का सिलसिला चल निकला। परेशानी का कारण, परिजन नहीं हैं, स्वजन और समाज है, जिनके संयुक्त निशाने पर, वे एक बार फिर से आ गए हैं। आवाजें उठने लगती हैं, अंगुली उठाने लगते हैं। न जाने, क्या-क्या उठाना चाहते हैं। अर्थी उठने तक, उँगली उठाते रहेंगे।

वे बेखबर नहीं थे। इस किस्म के खतरों को लेकर वे आगाह रहते थे। तभी तो एड़ी-चोटी का जोर लगा दिए थे, लेकिन हा! हंत! जिसे संघर्ष का अंत समझ रहे थे, वह तो आरंभ निकला। फिर से आवागमन का चक्र···वही अंतहीन सिलसिला। विफलताएँ, अंतर्मन पर गहरा असर छोड़ जाती हैं।

कमरे में पहुँचकर, दो-चार कपड़े थे, उन्हें फींच-फींचकर धोया। उन्होंने आवेग प्रवाह का एक परमानेंट जरिया खोजा हुआ था। ऐसे अवसर पर वे रजक-वृत्ति का

सहारा लेते थे। आवेश, सचमुच काफी हद तक निकल चुका था। यह उनका गुबार निकालने का घरेलू समाधान है।

अगले दिन दोनों अंतरंग मित्र फिर बैठे। तमाम विकल्पों पर चर्चा हुई। "एक साल और देख लेते हैं," के विकल्प पर अमल होने की सबसे अधिक संभावना दिखाई दी।

खिसियाए हुए, साड़ी-विक्रेता की तरह। "कोई बात नहीं," कहकर, वह फैलाया हुआ माल-असबाब समेटता है। फिर से नवागंतुक बहनजी को 'डिजाइन, पक्का रंग, लेटेस्ट फैशन' दिखाकर, 'आप पर खूब फबेगा' समझाने में व्यस्त हो जाता है। एक तरह से यह अनिश्चितता इस कारोबार का अनिवार्य अंग है।

वे फिर से लग गए। इन्हें देखकर, सामान्य देहाती तो यही समझता कि इन पर गहरा अवसाद छाया हुआ है, लेकिन पूछने पर प्रकट में यह पता चलता कि स्टडी में व्यस्त हैं। वही हाल है, जो ऐतिहासिक राजधानियों के साथ होता आया है... कब्जा किया...उसे सजाया-सँवारा...भीषण आक्रमण हुआ।...नेस्तनाबूद किया... ध्वस्त हुई।...फिर से बसाया...

गुणीजन, स्थान-महिमा का गुणगान करते हुए कहते हैं...

धैर्य बनाए रखें।

छोर को अंत तक सँभाले रखें।

धैर्य की दरकार है।

निर्णायक पल की प्रतीक्षा करो...

कई जीवंत उदाहरण सामने पड़े थे।...उनकी राह आसान नहीं लग रही थी, लेकिन उन्होंने हैरान कर दिया...

हारी बाजी को जीत में कैसे बदला जाता है, उन्होंने बखूबी करके दिखा दिया।

गैर-रस्मी ढंग से बैठे...पार हो गए।

रजक-वृत्ति से गुबार निकालनेवाले ने सौगंध उठाई, "गुरु! एक बार, बस एक बार, फुल टॉस मिल जाए, एतना लंबा छक्का मारेंगे कि बॉल स्टेडियम से बाहरे पहुँचाएँगे।"

उन्होंने पहुँचाकर, विनिंग शॉट खेला भी...

□□□